로크미디어가
유혹하는
재미있는 세상
ROK
MEDIA
로크미디어

# 싱크

싱크 5

2015년 6월 2일 초판 1쇄 인쇄
2015년 6월 5일 초판 1쇄 발행

**지은이** 현민
**발행인** 이종주

**기획 팀** 이주현 이기헌
**책임 편집** 이세종

**발행처** (주)로크미디어
**출판등록** 2003년 3월 24일
**주소** 서울시 용산구 원효로97길 46 5층
Tel (02)3273-5135 **Fax** (02)3273-5134
**홈페이지** rokmedia.com **E-mail** rokmedia@empas.com



값 8,000원

ISBN 979-11-255-8689-0 (5권)
ISBN 979-11-255-8684-5 04810 (세트)

5

†현민 게임 판타지 장편소설†

# CONTENTS

# 세계의 의지

피곤에 찌든 얼굴, 검붉은 액체가 덕지덕지 묻은 점퍼, 닳아서 찢어질 것 같은 청바지보다 김현의 얼굴에서, 온몸에서 흘러나오는 기이한 분위기가 고형덕의 눈길을 끌었다.

처음 김현을 만난 날이 떠올랐다.

사채시장에서 잔뼈가 굵은 깡패 셋을 병원으로 보내 버린 고등학생에 대한 호기심으로 김현의 집을 찾아갔었다.

겁먹거나 당황한 표정을 내심 기대했던 고형덕에게 김현은 자연스러운 얼굴을 보여 주었다. 고등학생의 얼굴이 아니었다.

당시, 고형덕은 그 얼굴을 향해 라이트스트레이트를 뻗었다. 김현은 주먹을 감싸며 오히려 다가왔고, 고형덕은 김현이 놈들을 묵사발로 만들었다고 확신했다.

고등학생 같지 않은 태연함.

어떤 순간에도 흔들리지 않을 것 같은 고요함.

그때, 고형덕은 김현에게서 아버지를 느꼈다. 바다를 무서워하면서도 용기를 내어 바다로 나갔던 아버지.

김현 집에서 나와 엘리베이터를 탄 고형덕은 거울에 비친 자기 모습을 보고 깊이 실망했었다. 동경했던 사내의 얼굴은 커녕 실패자의 얼굴이 거기 있었던 것이다.

고형덕이 과거를 떠올리며 멍하게 쳐다보고 있을 때, 김현 역시 고형덕을 살피고 있었다. 고형덕을 여기 이 벤치에서 만날 줄은 상상도 못 했다. 무척 반갑지만 우연이라고 생각하진 않았다.

'혹시 그 사건 때문에?'

김현은 쿵쿵 뛰는 심장의 박동을 강렬하게 느꼈다. 어쩌면 경찰은 은밀하게 움직이고 있는지도 모른다.

일이 어떻게 돌아가는지 물어보려는데 고형덕의 눈빛이 이상했다. 자신을 바라보는 게 아니라 다른 곳을 응시하는 느낌이었다.

김현은 왠지 모르게 고형덕이 과거를 떠올린다고 생각했다. 무엇을 기억하는지는 알 수 없었다. 다만, 어디선가 바다 냄새가 나는 것 같았다. 넘실거리는 파도에서 나는 소금기 섞인 냄새.

김현은 이 순간이 신기했다.

고형덕이 갑자기 눈에 힘을 주었다. 눈주름이 짙어져 그 아련한 표정은 당장 지워졌다.

"불곰파가 널 괴롭히지는 않았는지 확인하고 싶어서 찾아온 거다."

말이 빨랐다. 흡사 랩이라도 하는 것처럼. 0.1초라도 빨리 내뱉어야 할 이유라도 있는 것처럼.

퉁명스러운 태도 때문에 신비한 분위기는 깨졌다. 바다 냄새도 사라졌다. 김현은 아쉬워서 짜증이 날 정도였다.

"아무 일도 없었는데요."

목소리에 희미한 분노가 담겨 있었다.

고형덕도 즉시 후회했다.

그 분위기를 좀 더 느끼고 싶은데.

언제까지나 사내로서, 인간으로서 정정하리라 믿었던 아버지가 쓰러졌다. 보름 전 일이었다. 치매 판정을 받고 요양원으로 옮겨진 아버지는 아들을 알아보지 못했다.

사람을 두려워하는 늙은 겁쟁이가 된 아버지를 본 순간, 고형덕은 눈물을 흘리고 말았다. 그 당당한 아버지를 잃었다는 사실 때문이었다.

저 고딩 꼬맹이에게서 아버지를 느꼈다니. 고형덕은 그냥 화가 났다. 자존심이 구겨진 느낌이었다.

"그 꼴이 뭐냐?"

"요즘 유행이에요. 모르셨어요? 그보다, 어떻게 알고 오셨어요? 이사했는데요."

"경찰이니까 당연히 알지, 임마. 형사가 그것도 못 할 줄 아느냐, 꼬맹아?"

괜히 버럭 소리를 지르는 고형덕.

꼬맹이라는 말에 반감을 느낀 김현은 고형덕의 옷을 살폈다. 꼬질꼬질 때가 낀 소매, 이리저리 엉망으로 구겨진 옷깃, 면도를 하다가 빠뜨린 수염 등이 눈에 띄었다. 운동화가 당장 빨아야 할 만큼 더러웠다.

"아저씨, 혼자 살죠?"

"헛소리는 하지도 마라. 어, 가야겠다. 여우 같은 마누라와 토끼 같은 자식들이 기다리고 있으니까."

시계를 본 고형덕이 얼른 일어섰다.

유치한 허세에 김현은 자신도 모르게 웃었다. 어떤 동네에나 있는 바보 형 같은데, 왠지 마음이 따뜻해서 옆에 있기만 해도 그 온기가 전해지는 그런 사람 같았다.

그러나 김현은 입가에서 웃음기를 지웠다.

웃어서는 안 된다. 웃을 수는 없다. 많은 사람들이 죽었다. 자신으로 인해서.

그러니까 더는 안 된다. 한번 잊기 시작하면, 거기에 익숙해지면, 결국 그 사건 자체를 망각할지도 모른다.

"아저씨, 차 있죠?"

지나치게 착 가라앉은 김현의 목소리를 고형덕은 오해했다.

"이 나이 먹도록 차 한 대 없을 거라고 생각한 거냐? 엉? 어디서 까불고 있어, 이 쪼그만 놈이!"

김현은 당황했지만 곧 고형덕의 마음을 알아차렸다.

고형덕은 머리 나쁜 안진후 같았다. 지나치게 강한 자존심이 얼굴로 드러나는 타입이랄까. 그래서 재미있는지도 모른다.

다시 김현은 표정을 바꾸었다. 웃어서도, 웃으려는 시도조차도 안 된다. 절대로.

"그게 아니라, 태워 주셨으면 해서요."

표정이 풀렸다. 먹구름이 걷히고 해가 나오는 것처럼. 고형덕은 헛기침을 했다.

"그런 거라면 문제 없지. 진작 얘길 하지. 어딜 가려고?"

"친구 집요. 페플파크예요."

김현은 반가워할 안진후를 떠올린 순간 찾아오는 만족감을 느꼈다. 지금은 엄마가 있는 집보다 안진후의 집이 훨씬 편했다. 가슴을 찌르는 뾰족한 압박감도 거기에서라면 한결 무뎌질 것이다.

고형덕은 김현을 빤히 쳐다보았다. 어디로 갈 생각인지 알아차렸다. 안진후, 페플 그룹 회장의 막내를 만날 것이다.

"알았다. 따라오너라."

고형덕은 뒤를 돌아보지 않으려 애를 쓰며 성큼성큼 걸었다. 그러면서 4년이나 방에 갇혀 지낸 김현이 재벌가의 일원이라 할 수 있는 안진후를 어떻게 만나서 친해졌는지 궁금했다.

물론 묻지는 않았다. 오늘 저 녀석 앞에서 부린 추태가 부끄러워, 더 이상의 창피는 당하기 싫었던 것이다.

고형덕이 김현과 함께 공원을 벗어날 무렵, 윤태희는 반대쪽 입구를 통과하여 공원 안으로 들어섰다.

안진후, 김현으로부터 들은 이야기는 모두 이곳에서 벌어진 사건이었다. 여기가 콤포 막스가 도끼를 휘두르며 사람들을 죽인 곳이며 콤포 마구스가 마법을 펼친 곳이라니. 도저히 믿기지 않았다.

만약 자신에게 텔레파시라는 능력이 생겨나지 않았다면, 그 능력으로 인해 타인의 생각이 저절로 들리지 않았다면, 김현의 몸에 손을 대는 순간 그 지긋지긋한 생각의 소음이 사라지는 경험을 하지 않았다면, 안진후가 뭐라고 해도 코웃음을 쳤을 것이다.

사람들의 생각이 머릿속으로 파고들었지만 처음 그 능력이 시작됐을 때보다는 훨씬 차분한 상태를 유지할 수 있었다.

김현은 어떻게 해야 마음의 평정을 만들 수 있는지, 어떻게 해야 지속될 수 있는지 알려 주었다.

그 방법은 매우 어렵고 실제로 해 봐도 잘되지 않았다. 시간을 들여야 할 만큼 어려운 기술 같았다.

다행히 김현이 페플에서 가져온 새하얀 반지가 예상 이상으로 효과가 있었다. 벨란데르가 가지고 있었던 요곤의 반지를 손가락에 끼자, 바로 옆에 붙어 있지 않은 이상 무시할 수 있을 만큼 생각의 소음이 확연히 줄어들었던 것이다.

공원을 천천히 한 바퀴 돌았지만 어디에도 그 요란한 사건의 흔적은 없었다. 김현의 말이 옳았다. 누군지 몰라도 대단히 정교하고 막강한 능력으로 진실을 덮고 있었다.

그게 아니라면 김현도, 안진후도, 그리고 사람들의 생각을 읽을 수 있는 자신도 당장 정신병원에 갇혀야 할 만큼 심각한 환자일 것이다.

누가, 왜 진실을 은폐할까?

그들은 왜 김현과 안진후를 그대로 내버려 둘까?

그리고 그들과 싱크 현상은 어떤 관계가 있을까?

윤태희는 쉽지 않은 질문들을 수첩을 꺼내어 볼펜으로 썼다. 보통은 글을 쓸 때 노트북이나 들고 다니는 핸드폰을 이용하지만, 왠지 오늘은 두툼한 수첩에 직접 쓰고 싶었다. 그래야 지금 이 모든 것이 현실임을 잊지 않을 것 같았다.

"팩트부터 정리하자. 난 텔레파시 능력을 가졌어. 비록 내 생각을 전달할 수는 없고 그저 다른 사람들의 생각을 들을 수 있을 뿐이지만. 이건 부정할 수 없는 팩트야. 그리고 안진후가 불의 정령을 불러내고 김현이 물건을 옮길 수 있다는 것도 팩트고. 박용준 그 아이에게 추영이라는 진귀한 아이템이 있다는 것도 팩트겠지."

흐릿한 가로등 불빛 아래에서 수첩에 기이한 내용을 적으니, 이곳이 더 이상 현실이 아니라는 생각이 들었다. 그렇다고 페플이라고 할 수도 없지만.

"다음은 게스야. 김현, 안진후에게 여기서 벌어진 사건은 팩트지만, 난 보지 못했어. 난 그 두 사람을 신뢰할 수 있지만 일단은 게스로 생각하자. 문제는 그 어마어마한 사건이 벌어졌는데 언론이 왜 가만히 있느냐 바로 그 점이야. 언론의 보도는 막는다고 해도 전투를 구경하며 핸드폰으로 찍었던 사람들을 모두 막는다는 건 말이 안 돼. 상식적으로 불가능해. 정부가 나선다고 해도 할 수 없는 일이야."

한때 기자로서 취재를 하며 사람들과 부딪쳤던 윤태희는 세상이 돌아가는 생리를 어느 정도 알고 있었다.

완벽한 조직, 완전한 비밀은 존재하지 않는다. 사람이 개입된 일이면 틈이나 약점은 있기 마련이다. 사람이라는 존재 자체에 틈과 약점이 있기 때문이다.

그렇다면 사람 이상의 존재가 개입되었다는 뜻?

싱크 현상처럼 기이한 일이 벌어지니, 천사나 악마 같은 존재도 인정해야 할까?

"그럴 순 없지."

윤태희는 씩 웃었다. 아무리 구석에 몰려도 진실을 알리는 언론인으로서 인정할 수 없는 것도 있다.

"그러면 대체…… 어?"

윤태희는 수첩을 내려다보고는 고개를 갸웃거렸다.

분명히 수첩에 팩트와 게스로 나누어 적었건만, 종이는 깨끗한 백지였다. 손으로 만져도 볼펜으로 눌러서 쓴 감촉조차 없었다.

"어떻게 된 거지?"

윤태희는 가슴 깊은 곳으로 거대한 얼음이 내려앉는 느낌을 받았다. 과도한 페플 접속으로 인해 뇌가 정상 범주에서 벗어나 광기로 치닫고 있는지도 모른다.

수첩에 팩트와 게스를 기록했다고 생각하지만, 실은 멍한 눈으로 가만히 앉아 있었다면? 만약 이곳이 공원이 아니라면? 이미 정신병원 독방에 갇혀 있다면? 약에 취해 환상의 세계를 돌아다니고 있다면?

"……아니야."

윤태희는 다시 팩트와 게스를 적었다. 이번에는 볼펜에 힘을 주어 뒷장까지 흔적을 남겼다.

다시 읽으려는데, 눈앞에서 기록이 사라지고 있었다.

윤태희는 눈을 의심했다. 손을 들어 만졌다. 아직 남아 있는 부분은 우둘투둘 요철이 느껴지지만 지워진 곳은 매끈했다. 곧 수첩의 종이 전체가 새것처럼 변했다.

직접 보고도 믿을 수가 없었다.

윤태희는 자기 이름을 썼다. 5분이 지나고, 10분이 지나도록 그 이름은 그대로였다.

그 아래에 팩트를 기록했다. 그러자 서서히 그 내용이 사라지고, 윤태희라는 이름만 남았다.

몇 번을 해도 결과는 마찬가지였다.

윤태희는 겁이 났다. 서둘러 공원을 벗어났다.

길가에 주차한 차에 올라탄 그녀는 수첩을 꺼내어 팩트를 썼다. 마찬가지였다. 오래지 않아 그 내용은 사라졌다.

"이럴 수가."

믿을 수 없었다.

그때, 전화가 진동했다. 번호를 본 윤태희는 눈살을 찌푸렸다. 정신과 의사인 그 선배였다. 간호사 일도 있고 해서 일단은 받았다.

"여보세요."

– 나야, 조규원. 기억하지?

당연히 기억한다. 바로 오늘 만났으니까.

"……선배."

– 갑자기 네 생각이 나서 말이야. 우리 옛날엔 꽤 친했는데. 언제 한번 밥이나 같이 먹자.

조규원은 쾌활했다. 오늘 진료실에서 벌어진 그 일을 겪은 사람 같지 않았다.

윤태희는 아무리 진실을 기록해도 사라져 버리는 수첩을 떠올렸다. 혹시 선배의 기억도 사라졌을까?

"선배, 오늘 낮에 봤잖아."

**-진료받으러 왔었어? 난 못 봤는데.**

"선배가 대학 시절에 날 걸레라며 소문낸 것도 다 알아."

**-어, 어떻게 그걸?**

전화 목소리를 통해서도 상대가 얼마나 놀랐는지 윤태희는 알 수 있었다. 간호사를 건드린 일도 알고 있으니 제대로 처신하라고 경고한 후에 윤태희는 전화를 끊었다.

자존심 센 조규원이 오늘 낮에 벌어진 일을 애써 잊고 전화를 걸지는 않았을 것이다. 그렇다면 기억이 사라졌다고 봐야 한다. 혹시 공원에서 벌어진 사건을 목격한 사람들의 기억도 사라졌다면?

그러면 조용한 언론, 아무리 검색해도 사진 하나 나오지 않는 인터넷도 설명이 가능해진다. 기록은 물론 기억까지 사라지는데 어떻게 그 일을 떠들 수 있을까? 수첩에 쓴 기록이 지워진다면 핸드폰으로 찍은 사진 또한 마찬가지일 것이다.

다시 전화가 왔다. 조규원이었다.

윤태희는 전화를 받았다.

"여보세요."

– 나야, 조규원. 기억하지?

명랑한 말투였다.

윤태희는 진실을 깨달았다. 조금 전 통화까지도 잊은 것이다!

"당연히 기억하죠."

– 갑자기 네 생각이 나서 말이야. 우리 옛날엔 꽤 친했는데. 언제 한번 밥이나 같이 먹자.

"시간 되면 연락할게요."

– 꼭 연락해.

조규원은 기분 좋게 전화를 끊었다.

윤태희는 숨도 쉬기 어려웠다. 어마어마하게 무거운 바위에 깔린 기분이었다.

일개 조직이 나서서 진실을 덮은 게 아니었다. 정부가 주도한 일도 아니었다.

이 세계가 그 진실을 원치 않는다!

세계의 의지가 진실을 덮고 있다!

김현과 안진후, 박용준 그리고 자신만이 그 의지에서 벗어나 있다.

아무리 설명해도 그 의지 아래 있는 사람들의 기억은 금세 사라진다. 세계 자체가 원치 않는 진실은 망각되는 것이다.

혼자 알고 있기엔 너무나 거대한 깨달음이었다.

윤태희는 김현에게 먼저 전화했지만 받지 않자, 안진후에

게 전화를 걸었다.

–어디야?

"공원 근처."

–뭘 좀 알아냈어?

안진후의 목소리는 밝고 자신감으로 힘찼다.

"너도 알아냈구나."

윤태희는 안진후를 잘 알고 있었다.

–컴퓨터로 이번 사건 관련 내용을 정리하는데 저절로 삭제됐어. 아니, 정확히 말하면 아예 입력하지 않은 상태로 돌아가. 처음엔 해킹인 줄 알았는데 아니었어. 굳이 말한다면 이 세계가 내 컴퓨터를 제대로 해킹한 셈이지.

"……나도 마찬가지야. 내 경우엔 수첩이지만."

–아무래도 싱크 현상이 극소수 사람들에게만 일어난 모양이야. 다른 사람들 앞에서 아무리 떠들어 봐야 그들에겐 닿지 않는 것 같아. 언론에 제보해도 소용없고, 페플 그룹에 알려도 마찬가지겠지. 앞으로 점점 더 재미있는 일이 벌어질 거야. 나중에 통화해.

안진후는 진심으로 기뻐하고 있었다.

그러나 전화를 끊은 윤태희는 안진후처럼 웃을 수는 없었다. 오히려 불안했다. 인류라는 거대한 집단에서 쫓겨난 기분이었다.

왜 이런 일이 자신에게 벌어졌을까?

아직은 그 답을 짐작조차 할 수 없었다.

안진후는 글자가 사라지는 모니터를 바라보고 있었다. 보이지 않는 손이 지우개가 되어 글자를 없애는 것 같았다.

윤태희처럼 수첩에 글을 쓰려던 그는 급한 마음에 볼펜을 들어 벽지에 휘갈겨 썼다.

벽지의 울퉁불퉁한 굴곡에 따라 볼펜의 자국이 굵어졌다가 가늘어지기를 반복했다. 싱크 현상과 관련된 내용은 때로는 서서히, 때로는 거의 즉시 벽지에서 지워졌고, 벽지는 아예 쓴 자국도 사라진 새것처럼 회복되었다.

주먹을 쥐고 솟구치는 전율을 참던 그가 몸을 일으키며 고함을 질렀다.

"야!"

거실로 나온 안진후는 발광을 했다. 뛰고 소리치고 발을 굴렀다. 아래층에서 누가 올라온다고 해도 이 순간은 도저히 참을 수가 없었다.

겨우 흥분을 가라앉힌 안진후는 쥐구멍으로 들어가서 약에 취해 잠들어 있는 강무석을 내려다보았다. 새근새근 아기처럼 자고 있었다.

그 앞에 선 안진후는 조그만 약병을 꺼냈다. 단번에 정신을 깨우는 약인데, 그 효과가 어떨지는 장담할 수 없었다. 사소한 후유증이 생길지도 모르지만 안진후는 거기까지 신경

쓰지 않았다.

숨을 멈춘 안진후가 약병의 뚜껑을 돌려서 열었다. 검붉은 연기가 흘러나와 공기 중으로 퍼졌다. 재빨리 뚜껑을 닫아 약병을 주머니에 넣는 순간, 강무석이 신음을 흘리며 눈을 떴다.

곧 눈동자에 힘이 어렸다.

"……도련님."

"이제 좀 정신이 들어?"

"어, 어떻게 제가……?"

강무석은 몸을 일으키려다 통증을 느끼고 주저앉았다.

오랫동안 누워 있어서 근육이 딱딱하게 굳어 있었다. 곰 같은 그를 쓰러뜨린 성분이 아직 몸에 극소량 남아 있어서 효능을 발휘하고 있기도 했다.

"아! 김현을 조심하셔야 합니다. 김현을……."

강무석은 더 이상 말을 할 수 없었다.

안진후의 어깨에 있어서는 안 될 무언가가 앉아 있었다. 형태는 고양이였다. 문제는 그 고양이가 불꽃처럼 붉게 타오르고 있다는 점이었다.

"어때, 귀엽지?"

안진후는 장난기가 담긴 목소리로 물었다.

강무석은 입을 벌린 채 가만히 불의 정령 슈뢰딩거를 바라보고 있었다.

눈가의 근육이 움찔 떨며 경련을 일으켰다. 눈동자는 초점을 잃고 먼 산을 응시하는 것처럼 퍼져 있었다. 삽시간에 10년은 늙은 얼굴이었다. 힘으로 가득했던 어깨는 축 늘어졌고, 매가리가 없어서 손가락으로 밀면 와르르 무너져 내릴 것만 같았다.

안진후는 가만히 지켜보았다. 세계가 얼마나 빨리, 얼마나 완벽하게 저 경호원의 머릿속 기억을 지우는지 확인하고 싶었다.

눈이 조금 커지며 차가운 빛을 띠기까지 오랜 시간이 필요하진 않았다. 꺼풀을 내려 잠시 눈을 감았던 강무석은 몸을 일으키면서 시선을 올려 안진후를 쳐다봤다.

"더 이상의 장난은 사양하겠습니다, 도련님."

"장난?"

안진후는 생물학자가 실험실에서 생쥐를 관찰하듯 강무석에게서 눈을 떼지 않았다.

"제게 사용한 그 마취 가스 말입니다. 다시는 그런 일이 없어야 합니다. 저는 도련님을 보호해야 할 의무가 있는 경호원이기 때문입니다. 아시겠습니까, 도련님?"

강무석은 책망 반 부탁 반의 목소리로 말했다. 마치 안진후의 어깨에 있는 불의 정령은 보이지 않는 것처럼.

안진후는 슈뢰딩거를 일부러 공중으로 띄웠다. 강무석의 눈은 슈뢰딩거를 쫓지 않았다.

'보이지 않는 거야. 강무석 입장에서는 볼 수 없는 거지.'

안진후는 불과 10초 남짓 만에 강무석의 시각이 더 이상 슈뢰딩거를 보지 못하도록 바뀌었다는 사실을 확인했다. 전율이 몸을 찌르며 내달렸다.

마음 같아서는 슈뢰딩거를 어깨에 올리고 밖으로, 사람들 앞으로 나가고 싶었다. 슈뢰딩거를 멍한 눈으로 쳐다보다가 곧 평소처럼 행동할 그들의 멍청한 변화를 직접 보고 싶었던 것이다.

안진후는 거실로 나왔다. 강무석이 그림자처럼 따랐다.

그를 힐끔 쳐다본 안진후는 소파에 놓인 아이보리색 쿠션으로 시선을 옮겼다.

'저 쿠션에 불을 붙여. 살짝.'

-정말요?

슈뢰딩거는 불을 뿜을 수 있다는 사실에 기쁨을 내비쳤다.

'얼른.'

-네, 오빠.

슈뢰딩거가 뿜은 조그만 불꽃이 쿠션을 핥았다. 쿠션에 불이 붙었고, 곧 연기를 뿜으며 타올랐다.

강무석은 화들짝 놀라며 소리쳤다.

"불!"

쿠션을 가지고 화장실로 달려간 강무석은 급히 물을 틀어 불을 껐다. 안진후는 소파 맞은편 의자에 앉아 화장실 밖으로 나오며 중얼거리는 강무석을 살폈다.

"쿠션이 타 버렸네?"

"죄송합니다, 도련님. 제가 담배를 피우다가 그만, 쿠션에 불이 붙었습니다."

"담배를 피웠어?"

"죄송합니다."

"아니, 죄송할 것까지야."

안진후는 흥분과 쾌감을 억눌렀다. 혼자 알고 있기에는 너무나 안타까운 은밀한 비밀 때문이었다.

분명히 슈뢰딩거가 쿠션을 태웠다. 그러나 슈뢰딩거를 인정할 수 없는 강무석은 새로운 이유를 스스로 만들어 냈다. 그의 머릿속에는 자기가 부주의하게 거실에서 담배를 피우다가 쿠션에 불을 낸 광경이 생생하게 그려져 있을 것이다.

강무석에겐 아무런 모순도 없다. 이 자리에 다른 사람들이 있어도 강무석의 기억과 같은 이야기를 늘어놓을 것이다. 그뿐 아니라, 경호원의 의무를 다하기는커녕 오히려 불을 지를 뻔한 강무석을 비난할지도 모른다. 강무석은 고지식한 성격대로 자신의 잘못을 인정하고 그 대가를 치르겠다고 고개를 숙일 것이다.

당장 페플 감찰본부에 자신의 불찰을 보고하고 퇴사하겠다는 강무석을 말리느라 진땀을 흘린 안진후는 슈뢰딩거를 돌려보냈다. 강무석은 자신의 자리, 현관 쪽으로 가서 서 있었지만 고개를 숙인 채 자책하는 표정을 짓고 있었다.

안진후는 웃음을 참느라 애를 먹었다.

강무석의 행동을 보니, 왜 그 공원에서 벌어진 사건이 그냥 묻혔는지 알 것 같았다. 거대 조직이나 정부가 은폐를 시도한 게 아니었다. 세계 자체가 사람들의 기억과 사물을 일방적으로 바꿔 버린 것이다. 그러니 언론으로 알려질 수가 없었으리라.

"괜찮으십니까, 도련님?"

강무석이었다.

"왜?"

"숨소리가 거칠어서요. 혹시 아까 그 쿠션 때문에 충격을 받으셔서 아프신 건 아닙니까?"

강무석의 관자놀이에서 한 줄기 땀이 흐르고 있었다. 안진후가 그렇다고, 또는 그런 것 같다고 대답하면 자신에게 가혹한 판결을 내릴 준비가 된 재판관 같은 얼굴이었다.

"생각을 깊이 하면 나도 모르게 호흡이 가빠지는 것뿐이야. 신경 쓰지 마."

"……알겠습니다."

강무석은 안도하면서도 여전히 자신을 책망했다.

안진후는 자신이 무엇을 할 수 있는지 생각했다. 모든 것을 할 수 있다는 사실이 믿기지 않았다.

불의 정령 슈뢰딩거를 앞세우면 사람들의 기억이 저절로

조작된다.

슈뢰딩거를 어깨에 올려놓은 채 마트로 가서 아무 물건이나 가지고 나오면 주인은 어떻게 반응할까? 돈 안 냈다고 달려올까? 아니면 멍한 눈으로 슈뢰딩거를 보다가 기억이 바뀌어 아무것도 보지 못했다고 생각할까?

돈이 쌓여 있는 은행도 마음껏 들어가서 원하는 액수의 지폐 뭉치를 가지고 나와도 누구 하나 막지 못할 것이다. 도난사고가 일어나겠지만, 어쩌면 사고 자체가 없는 것으로 처리될 수도 있다.

세계가 어떻게 진실을 덮는지에 따라서 사람들에겐 또 다른 이야기가 현실이 될 것이다.

냉장고로 가서 맥주 캔을 하나 가져와 땄다. 한 모금 마시는 순간, 시원함이 유리창을 타고 흐르는 빗물처럼 몸 아래로, 전신으로 흘러내리며 몸 곳곳을 적셨다.

누군가 진실은 바깥세상에서 벌어지는 사건과 머릿속 세상의 일이 일치하는 것이라고 말했다. 또 다른 사람은 진실은 존재하지 않으며, 사람들에 의해 만들어진다고 주장했다. 유명한 수학자는 완전한 체계는 존재할 수 없음을 증명하기도 했다.

'그 사람들 모두가 옳았어.'

안진후는 창가로 가서 도시의 밤을 내려다보았다. 빌딩과 가로등 사이로 자동차들이 달리고 있었다.

'강무석에게 진실은 쿠션에 불이 붙었으며, 그 불을 자기가 낸 거야. 내게 진실은 슈뢰딩거로 인해 새롭게 만들어진 거고. 나라는 존재는 이 세계가 완전한 체계가 아님을 증명하는 것이겠지.'

안진후의 생각은 자연스럽게 그 너머로 향했다.

탈옥한 사람들은 얼마나 많을까?

문용필이 기억났다. 그는 분명히 진실을 아는 사람이었다. 감옥에서 빠져나와 진실을 만들 줄 아는 인물이었다. 그는 페플에서 현실로 튀어나오는 몬스터가 두려워 정신병원에 자신을 가두었을 뿐이다.

왜 강무석은 여전히 갇혀 있는데 자신은 거기서 벗어났을까?

안진후는 싱크 현상이라 불리는 이 기이한 능력이 누구로부터 시작되었는지 짐작하고 있었다. 바로 김현이었다.

시기적으로 보면 김현이 처음이고, 안진후가 두 번째, 박용준이 세 번째, 그다음이 윤태희였다. 4년 동안 방에만 있던 김현이 누군가로부터 영향을 받았을 리는 없다. 그렇다면 김현이 싱크 현상의 출발점이 된다.

"아, 맞다. 이 녀석은 왜 이리 늦지? 설마?"

놀란 안진후가 핸드폰을 찾아 전화를 걸었지만 신호음만 들렸다. 안진후는 발을 동동 굴렀다. 마음속 깊은 곳에서 불길한 생각이 울려 퍼지고 있었다.

김현이 혼자 있을 때, 또 몬스터들이 나타났다면?

콤포 마구스, 콤포 막스보다 더 강한 놈들이라면?

연락할 틈도 없다면?

안진후는 더 이상 참을 수 없었다. 애초에 혼자 집에 가겠다고 했을 때 뜯어말렸어야 했다.

"어디 가십니까?"

"차 있지?"

"……지하 주차장에 세워 놓았습니다만."

"서둘러."

안진후는 외투를 입으며 말했다.

어둠이 내린 밤거리의 네온사인은 화려했다. 쇼윈도 너머에는 고객을 유혹하는 옷과 물건들이 진열되어 있었다. 봄기운에 취한 연인들의 얼굴에는 슬픔이나 걱정 따위는 끼어들 틈이 없었다. 세상은 아무 문제 없이 잘 돌아가고 있었다.

김현은 그게 싫었다. 저 평온한 일상이 끔찍하고 무서웠다. 제발 누구라도 와서 그 사건에 대해서, 왜 그런 일이 벌어졌는지 이유를 알려 주면 더 바랄 게 없을 것 같았다.

집에서 가까운 공원에서 그 일이 벌어졌다. 콤포 막스가 공원 반대쪽으로, 집 쪽으로 돌진했다면, 김현이 엄마 퇴근 시간에 맞추어 집으로 가는 중이었다면, 그 거대한 몬스터는 이제 막 버스에서 내린 엄마의 양팔을 잡고 찢어 버렸을 수도 있다.

그 가능성만으로도 김현은 가슴이 내려앉았다. 등골이 오싹해서 숨이 거칠어졌다.

차가 갑자기 속도를 줄였다. 비싼 외제 차가 앞으로 급히 끼어드는 바람에 고형덕이 브레이크를 밟은 것이다.

"저 개새끼!"

고형덕은 욕을 퍼부었다.

그 괄괄한 목소리 덕분에 김현은 우울한 감정에서 벗어날 수 있었다.

엉망진창인 실내가 눈에 들어왔다.

구겨서 내던진 햄버거 포장지가 수십 개나 뒷좌석 아래에 쌓여 있고, 둘둘 말린 수건 네댓 개가 좌석 귀퉁이에 처박혀 있었다. 벗어 던진 셔츠는 걸레처럼 색깔이 누렇게 변해 있었다. 양말은 짝을 잃고 뒷좌석 손잡이에 걸려 있었다. 비닐 속 식빵엔 암녹색 곰팡이가 활짝 피어 있었다.

김현은 아무 말도 하지 않았다. 그저 고형덕이라는 사람의 삶도 그리 편하지 않다는 점만 알 수 있었다.

"임마, 깨끗한 편이야, 내 차는. 다른 형사들은 이것보다 더해. 완전 돼지우리거든. 쓰레기통이라고 해도 아무 말 못 할걸. 난 널 만나러 오기 위해 일부러 청소를 한 거야."

고형덕은 그렇게 말하면서도 속으로는 자신을 이해할 수 없었다. 청소? 안 한 지 반년은 넘었다. 만나러 와? 후배가 보낸 사진에 마음이 쓰여 왔다가 우연히 만났다.

대체 왜 저 녀석에겐 자존심을 내세우려 할까? 스스로도 납득할 수 없는 문제였다. 마치 저 녀석 앞에 서면 평소의 고형덕이 아니라 마음에만 있던 진짜 고형덕이 튀어나오는 느낌이랄까.

"고맙습니다."

김현은 무력감이 담긴 목소리로 말했다.

힐끔 김현을 본 고형덕은 손을 뻗어 라디오를 켰다. 뉴스가 흘러나오고 있었다.

–일곱 번이나 고장이 나서 출동에 문제가 생긴 차량의 제동장치 고장으로 대형 교통사고가 났습니다. 그로 인해 경찰특공대원들이 사망하거나 중상을 입었습니다. 김희정 기자가 보도합니다.

"세상이 어쩌려고 저러는지. 쯧쯧, 내 저럴 줄 알았어. 예산 때문이야, 예산. 대가리들이 돈을 엉뚱한 데 써 버리니 진짜 필요한 곳에 쓸 돈이 남아나지 않는 거지. 이건 말도 안 되는 교통사고야."

고형덕은 핏대를 올렸다. 누구보다도 경찰 내부 사정을 잘 알았기 때문에 더 화가 났다.

막을 수 있는 사고로 귀중한 목숨들을 잃었다는 게 도저히 믿기지 않았다. 숨이 막힐 듯 답답한 조직의 병폐가 그 교통 사고로 드러난 것이다.

김현은 주먹을 콱 쥐었다. 할 수 있다면 귀를 막고 달리는 차에서 뛰어내리고 싶었다.

더 참을 수 없어서 라디오를 끄려는데, 뻗은 손가락 끝이 사마귀처럼 부풀어 올랐다. 깜짝 놀라 손을 살핀 김현은 마치 공기를 불어 넣은 풍선처럼 손톱 아래쪽 피부가 부풀어 오르는 것을 볼 수 있었다.

그와 동시에 몸 내부에서 뜨거운 기름 같은 것이 제멋대로 돌아다니다가 등, 옆구리, 가슴, 배, 어깨 등을 때렸다. 부딪힐 때마다 돌풍 같은 고통이 몸 내부를 휩쓸었다.

겨드랑이에서 시작된 그 기운은 팔을 타고 올라갔다. 팔꿈치에 이른 순간, 관자놀이가 터질 듯한 통증에 몸이 떨렸다.

열기를 품은 액체는 맥박을 재는 손목을 뚫고 손바닥을 거쳐 새끼손가락 끝에 다다랐다. 잠시 휴식을 취한 기운은 거꾸로 손목과 팔꿈치를 거쳐 겨드랑이로 돌아왔다. 그리고 그 경로를 반복했다.

또 다른 기운은 목덜미에서 시작되어 어깨를 천천히 타고 내려가더니, 조금 전 그 기운과 합류하여 새끼손가락까지 흘러갔다. 두 번째 기운도 왕복하기 시작했다.

세 번째 기운은 아랫배에서 흘러나와 척추를 타고 위로 올라갔다. 명치와 가슴을 뚫은 후, 목과 뒤통수를 타고 오른 기운은 정수리에 이르렀다. 거기서 몸 밖의 서늘한 공기를 빨아들인 녀석은 다시 아래로, 아랫배를 거쳐 오른쪽 허벅지, 무릎, 종아리, 아킬레스건이 있는 발목 아래의 새끼발가락까지 거침없이 내달렸다. 그 기운 역시 시내버스처럼 일정한 점을 정류장 삼으며 왕복하고 있었다.

네 번째, 다섯 번째 등등 여러 기운들이 몸 곳곳을 돌아다니고 있었다. 그 기운이 중간에 막히거나 벽 따위에 부딪히면 김현은 못으로 몸 안쪽을 찌르는 듯한 통증의 지옥에 빠졌다.

신음이 터져 나올 뻔했다.

어찌나 움켜쥐었는지 손가락의 관절이 하얗게 질려 있었지만, 피부가 부풀어 올라 쥐기도 힘들었다. 손목과 팔도 커졌다. 옷이 팽창하는 바람에 찢어지기 직전이었다.

'설마, 내공 때문일까?'

김현은 노바디의 인형 탈처럼 커진 얼굴을 겨우 돌려 고형덕을 쳐다봤다. 다행히 고형덕은 라디오 뉴스에 흥분한 나머지 김현을 볼 생각도 없는 듯했다.

김현은 즉시 페플로 접속했다.

무너지고 부서진 벽돌이 깔린 네후령의 거리에 우뚝 선 김현은 몸을 살폈다. 몸은 건드리기만 해도 터질 듯한 풍선 같았다. 특히 오른손과 얼굴이 심각했다.

김현은 사라겐의 비월을 꺼내어 왼손으로 잡고 있는 힘을 다해 수라부월공을 펼쳤다. 동령고송으로 땅바닥을 내리찍는 순간, 어마어마한 힘에 땅이 0.5미터가 파였고, 그 너비는 3미터에 달했다. 쾅 굉음과 함께 흙먼지가 사방으로 퍼졌다.

소형 운석이라도 떨어진 흔적 같았다.

오른쪽 뺨이 약간 가라앉는 느낌을 받았다.

김현은 사라겐의 비월을 휘둘러 부막을 만든 채 얼마 남지 않은 건물로 돌진했다. 벽이 무너져 내부의 계단이 드러나 있던 건물은 김현의 충돌로 와르르 붕괴되었다.

격렬하게 움직일수록, 사라겐의 비월을 사납게 휘두를수록 팽창한 피부가 원래 상태로 돌아갔다.

김현은 이미 폐허가 된 도시에서 날뛰었다. 목적은 하나, 몸 안쪽에서 돌아다니는 기운을 잠재우기 위해서였다.

"휴우."

김현은 가늘고 긴 손가락을 살폈다. 부풀었던 흔적조차 남지 않았다. 얼굴도 원래의 이목구비로 돌아와 있었다.

급한 불을 끄자 다음 문제가 생각났다.

고형덕은 무척 당황했을 것이다. 조수석에 탄 사람이 갑자기 사라졌으니. 어떻게 둘러대야 할까?

그보다, 현실로 나가면 어디에 있게 될지 궁금했다. 달리는 자동차에서 접속했으니, 도로 위에서 나타날까? 아니면 고형덕의 자동차 조수석에 앉은 자세로 나타나게 될까?

"일단, 가 보자."

김현은 페플을 벗어났다.

다행스럽게도, 도로 위는 아니었다. 가로등이 앞으로 쭉 뻗은 어두운 도로가 눈에 들어왔다. 조수석이었다. 고형덕은 여전히 그 교통사고 이야기를 떠들고 있었다.

오늘 두 번이나 죽을 뻔했다. 뱀파이어 여신관에게 피가 빨려 죽기 직전에 이르렀고, 조금 전에는 그 뱀파이어에게서 흡수한 힘이 몸에서 날뛰는 바람에 풍선 터지듯 죽을 뻔했다.

그런데도 웃음이 흘러나온다.

김현은 고형덕을 보며 환하게 웃었다.

그제야 고형덕이 고개를 돌렸다.

"뭐야? 내 말이 웃기냐?"

입가에 힘을 준 고형덕의 턱이 호두 표면처럼 쭈글쭈글해졌다. 진짜로 화가 난 것이다. 김현이 경찰관의 죽음을, 동료의 죽음을 가볍게 여긴다고 오해를 한 것이다.

그 표정에 담긴 분노가 김현의 가슴을 후려쳤다.

사이코패스나 할 짓이다. 어떻게 웃을 수가 있을까? 제정신이면 할 수 없는 일이다. 눈물이 핑 돌았다. 김현은 고개를 숙였다.

고형덕은 깜짝 놀랐다. 따뜻한 햇살을 덮어 버린 먹구름에서 한바탕 비가 내리고 천둥 번개가 치는 느낌이었다. 마치 자신이 실수라도 저지른 것 같았다.

"괜찮냐?"

"아저씨, 사람을 죽인 적, 있어요?"

촉촉한 시선으로 고개를 든 김현이 물었다.

고형덕은 김현을 쳐다보느라 차가 중앙선을 넘는 것도 몰랐다. 빵빵 소리를 들었지만 반응이 느렸다. 맞은편에서 오던 택시가 기지를 발휘해 급히 피하지 않았다면 사고가 나서 크게 다쳤을 것이다.

고형덕은 여전히 김현을 응시하며 운전대를 돌려 원래 차선으로 복귀했다.

"있다."

고형덕은 갑자기 담배가 당겼다. 주머니를 뒤져 담배 한 개비를 꺼내어 입에 물었다.

"범인을 쫓다가 총으로 쏜 거예요?"

김현은 꼭 알고 싶어서 간절하게 물었다. 이런 상황에서 무엇을, 어떻게 해야 하는지 꼭 알고 싶었다. 죄책감에 짓눌려 가만히 슬퍼할 수만은 없다.

10년이 넘은 중고 자동차의 속도가 빨라졌다. 난폭 운전이지만 고형덕은 그 사실을 전혀 몰랐다. 자신도 모르게 액셀 밟은 발에 힘을 준 것이다.

"소매치기였어. 잡으려고 골목을 달리는 중이었고. 녀석이 큰길로 나갔는데, 달려오던 트럭에 치였어. 거의…… 즉사였다. 손을 써 볼 틈도 없이 가 버린 거지."

김현은 눈이 흐려지는 느낌을 받았다.

흐릿한 형체는 조금씩 또렷해졌다. 짙은 남색의 벤츠 덤프트럭이었다. 갈색으로 물든 머리카락을 어깨까지 기른 스키니 진 차림의 사내가 그 트럭 앞으로 뛰어들었다가 튕겨서 어마어마하게 멀리까지 날아가는 광경이 눈에 보이는 것만 같았다.

김현은 고개를 흔들어 그 망상을 내쫓았다.

"……그건 아저씨가 죽인 게 아니잖아요."

고형덕은 라이터를 못 찾아 입에 물고 있던 담배를 창문 밖으로 던져 버렸다. 평소엔 하지 않는 짓이지만, 지금은 개의치 않았다.

"중요한 건, 사람이 죽었다는 거다."

"그건 그래요."

김현은 고개를 들지 못했다.

이런 무력감과 패배감은 처음이었다. 기억이 온전하지 못한 4년 전보다 지금이 더 최악 같았다. 의식적으로 어깨를 곧게 폈다. 우울한 감정의 무게 때문이었다.

고형덕은 김현을 힐끔 쳐다봤다.

흉악한 살인범은 물론 소심한 잡범까지 숱하게 체포했던 그는 말투와 눈빛, 몸에서 흘러나오는 분위기만으로도 진범인지 억울한 처지인지 분간할 수 있었다. 경험으로 보건대, 김현은…… 살인자가 분명했다.

“그 기억, 오래가겠죠?”

“평생 따라다닌다, 그림자처럼. 특히 기분 좋을 때, 기쁜 일이 생겼을 때. 그 녀석에겐 더 이상 누릴 기회가 없다는 사실 때문이야. 그럴 때면…… 술로 마음을 달랠 수밖에 없다. 아니, 어떤 걸로도 지울 수 없을 만큼 지독해.”

고형덕은 평소보다 솔직하게 답했다. 김현이 살인범이라면 자수를 유도하기 위해서였다.

저 순진한 얼굴이 누군가의 삶을 끝장냈다는 사실을 도저히 믿기 어렵지만, 형사 노릇을 하다 보면 말도 안 되는 상황에서 범죄가 터진다는 사실을 알 수밖에 없다.

‘평생, 그림자처럼, 기회가 없다.’

그 말이 머릿속에서 맴돌았다.

김현은 자기가 한 짓이 얼마나 악한지, 얼마나 많은 사람들에게 갚지 못할 피해를 입혔는지 깨달았다. 만회할 방법은 없다.

“그래도 산 사람은 살아야지. 부모를 생각한다면 말이야. 하루하루 더 열심히.”

고형덕이 슬그머니 덧붙였다. 혹시라도 극단적인 생각을 할까 싶었던 것이다.

김현은 방에 갇혀 있는 자신을 떠올렸다. 그 조그만 방에서 빠져나오기 위해 이를 악물고 애를 썼다. 인내심이 무엇인지 배웠다고 확신했지만, 착각이었다.

아니, 무식하게 참는 법만 몸에 익힌 것이다. 생각하지 않았기 때문에, 이유를 깊이 파고들지 않았기 때문에, 그 사건처럼 되돌릴 수 없는 재앙이 터지고 말았다.

"휴우, 도저히 못 참겠다. 대체 누굴 죽인 거냐?"

고형덕이 물었다.

"사람을 죽였어요."

고형덕의 눈이 커졌다. 가슴이 덜컥 내려앉았는지 그는 손을 들어 명치를 가볍게 눌렀다.

"정말이냐?"

"수십 명을 죽였어요. 페플에서."

김현은 고형덕에게 진실을 털어놓지 않았다. 알려 봐야 이해 못 할 테니까.

고형덕은 욕을 퍼부으려다 참았다. 터져 나오려는 웃음도 억눌렀다. 대신 안도의 한숨을 내쉬었다. 김현이 누군가를 실제로 죽인 게 아니라서 다행이라는 감정이 더 컸다.

퍽.

고형덕이 손바닥으로 김현의 뒤통수를 때렸다.

"어른을 놀린 벌이다."

김현은 일부러 활짝 웃어 보였다.

잠시 후, 낡은 자동차는 요란한 엔진 소리를 내며 페플파크 입구에 도착했다.

"언제든 도움이 필요하면 연락해라."

고형덕은 명함을 꺼내어 건넸다.

"고맙습니다."

김현은 진심을 담아서 말했다.

다만, 고형덕이 아무리 뛰어난 형사라고 해도 자신을 도와줄 수 없다는 점은 분명했다.

돌아선 김현은 페플파크로 걸어갔다.

고형덕은 시동을 건 채 안으로 사라지는 김현의 뒷모습을 바라보고 있었다. 마음이 놓이지 않았다. 입으로는 거짓말을 할 수 있지만, 몸으로는 어렵거나 불가능하다. 그러니 저 녀석이 살인을 했을 가능성을 배제해선 안 된다.

어머니에게 연락해 볼까? 아니, 그랬다가는 괜히 어머니만 놀라서 기절하시겠지.

번쩍 한 가지 생각이 머리를 스쳤다.

"최상진!"

만약 김현이 누군가를 죽였다면, 그건 최상진 때문일 가능성이 매우 높다고 고형덕은 확신했다.

서킷 출발선에서 신호를 기다리는 경주 차처럼 자동차는 스키드 마크를 남기며 달렸다.

# 화결과 중결

김현의 집 앞까지 갔다가 페플파크로 돌아오며 주변을 샅샅이 뒤졌지만, 몬스터가 침입했을 만한 흔적을 찾지는 못했다.

안진후는 수십 번 전화를 걸었다. 결과는 마찬가지였다. 운전대를 잡은 강무석은 안진후를 힐끔거릴 뿐 끼어들지는 않았다.

벨이 울렸다. 안진후는 즉시 받았다.

"어, 나야. 찾았어? 아니라고? 응, 그래. 천무관에도 없다고? 알았어. 더 찾아볼게. 혹시 모르니까 페플파크에 들러서 확인한 후에 다시 연락할게."

천무관으로 간 윤태희로부터 온 전화였다.

강무석의 자동차가 페플파크 입구에 서자, 안진후는 기다리라고 말한 다음 뛰었다. 강무석은 철판 같은 얼굴로 차에서 내려 안진후 뒤를 따랐다. 어떤 말로도 떼어 놓을 수 없는 거머리 같은 기세였다.

안진후는 엘리베이터 기다리는 시간도 아까웠다. 김현이 집에 와 있기만 하다면 전화를 받지 않은 일도 모른 척 넘어갈 생각이었다. 그러나 22층 복도는 텅 비어 있었다.

"대체 어디 있는 거야?"

욕이 나올 뻔했다.

"한마디 해도 되겠습니까, 도련님?"

"그 녀석이 어디 있을까?"

안진후는 강무석에게 좋은 생각이 있을지도 모른다고 기대했다.

"김현은 도련님께 어울리지 않습니다."

"뭐?"

"현재 도련님은 위험한 상태입니다. 제가 왜 도련님 옆에 와 있는 줄 아십니까? 지난번의 그 화재는 사고가 아닙니다. 방화였습니다. 누군가 도련님을 노리고 불을 지른 겁니다."

강무석의 설명에 안진후의 눈빛이 달라졌다.

갑자기 아버지가 보냈다면서 경호원이 따라붙는 결정에 이유가 있다고 생각했지만 그 화재가 방화라니. 상상도 못 한 일이었다.

"진짜야?"

"제가 여기 있다는 게 그 증거입니다."

"아, 그래서 회장님이 페플 감찰부 소속 경호원을 내게 보내신 거구나."

"맞습니다. 그러니 도련님께서는 제 말에 귀 기울이셔야 합니다. 김현은 도련님께 위험 요소입니다."

"……다시 말해 봐."

안진후는 잠시 뜸을 들인 후에, 좀 더 힘이 깃든 목소리로 말했다.

"도련님."

"한 번만 더 그따위 이야기를 지껄이면, 경호원이고 뭐고 없어. 죽여 버릴 테니까."

안진후는 앙심을 품고 언젠가 가만두지 않겠다는 어린아이가 아니었다. 당장 그 결심을 실행할 수 있는 사람이었다.

안진후가 설치한 마취 가스에 호되게 당했던 강무석은 자신뿐 아니라 안진후를 위해서라도 자극해선 안 된다고 결론 내렸다.

다시 한 번 김현의 집과 페플파크를 왕복하며 전투 흔적을 찾아 헤맸지만 소득은 없었다. 점점 불길한 생각이 커졌다.

페플파크 입구에 윤태희가 서 있었다. 차에서 내리는 안진후를 향해 윤태희가 손을 흔들었다.

"누나."

안진후는 입에서 흘러나온 자신의 목소리에 흠칫 놀랐다. 마치 중요한 것을 잃은 사람의 실망한 말 같아서였다.

"김현은 무사할 거야."

"연락 왔었어?"

안진후는 윤태희의 어깨를 잡고 물었다.

"그 녀석은 세. 엄청 강해. 그러니까 무슨 일이 있다고 해도 최소한 자기 몸은 지킬 수 있을 거야."

"누난 김현을 몰라서 그래. 혼자라면 도망치겠지만, 뒤에 누군가 있으면……, 끝까지 버틸 거야."

안진후는 멍청한 바마퉁을 끝까지 감싸던 노바디를 떠올렸다.

"그건 그래."

윤태희도 인정하지 않을 수 없었다. 사제였던 론투엘을 구하려다 노바디는 자기 몸을 잃었다.

안진후는 가로수와 가로수 사이, 도로와 인도 사이의 턱에 엉덩이를 대고 앉았다. 윤태희가 옆에 자리 잡았다. 강무석은 5미터 남짓 떨어져 주위를 살피고 있었다.

차들이 속도를 내며 달리고 있었다.

"김현은 지금 마음이 복잡할 거야."

"왜?"

"자기 때문에 사람들이 죽거나 다쳤다고 생각할 테니까."

"말도 안 돼. 김현 덕분에 산 사람들이 얼마나 많은데."

"콤포 막스, 콤포 마구스가 그 공원에, 딱 그 시간에 왜 나타났겠어? 바로 김현 때문이지."

윤태희의 말을 안진후는 부정할 수 없었다. 왜 이 간단한 사실을 놓쳤을까? 몬스터가 우연히 거기 나타날 리는 없다. 이유가 있다면 그건 바로 김현일 것이다.

그제야 안진후는 김현의 얼굴에 드리웠던 그늘을 이해할 수 있었다. 유독 말수가 줄어든 이유도 죄책감 때문이었다.

친구가 벗어날 수 없는 절망에 짓눌려 있건만, 그 사실조차 전혀 모르고 있었다니. 안진후는 무력감에 고개를 들 수가 없었다.

그러나 그 납덩이같은 감정은 서서히 사라졌다.

김현의 절망을 안진후는 이해할 수 없었다. 그 마음을 느끼기 위해 애를 써 봐도 마찬가지였다.

머리로는 충분히 납득이 된다. 김현 자신으로 인해 사람들이 그토록 많이 죽었으니, 그 죄책감은 상상을 초월할 만큼 무거울 것이다.

문제는 가슴이었다.

안진후는 왜 머리와 가슴이 따로 놀까 생각했다. 그에게는 중요한 문제였다.

'난 왜 그 사람들의 죽음에 충격을 받지 않을까?'

안진후는 자신에게 질문을 던졌다.

그 순간, 답이 튀어나왔다.

'현실 역시 가상현실이니까.'

머리로 복잡한 논리를 풀어서 도달한 답이 아니었다. 마치 저절로 답이 나와 버린 느낌이었다.

그 답이 품은 뜻은 의미심장했다.

현실이 가상현실이라면, 페플에서 가능한 일이 현실에서도 가능해진다. 페플에 콤포 막스, 콤포 마구스 같은 몬스터가 등장하기 때문에 현실에서도 놈들이 나타나 사람들을 죽였다. 만약 페플에서 사람들이 되살아날 수 있다면, 현실에서도 가능할 것이다.

"맞아!"

안진후는 흥분하여 벌떡 일어섰다. 주먹을 움켜쥐고 미친 사람처럼 소리를 질러 댔다.

김현은 고민할 필요가 없는 문제로 절망하고 있었다.

페플에서는 죽은 사람을 살릴 방법이 매우 많다. 사제 직업을 택한 게이머는 팀에 속한 게이머가 죽으면 '비비 라브' 같은 스킬로 되살릴 수 있다. 그 외에도 다양한 아이템이 부활의 능력을 가지고 있다.

강무석이 안진후를 향해 다가왔다가 주위에 아무 문제가 없음을 확인한 후에 다시 자기 자리로 돌아갔다.

"뭐가 맞다는 거야?"

옆에서 목소리가 들렸다.

안진후는 천천히 고개를 돌려 윤태희를 쳐다봤다. 눈빛이

이글이글 타오르는 것 같았다.

"콤포 마구스의 마법이 그 공원에서 통했으니, 페플의 마법과 스킬도 여기 사람들에게 통할 거야. 아니, 통해야 돼. 그래야 죽은 사람들이 부활할 수 있으니까."

"뭐? 말도 안 돼."

"왜?"

"죽은 사람들이 살아나면…… 세상이 뒤집힐 거야."

윤태희는 천천히 고개를 흔들었다.

"아니. 세상이 덮어 버릴 거야. 그 공원에서 벌어진 그 끔찍한 사건을 덮은 것처럼. 장례식까지 다 치른 사람들이 살아서 돌아오면, 그 가족들은 장례식 자체를 기억 못 할걸. 아니, 장례식은 아예 없었던 것처럼 되겠지. 그러면 아무런 문제가 없어. 누나, 이곳은 페플과 연결된 현실이야. 노바디가 데스나이트가 되는 바람에 그 계정을 삭제하는 순간, 겔란드뿐 아니라 노바디를 알던 사람들의 기억 속에서 노바디가 사라졌잖아. 만약 지금 수행 중인 전생 퀘스트를 완수하면 겔란드 대사형은 노바디를 기억해 낼걸. 왜? 페플이라는 세계가 그걸 원하니까. 겔란드 대사형은 자기가 기억을 잃었다가 되찾았다는 사실조차 모를 거야. 아무리 설명해도 이해시킬 방법은 없을 거야."

그 설명을 들었지만 여전히 이해하기 어려웠던 윤태희는 요곤의 반지를 뺐다. 반지의 능력 덕분에 제멋대로 몰려들던 생각의 소음에 시달리지 않아도 되지만, 반대로 요곤의 반지로 인해 듣고 싶은 생각도 잘 들리지 않았다.

윤태희는 안진후가 얼마나 뛰어난 천재인지 다시 깨달았다. 그의 머릿속은 어마어마한 양의 지식을 하나로 빠르게 묶고 있었다. 여기서 근거를 찾아내고, 저기서 연결 고리를 쌓아 올리고, 그다음에는 자신의 추측을 확신으로 만들어 줄 토대를 이끌어 냈다.

생각이 다양한 영역을 빠르게 오가는 바람에 그 생각을 듣고 있던 윤태희는 현기증을 느껴야 했다.

다행히 윤태희는 안진후처럼 생각할 수는 없지만, 안진후가 내린 결론이 얼마나 타당한지는 알 수 있었다.

안진후는 머릿속으로 페플과 현실을 비교하고 있었다.

페플에 있는 무수한 NPC는 수많은 게이머를 상대한다. 게이머 중에는 NPC에게 짓궂은 장난을 거는 사람도 있다.

"넌 프로그램에 불과해."

"넌 NPC야. 그게 무슨 뜻인지 알려 줄까?"

"넌 로봇이나 다를 바 없어."

"여기 페플 세계는 거대한 컴퓨터 시스템이라고. 거대한 계산기 말이야."

게이머들에게는 욕설이나 성적인 희롱 외에는 어떤 말도 할 수 있는 자유가 있었다. 만약 NPC가 페플이라는 세계 전체를 관장하는 인공지능의 명령을 본능이라는 방식으로 따르지 않는다면, NPC 중 상당수가 게이머의 말과 행동을 통하여 현실이라는 또 다른 세계에 대해 상세한 지식을 갖게 되었을 것이다.

그러나 실제로 그런 일이 생기지는 않는다.

NPC는 아무리 맥도날드의 햄버거가 맛있다는 말을 들어도 '그냥 음식이 맛있는 곳이구나.'라고 생각할 뿐, 그 너머로 옮겨 가진 않는다. 대통령, 서울, 비행기, 태풍, 일본, 제2차세계대전 등 자주 듣는 단어나 사건에 대해서도 마치 무형의 필터에 걸러지는 것처럼, 그냥 듣기만 할 뿐이다.

안진후는 그 공원에서 끔찍한 사건을 목격한 사람들이 이 세계의 NPC라고 확신하고 있었다.

그들은 자유롭게 행동한다고 자신하지만, 보고 듣는 것들 중 일부만 머릿속에 쌓인다. 콤포 막스, 콤포 마구스의 존재를 직접 봐도 금세 기억에서 사라지는 이유는, 이 세계를 지배하는 강대한 의지가 허용하지 않기 때문이다.

"……아니야."

윤태희는 부정하고 싶었다, 현실 역시 페플 같은 가상현실이라는 사실을.

"나도 겁이 나. 내가 알아낸 사실 때문에. 하지만 이게 사실이야. 이게 진실인 거야. 누나가 내 생각을 읽을 수 있고 내가 슈뢰딩거를 불러낼 수 있는 건, 이 세계의 본질이 페플과 같기 때문이야."

윤태희는 고개를 흔들었다. 무엇보다 다른 사람들이 NPC라는 안진후의 생각에 동의할 수 없었다.

"네 말이 옳다면, 이미 세상에 알려졌을 거야. 모두가 그 사실을 알고 있을 거야."

"그 의지가 허락한다면 그랬겠지."

안진후는 '의지'라는 표현이 마음에 드는 동시에 왠지 모르게 종교나 신비주의 느낌이라서 싫었다. 그러나 대체할 만한 단어를 찾기 어려웠다. 시스템이나 법칙이라는 말은 어딘지 모르게 부족한 것 같았다.

"……우리는 왜 그 의지에서 벗어나 있을까?"

지쳐서 기운이 다 빠진 목소리로 윤태희가 물었다.

"그게 핵심이야."

안진후의 눈이 초롱초롱 빛났다.

"너도 모르는구나."

안진후의 생각을 읽은 윤태희가 중얼거렸다.

"나, 드디어 발견했어."

"평생 추구할 질문이라고, 그게?"

"누나와의 대화는 참 이상하면서도 재미있어. 길게 말할 필요가 없어서 말이야."

"네게는 지금 상황이 재미있을지도 모르겠지만, 난 아니야. 어떻게든 내가 아는 사실을 다른 사람들에게도 알리고 싶을 뿐이야. 만약 네가 평생 그 의지가 무엇인지, 거기서 어떻게 벗어났는지 답을 찾아내기 위해 애를 쓴다면, 난 그 진실을 사람들에게 알리기 위해 최선을 다할 거야."

"그건 누나의 목표겠지."

안진후는 씩 웃었다.

"그래, 내 목표야."

그 말을 내뱉는 순간, 윤태희는 이해할 수 없는 평온을 느꼈다. 안진후의 복잡하면서도 경쾌한, 너무나 빨라서 어지러운 생각은 물론 사방에서 몰려드는 사람들의 생각의 소음으로 머리가 여전히 아픈데도 묘한 안정감을 느낀 것이다.

'진정한 목표라는 게 이렇게나 기분 좋은 거라고는 생각도 못 했어.'

안진후가 웃는 이유를 조금이나마 알 것 같았다.

그 순간, 윤태희는 김현이 어디 있을지 감을 잡았다. 책임감 강한 김현이라면 거기 있을 것이다. 안진후의 결론은 너무나 어마어마한 내용을 담고 있어서 선뜻 받아들이기 어렵지만, 김현에게는 잘된 일이라고 윤태희는 확신했다.

장례식장은 한산했다. 아들과 딸, 며느리와 사위 그리고 손자, 손녀가 장례식장을 지키고 있었다.

조문객은 적은 편이었다. 나이가 들어 갈수록 술에 찌들어

살았을 뿐 아니라 사소한 말에도 참지 않고 달려드는 포악한 성격 때문에 그나마 곁에 있던 친구들도 떠나 버린 것이다.

집에서도 주먹을 휘두르기 일쑤여서 젊을 때는 자식들이 무서워했지만, 늙어서 힘이 줄어들자 아예 아버지를 상대하지 않으려 했다. 명절에도 자기들끼리 모일 뿐 아버지라는 말만으로도 질색을 했다.

그래도 아들은 가끔 아버지가 어떻게 사는지 들여다봤다. 공원 관리소에서 일을 하게 된 것도 아들이 아버지를 위해 소장에게 부탁했기 때문이다.

김현은 입구에 서서 공원에서 죽은 노인의 사진을 쳐다봤다.

비록 술에 취했지만 콤포 막스가 휘두른 도끼에 맞아서 죽었다. 그러나 세상은 노인의 죽음을 만취로 인한 실족 익사로 만들었다. 노인 스스로 술에 취해서 비틀거리다가 연못에 빠져 죽었다는 것이다.

호기심에 이끌려 죽은 콤포 막스 앞으로 다가왔다가 목숨을 잃은 고등학생의 장례식장은 옆방이었다.

김현과 비슷한 또래인 그 학생은 공원 뒤로 연결된 다리 높은 곳에서 추락하는 바람에 죽었다고 알려져 있었다. 하루아침에 아들을 잃은 엄마의 애끊는 울음이 밖으로 흘러나왔다.

그 사건으로 인해 죽거나 다친 사람들에게도 비슷한 일이 벌어졌다. 진실은 파묻히고 대신 이 세계가 만들어 낸 정교

한 이유와 상황이 그들의 삶을 덮어 버린 것이다.

피해를 입은 당사자들의 기억이 왜곡되었을 뿐 아니라, 목격자들 역시 진실 대신 거짓을 사실이라 믿었다.

병원 밖으로 걸어 나가는 김현은 휘청거렸다. 입구 옆 화단에 주저앉고 말았다.

한숨이 터져 나왔다.

김현은 울지 않으려 애썼다.

사람들이 죽었다. 페플과는 다르다. 그들은 다시 살아날 수 없다. 겁이 나서 미칠 것 같았다.

만약 여기에 콤포 막스가 나타나면 어떻게 될까? 뱀파이어 여신관은 죽었지만 그 방법을 아는 자가 나타난다면 그 사건이 재현될 테고, 공원에서보다 훨씬 큰 피해를 입게 될 것이다. 환자들은 도망칠 수도 없을 테니까.

페플과 연결되는 느낌을 김현은 잘 알았다. 몸 전체가 어디론가 빨려 드는 느낌이 들면, 즉시 기를 사방으로 뻗어 그 힘을 상대로 줄다리기를 한다. 숨이 턱에 오를 때까지 버티면, 중력의 두세 배나 되는 정체불명의 힘은 사라진다.

문제는 콤포 막스와 콤포 마구스가 공원으로 튀어나왔을 때처럼 자신이 그 힘을 막지 못할 경우였다.

"역시 여기 있었네."

윤태희였다.

"누나?"

김현은 윤태희가 자기 마음을 읽었다고 생각했다.

"너라면 여기 올 거라고 생각했어. 네 생각을 읽은 게 아니라."

윤태희는 김현 옆에 앉았다. 김현이 고개를 푹 숙인 채 아무 말이 없자 윤태희가 입을 열었다.

"괜찮니?"

"아, 응. 당연히 괜찮지."

"아닌 것 같은데."

이번에는 생각을 읽혔다고 김현은 확신했다. 그래서 얼른 병원 밖으로 나가려 했다.

정문에 다다른 순간, 윤태희가 말했다.

"저 사람들, 살릴 수 있어."

김현은 그 자리에 박힌 것처럼 멈췄다. 그리고 천천히 돌아서서 윤태희를 쳐다봤다. 눈빛은 세차게 흔들렸다.

"……뭐라고 했어?"

"살릴 수 있다고."

"어, 어떻게?"

김현은 철가루가 자석에 끌리듯 윤태희를 향해 다가갔다.

"앉아 봐."

"빠, 빨리 알려 줘."

김현에게 다른 말은 들리지도 않았다.

"진후랑 싱크 현상에 대해 이야기를 나눴어. 난 진후처럼

똑똑하진 않지만 적어도 명료한 사고방식과 상식을 갖춘 사람이라고 자부해. 진후도 나도, 같은 결론에 이르렀어."

"그래서?"

김현이 재촉했다.

윤태희는 구구절절 설명해 봐야 지금의 김현에겐 소용없다고 생각했고, 그 때문에 바로 결론으로 점프했다.

"페플과 현실 세계가 연결되지 않았다면 콤포 막스, 콤포 마구스 같은 것들이 공원에 나타날 수 없었겠지."

"맞아."

김현은 애가 탔다.

"이곳이 페플과 연결되어 있다면, 페플에서 죽은 사람을 살리는 마법이나 아이템이 이곳에서도 그 효과를 발휘할 수 있지 않을까?"

"아!"

김현은 답답했던 속이 뻥 뚫리는 기분이었다.

그렇다! 왜 그 생각을 못 했을까?

레나세르와 같이 데스나이트와 싸웠던 사제 효나는 '비비라브'라는 스킬로 성기사 규문을 되살렸다.

또한 페플에는 매우 비싸지만 게이머를 살릴 수 있는 아이템이 여럿 존재한다. 화타가 남긴 비법에 의해 조제된 웅회환, 한 사람을 죽이면 한 사람을 살릴 수 있는 기이한 바늘 일생일사침, 하루에 한 사람을 살릴 수 있는 시계 생부계도 그 아이템 중 하나였다.

당장 페플로 들어가서 웅회환 같은 아이템을 구해야 한다. 그 생각에 몸을 일으킨 김현은 집으로 갈 마음뿐이었다.

"진후에게 들었어. 넌 세와타트 산맥 지하 깊은 곳에 있다면서? 거기 들어간다고 해서 부활 아이템을 찾기는 어려워. 그 일은 내게 맡겨. 어떻게든 부활 아이템을 최대한 많이 모을 테니까."

"누나."

김현은 고마워서 눈물을 흘리기 직전이었다.

"네가 할 일은 따로 있어."

"……할 일?"

"다시는 놈들이 이곳으로 오지 못하도록 만들어야지."

"아! 맞아."

김현은 그 말을 이해했다.

한 가지 사실로 열 가지 관련성을 추측해 낼 수 있는 천재 안진후를 통해서 윤태희도 김현이 힘겨루기에서 져 버린 결과 몬스터들이 공원으로 튀어나와 사람들을 죽였다는 사실을 알게 된 것이다.

"가자. 진후가 무척 걱정하고 있을 거야."

"고마워, 누나."

"나도 고마워."

윤태희는 요곤의 반지를 들어 올리며 활짝 웃었다.

산들바람에 버드나무 잎이 흔들렸다.

정자 안 구석에 서서 가로등 비치는 연못 수면을 바라보던 대학생은 고개를 돌려 같이 온 여자 친구를 그윽한 눈으로 응시했다. '그 순간'임을 직감한 여자는 고개를 살짝 숙였지만 몸을 뒤로 빼지는 않았다. 남자가 다가갔고, 여자는 눈을 감으며 가만히 있었다.

입술과 입술이 닿으려는 찰나, 쓸데없이 화려한 목제 난간 바로 옆 공기가 흔들리더니 낯선 사람이 나타났다. 계단을 딛고 올라온 게 아니라 공간을 뚫고 나온 것 같았다.

이제 막 키스의 감촉을 느끼며 눈을 감으려던 남자가 뒤로 한 걸음 물러섰다. 키스가 멈추자 여자는 못마땅한 얼굴로 남자를 노려보다, 그 시선을 느끼고 몸을 돌렸다.

현기증으로 비틀거린 공지우는 짜증 섞인 눈으로 연인을 노려보았다.

남자가 본능의 명령에 따랐다. 여자 친구의 손을 꽉 잡고 정자 밖으로 나간 것이다.

왜 달아나야 하는지도 모르지만 그 직감 덕에 남자는 목숨을 건졌다. 여자 친구는 절대로 그 사실을 모를 터였다.

어지러워 난간에 걸터앉은 공지우는 현섬 레벨을 확인했다. 현재 레벨 22였다.

장거리 이동은 아직 몸에 무리를 준다. 현섬을 30레벨 이상으로 올리고 싶지만 문제는 시간이었다. 따로 시간을 내기 힘들 만큼 요즘 바빴던 것이다.

정자 밖으로 나온 공지우는 연못가를 빙 둘러서 걸었다. 서두르지 않고 천천히 주위에 있는 것을 살폈다.

오리 몇 마리가 연못을 가로지르고 있었다. 커다란 물레방아는 고장이 났는지 아니면 처음부터 장식용이었는지 몰라도, 멈춰 있었다.

"확실히 느껴져."

그 정보는 사실이었다. 이 평범한 공원에서 페플과 현실이 충돌했다. 페플에서 무언가가 튀어나온 것이다.

낯이 익은 사람이 맞은편에서 다가오고 있었다.

짙은 눈썹, 거칠게 난 수염, 힘이 들어간 턱 그리고 건장한 몸.

공지우는 즉시 그를 알아보았다.

"승모 씨가 어긴 어쩐 일이에요?"

공지우를 발견한 류승모의 얼굴에 언짢은 표정이 걸렸다. 눈가에 힘이 들어가 주름이 도드라졌다.

"모네타가 이런 일에 관심을 가질 특별한 이유라도 있습니까?"

류승모는 공지우가 몇 명을 죽였는지 알고 있었다. 적어도 기록에 남아 있는 사건만 일곱 명이었다. 현섬만큼 암살에

적합한 스킬도 드물 것이다.

"세상 모든 일이 돈과 연결되지 않나요? 승모 씨가 입고 있는 그 가죽 재킷도, 그 명품 구두도 모두 돈 없이는 살 수 없잖아요."

공지우가 답했다.

류승모의 눈에 감정이 스며들었다. 경멸이었다.

"세상을 그처럼 간단히 생각한다니, 참으로 편하겠습니다."

공지우는 비웃음을 가볍게 넘기고, 이곳에 온 목적에 집중했다.

류승모는 추적의 달인이다. 그러니 류승모라면 이곳에서 어떤 일이 벌어졌는지 자세히 알아낼 것이다.

"페플에서 뭐가 튀어나왔을까요?"

"직접 알아……."

류승모는 앞으로 몸을 굴렸다.

눈앞에서 사라졌던 공지우는 류승모 바로 뒤에 나타났지만, 암살에 사용하는 단검을 뽑지는 않았다.

"그냥 장난이었는데, 반응이 빠르시네요."

깔깔 웃던 공지우의 얼굴에서 웃음기가 사라졌다. 류승모가 손을 뻗어 허리에 차고 있던 채찍을 꺼내는 모습을 본 것이다. 그 채찍이 무엇인지 공지우는 잘 알았다.

"장난 좀 제대로 쳐 볼까 합니다."

류승모가 씩 웃었다.

채찍이 뱀처럼 살아나 허공에서 춤을 추었다.

산책 나온 사람들이 그 광경을 봤으나, 곧 흐리멍덩해진 눈으로 마치 아무것도 못 본 것처럼 일상으로 돌아갔다.

"당신과 내가 여기서 한바탕하면 뭐가 나타날까요?"

공지우는 한 걸음 뒤로 물러서며 물었다. 최악의 경우, 이곳에서 달아나기 위해서였다.

저 살아 있는 채찍의 능력을 고려하면 현섬으로도 도망 가능성은 50%에 미치지 못한다.

"흥."

류승모는 고개를 흔들며 채찍을 휘둘렀다. 채찍은 가볍게 울음을 터트린 후 허리를 감싸며 원래 있던 곳으로 돌아갔다.

"승모 씨는 지나치게 진지해서 탈이에요. 하긴, 현문 사람들은 대부분 진지하죠. 그보다, 유니온의 일원으로 부탁드려요. 이곳으로 나온 게 뭐였나요? 어차피 승모 씨가 보고한 내용은 저 위쪽으로 올라갔다가 저에게로 내려올 거예요. 승모 씨도 잘 알잖아요. 괜히 시간 낭비할 필요는 없어요. 그렇죠?"

공지우가 유니온을 언급하자 류승모의 눈이 가늘어졌다. 싫지만 어쩔 수 없이 부탁을 들어준다는 투로 류승모가 답했다.

"콤포."

"콤포가 나왔다구요? 말도 안 돼요."

공지우는 깜짝 놀랐다.

"콤포 막스와 콤포 마구스. 각각 한 마리씩."

"그냥 콤포보단 강할지 모르지만, 그놈들에겐 경계를 뚫고 현실로 나올 힘은 없어요. 아! 그렇군요. 뒤에 누군가 있는 거죠? 누군가 콤포 막스와 콤포 마구스를 여기 이 공원으로 보낸 거죠? 그렇죠?"

"탐욕에 찌든 것치고는 똑똑하군요."

류승모는 절제된 오만함을 담아서 말했다.

현섬을 펼쳐 단숨에 저 혓바닥을 잘라 버리고 싶었지만 공지우는 애써 자제심을 발휘했다.

"누가 보낸 거죠? 왜 여기로 콤포 막스와 콤포 마구스가 나왔을까요?"

"그 이상은 직접 알아보시오."

그 순간, 류승모는 물론 공지우까지 깜짝 놀라 주위를 두리번거리다 연못을 노려보았다.

연못에서 한 사람이 걸어 나왔다. 마치 검은 연기를 보호막처럼 두르고 있는 사람인데, 서서히 연기가 걷혔다. 웃으면 인자하지만 가만히 있으면 냉혹하기 이를 데 없는 인상의 소유자였다.

"여어, 오랜만이야."

남자는 활짝 웃으며 손을 흔들었다.

"주용석."

류승모가 중얼거렸다.

"용석 씨도 왔군요."

"언제 봐도 지우 씨는 참 아름답네요. 뉴욕에서 봤을 때보다 더 예뻐진 것 같습니다."

"과찬이에요."

공지우는 팽팽하게 당겨진 시위처럼 몸을 긴장시켰다. 류승모보다 열 배는 위험한 남자의 등장 때문이었다.

류승모는 이성적인 사람이어서 설득이 가능하지만, 주용석은 아니었다. 이곳에서 물러날 기회를 엿보고 있지만 쉽게 빠져나가긴 힘들 것 같았다.

"지우 씨를 오랜만에 보니 감동이 절로 솟아나는군요. 해서, 지우 씨께 선물을 하나 드리려 합니다. 누군가 이곳에서 콤포 막스를 죽였습니다. 콤포 마구스도 없앴습니다."

그 말에 류승모는 눈살을 찌푸렸다. 알려져서는 안 될 사실을 주용석이 폭로했기 때문이다.

공지우는 류승모의 반응을 통해 그 말이 사실임을 알아차렸다.

"누가 죽였을까요?"

공지우가 물었다.

"그게 바로 문제입니다."

주용석이 씩 웃자 눈 아래쪽으로 고양이 수염 같은 짙은 주름이 피부에 깊게 팼다. 얼굴은 웃고 있지만 몸에서는 살

기가 강렬하게 흘러나왔다.

"젠장."

류승모가 허리에 감아 놓은 채찍 추사편을 흔들며 몸을 감쌌다. 공지우는 류승모 뒤로 숨어들며 현섬을 펼치려 했다.

그때, 주용석의 몸이 새까만 연기로 변하며 두 사람을 덮쳤다.

주용석의 특기인 테네파르 인스푸모에 닿으면 피부가 문드러지고 뼈까지 녹아내린다. 류승모, 공지우 둘 다 주용석의 능력을 알기에 있는 힘을 다하여 그 연기를 막으려 했다.

그러나 끈적거리면서도 엄청나게 빠른 죽음의 돌풍에서 완전히 벗어나기란 불가능에 가까웠다. 류승모가 회전시킨 추사편의 방어막을 뚫고 들어온 테네파르 인스푸모는 그의 팔을 덮었을 뿐 아니라 뒤쪽에 있던 공지우의 얼굴을 스쳤다.

놀란 공지우는 현섬 발동에 실패하고 말았다.

"……엄포였던 모양이오."

류승모가 말했다. 테네파르 인스푸모가 아니라, 단순한 검은 안개였던 것이다.

"주용석은 위험해요."

"동감하오."

두 사람은 서로를 바라보았다. 시선이 마주쳤을 뿐인데, 둘 다 같은 결론에 이르렀다. 그건 곧 현문과 모네타가 공동의 목표를 향해 힘을 합칠 수 있다는 뜻이었다.

"또 봅시다."

류승모는 몸을 돌려 공원을 빠져나갔다.

"그래요."

공지우는 길드 마스터와 의논하기 위해 현섬을 펼쳤다. 이번에는 성공했다.

목욕탕은 뽀얀 수증기로 가득 차 있었다.

조그만 유리창에 얼굴을 갖다 댄 처용은 저 아래에 펼쳐진 꿈과 환상의 세계를 살피느라 여념이 없었다.

온통 여자들뿐이었다. 그것도 대부분 젊었다. 역시 이 시간에 와야 했다!

윤기 흐르는 우윳빛 피부에 탱탱한 가슴, 크고 아름다운 엉덩이가 모락모락 피어오르는 뜨거운 김에 가려 보일락 말락 했다. 처용은 손을 뻗어 중요 부위를 가로막은 그 증기를 없애고 싶었다.

망치 묠니르를 손에 든 토르는 처용의 지시대로 망을 보고 있었다.

'중요한 일이라고 해서 급히 접속했더니만…….'

토르는 가끔 처용이라는 이름을 가진 게이머를 확인했다. 그토록 근엄하고 조금은 거친 노관장님이 저 게이머라니, 믿기 힘든 일이었다.

다리가 저절로 움직였다.

어느새 토르는 처용 바로 뒤에 서서 창문을 힐끔거리고 있었다. 의지와 상관없는, 강력한 끌림 때문이었다. 저런 광경을 눈앞에 두고도 가만히 있을 수 있는 남자는 없으리라.

망치를 등에 찬 그는 본격적으로 처용 옆에 앉아 창문을 들여다보기 시작했다.

라마간에 이런 명당이 있음을 한 번도 들어 보지 못했다. 게이머들 중에는 변태 새끼도 무척 많을 텐데, 왜 녀석들은 저 아름답고 오묘한 장면을 놓쳤을까?

그때, 처용이 속삭였다.

"너도 남자구나."

"……당연히 저도 남잡니다."

토르는 얼굴을 붉혔다.

"다 늙은 내가 뭘 더 바랄까? 이 자리는 네게 주마."

처용은 쓸쓸한 표정을 지으며 뒤로 물러섰다.

"정말요?"

처용답지 않은 말에 토르는 깜짝 놀랐다.

이기적이고 참을 수 없을 만큼 오만한 사람이 바로 처용이었다. 현실 속 노관장이라는 지위로 인해 묻혀진, 스스로 감출 수밖에 없었던 진면목이 페플에서 고스란히 드러난 것이라고 토르는 짐작했다.

"다른 사람들에겐 비밀이다."

"물론입니다."

토르는 역시 노관장님이라고 생각했다.

처용은 소리도 없이 어둠 너머로 사라졌다.

토르는 본격적으로 김이 서린 유리창에 얼굴을 대고, 가까이 보느라 뺨과 코가 유리창에 닿아 찌그러진 것도 모른 채 목욕탕을, 아래를 내려다보았다.

그때, 쭈글쭈글한 할머니가 코앞에 나타났다. 그 할머니와 토르 사이에는 얇은 유리창 한 장뿐이었다.

"뭘 그리 열심히 들여다봐?"

"그, 그게……."

"거기 있지 말고 들어와."

"아닙니다. 아닙니다."

달아나려고 돌아선 토르는 키만 큰 할머니, 뚱뚱한 할머니가 목욕 가운을 입은 채 뒤에 서 있다는 사실을 알아차렸다. 힘껏 도망쳤으나 팔다리 하나씩 할머니들에게 잡히고 말았다.

토르는 비명을 지르며 목욕탕으로 끌려갔다. 라마간의 할머니 수십 명이 모인 목욕탕에서 알몸이 된 순간, 토르는 크게 외쳤다.

"노관장님!"

광장을 가로질러 도시 정문으로 걸어가던 처용은 어둠을 뚫고 울려 퍼지는 처절한 비명에 새끼손가락을 들어 귀를 팠다.

"어디선가 들어 본 목소리 같은데, 기억이 나질 않네. 늙으니 대가리부터 말썽이야."

그때, 메시지 창이 떴다.

-강영준 관장이 외할아버지를 뵙기 위해서 찾아왔어요.

외손녀 홍유정이 보낸 메시지였다.

처용은 빙긋 웃었다. 속내를 알기 어려울 만큼 표정 변화도 없고 행동까지도 굼뜬 녀석이 드디어 움직인 것이다. 그동안 김현에 대해 샅샅이 조사를 했을 테니, 뭐라고 지껄일지 꽤 기대가 컸다.

처용은 즉시 접속을 끊었다.

커넥터 밖으로 나온 현기명은 어지럼증에 시달렸다. 병원을 찾아갈 만큼 심각한 증상은 아니었다. 페플의 처용과 현실의 현기명 사이에 그만큼 커다란 격차가 있었던 것이다.

커넥터가 놓인 안방 밖으로 나갔다. 홍유정이 나무 기둥 옆에 서 있다가 현기명을 보고는 종종걸음으로 다가왔다.

"김현 때문이죠? 틀림없이 반대할 거예요."

홍유정이 말했다.

"나중에. 넌 네 방에 들어가 있거라."

뒷짐을 진 현기명은 서재로 들어섰다.

무릎을 꿇고 앉아 있던 관장이 몸을 일으켰다. 185센티미터에 수영 선수처럼 어깨가 떡 벌어진 관장 때문에 서재가 좁게 느껴졌다. 현기명은 원목 좌식 책상으로 돌아가서 천천히 앉았다.

"사부님을 뵙습니다."

강영준이 고개를 숙였다.

"앉거라."

"네, 사부님."

강영준은 여유롭게 몸의 중심을 낮추었다. 보통 자세를 바꾸면 약점이나 틈이 드러나기 마련인데, 눈앞의 강영준은 평범하면서도 완벽에 가까운 자세를 유지하고 있었다.

'음, 성장했군. 호연공에 시간을 들인 모양이야.'

현기명은 대제자의 성취에 기꺼웠다.

"늦은 시간에 날 찾아온 이유는?"

"사부님께서도 아시리라 생각합니다. 바로 수문례 때문입니다."

"수문례?"

수문례는 천무관의 계승자가 제자를 받아들이는 공식 절차를 말한다. 수문례 통과는 곧 계승자가 될 첫 번째 자격 요건이기도 했다.

"사부님의 뜻, 제자는 알고 있습니다. 해서, 최대한 빨리

수문례를 열려고 합니다. 진행해도 되겠습니까?"

강영준의 눈은 고요했다. 바람 한 점 불지 않는 높은 산 정상의 호수처럼 잔잔하면서도 차가웠다.

"그 아이에 대해 알아봤느냐?"

현기명은 의외라고 생각했다. 홍유정의 말처럼, 강영준이 찾아와서 이런저런 자격 요건을 놓고서 강하게 반대하리라 예상했건만.

"몇 가지 이해하기 힘든 점이 있지만, 아마도 둘째 사백께서 가르치신 듯합니다."

"넌 참 일 처리가 확실하고 꼼꼼하다. 그게 네 장점이지."

현기명은 고개를 끄덕였지만 무거워지는 마음을 무시할 수는 없었다.

저 녀석, 천무관을 이끄는 위치에는 더없이 어울린다. 문제는 계승자라는 또 다른 자리였다. 계승자는 무엇보다 천무도, 그중에서도 천부선공을 전수받아 익히는 것이 중요했다.

"감사합니다."

강영준이 또 고개를 끄덕였다.

사부의 시선으로부터 자유롭게 된 그는 순간적이나마 얼굴이 딱딱하게 굳었다. 오랫동안 사부를 곁에서 모셨기에 눈빛만 봐도 그 마음을 짐작할 수 있었다.

"제3문을 돌파했느냐?"

"아직입니다."

"한번 보자꾸나. 네 몸놀림을 못 본 지도 오래됐으니 말이다."

몸을 일으킨 현기명은 무재를 벗어나 계관으로 향했다. 강영준은 말없이 뒤따랐다.

늙은 사부와 중년의 제자는 침묵 가운데 도복으로 갈아입었다. 현기명은 벽 쪽으로 물러나 섰고, 강영준은 중앙으로 천천히 걸어갔다.

"지난번엔 셋이었지?"

"그렇습니다."

"해 보거라."

현기명의 말에 강영준은 두 손을 허리에 붙이고 기를 모았다. 웅웅 소리가 나며 공기가 진동했다. 마보를 취하며 몸의 중심을 낮추자 흐릿한 안개가 허리 근처로 모여들었다. 투명한 기가 응축되어 눈에 보이는 경지에 이른 것이다.

그때, 강영준이 앞으로 발을 내디디자 쿵 소리와 함께 기가 사방으로 퍼져 나갔다. 그와 동시에 강영준이 한 명에서 세 명으로 늘어났다. 중앙의 강영준을 중심으로 좌우에 한 명씩 더 생긴 것이다.

그 세 명이 발을 앞으로 내딛는 순간, 쿵 소리가 나며 세 명은 여섯 명이 되었다.

"좋구나."

현기명이 추임새를 넣었다.

땀이 흘러내리고 얼굴이 벌겋게 달아올랐으며 입고 있던 도복이 부풀어 오른 강영준은 다시 제2문 쌍각 중 하나인 타각을 펼쳤으나 분신을 여섯 이상으로 늘리진 못했다.

탈진한 강영준이 그대로 무너졌다.

어느새 다가온 현기명이 강영준의 등에 손바닥을 대고 기를 불어 넣었다.

"감사합니다, 사부님."

"수고했다."

"죄송합니다."

고개를 숙이는 강영준.

"넌 네 나이의 나보다 10년은 성취가 빠르다. 뭐가 죄송하단 거냐?"

"……그래도 사부님의 기대에 미치지 못한 것 같습니다."

강영준의 목소리가 떨렸다.

"천부선공 제3문 파워는 만만히 볼 게 아니다. 몸을 한계 이상으로 움직여 분신을 만들어 내는 기술이니 말이다. 그러나 파워는 단순히 빠르다고 이룰 수 있는 관문이 아니다. 넌 이미 충분한 힘을 갖추고 있지만 그 힘을 제대로 쓰지 못하고 있다. 그게 안타깝구나."

"제 성격 때문이겠지요?"

강영준은 무릎을 꿇었다.

"넌 진지하고 차분할 뿐 아니라 인내심까지 갖췄다. 타고

난 재질은 넘치는 셈이지. 허나, 천부선공은 이 세상을 모두 담을 만큼 광활한 무공이다. 세상을 담을 만한 그릇이 아니고서야 천부선공을 제대로 익힐 수가 없지. 너도 알다시피, 나 역시 제5문 오행에서 멈춘 상태다. 내가 축현, 쌍각, 파위, 천맥을 돌파한 건…… 전적으로 두 사형들 덕분이지. 너처럼 나 혼자 애를 썼다면 아직도 제2문 쌍각에 머물러 있었을 게다."

"사부님은 지나치게 자신을 과소평가하십니다."

"허허, 그건 너도 마찬가지 아니냐?"

"앞으로도 계속 정진하겠습니다."

강영준은 허리를 굽혀 예를 갖춘 후, 계관을 빠져나갔다.

혼자 남은 현기명은 길게 숨을 내쉬었다. 자존심이 강한 녀석이었다. 둘째와 셋째의 도움은 아예 고려조차 하지 않는다. 무술의 최고 경지에 이르기 위해서는 저런 고집이 필요하지만, 자신이 가질 수 없는 것이 세상에 있음 또한 받아들여야 하는데.

그때, 김현이 계관 안으로 들어오다가 현기명을 보고는 깜짝 놀라 그 자리에서 얼어붙었다.

"노관장님?"

"무슨 일이냐?"

현기명은 부드럽게 웃었다. 저 아이를 보면 왠지 모르게 기분이 좋아진다. 정성 들여서 키운 난초를 바라보는 느낌이

랄까.

노관장은 김현의 몸에서 저절로 흘러나는 기운 때문이라는 사실을 알고 있었다. 천부선공이 뿜어내는 선기가 상쾌하면서도 매끈한 느낌을 풍기고 있었다.

김현은 현기명 앞에 섰다.

"……강해지고 싶습니다."

"강해져서 뭘 하게?"

"강해져야…… 지킬 수 있으니까요."

현기명은 김현의 대답을 귀로 들으면서 눈으로는 김현의 자세, 얼굴 표정, 눈빛 등을 빠짐없이 훑었다.

김현이 가진 능력이면 밤거리를 돌아다녀도 건드릴 사람이 없을 것이다. 혼자서 능히 깡패 열 명은 상대할 수 있을 테니까.

거짓말은 아니다. 김현에게서 절박함이 느껴진다. 무엇으로부터 누구를 지키려는 것일까?

현기명은 궁금했지만 묻지는 않았다. 저 단호한 얼굴을 보니 캐물어도 답이 나올 것 같지 않았다.

"내게서 무술을 배운다는 게 어떤 의미인지는 너도 알고 있겠지."

"알고 있습니다, 노관장님."

김현은 진지했다. 두 번 다시 공원에서의 사건 같은 재앙이 일어나지 않도록 막을 수만 있다면 무엇이든 다 할 수 있었다.

현기명은 그 눈빛을 보고 천천히 고개를 끄덕였다.

"지금부터는 사부님이라고 불러라. 정식 절차를 밟아야 하지만, 그런 건 형식적인 거니까. 넌 이제부터 내 제자다. 내 제자답게 행동을 해야 한다. 익숙하지 않겠지만 너보다 연장자인 관원들이 이곳 천무관에는 많다. 널 사숙, 심지어 사숙조라고 부를 아이들도 있을 게다. 그러니 위치에 합당하게 처신해야 한다. 알겠느냐?"

"네, 사부님."

김현은 목소리에 힘을 주어 답하면서도 이런 상황을 어디서 봤는지 기억해 냈다.

무협 소설을 보면 이런 상황이 가끔 등장한다. 괴짜 사부가 어린 제자를 받아들이는 바람에 항렬이 꼬인 것이다. 열 살 남짓한 아이를 사숙이라 부르며 공대하는 늙은 제자들의 마음은 대책 없는 사부로 인해 부글부글 끓는다.

그러나 지금은 거기에 마음을 줄 여유가 없었다. 어떻게든 힘을 키워야 한다. 두 번 다시 문이 열리지 않도록 만들 만큼 강한 힘이 필요했다.

"할 말이 있는 눈이구나. 해 봐라."

"사부님, 버틸 수 있는 힘이 필요합니다."

"버틸 수 있는 힘?"

"커다란 황소 수십 마리가 당겨도 끌려가지 않을 힘을 가

지려면 어떻게 해야 합니까?"

처음 만난 순간부터 엉뚱한 녀석이었다. 사람을 황당하게 만드는 재주를 가졌달까.

황소에 끌려가지 않을 만큼 강력한 힘이 왜 필요한지 현기명은 상상조차 할 수 없었다. 아스팔트와 콘크리트가 깔려 있어 흙을 만지기도 힘든 세상이 아닌가. 도시에서 태어나서 자란 아이들은 황소를 텔레비전에서나 볼 수 있다.

"네가 뭘 위해서 그런 힘을 원하는지 모르겠다만, 천무도에는 화결과 중결이라는 게 있다. 화결은 상대의 힘을 받아 넘기며 이용하는 걸 뜻하고, 중결은 말 그대로 몸을 무겁게 만들어 외부의 힘에도 흔들리지 않는 것이다. 먼저 화결부터 보여 주마. 내 손을 잡고 힘껏 당기거라."

현기명은 편안하게 서서 오른손을 앞으로 내밀었다. 전혀 힘이 들어가지 않은 자세였다.

김현은 그 손을 꽉 잡았다.

"세게 당길수록 얻는 바도 클 게다."

현기명이 말했다.

고개를 끄덕인 김현은 13년이라는 수련 기간 동안 쌓인 힘을 한꺼번에 끌어 올려 그 손을 당겼다.

몸 내부 깊이 스며 있는 내공을 사용하지는 않았다. 내공을 사용했다가는 대답할 수 없는 질문이 날아올 것 같아서였다.

그 순간, 몸이 왼쪽으로 밀리더니 허공에서 한 바퀴 반 돌다가 마룻바닥에 철퍼덕 쓰러졌다.

"어떠냐?"

"……."

김현은 현기명이 내민 손을 쳐다봤다. 손은 거기 그대로였다. 저 손이 자신을 밀었을까?

"직접 경험해 봐야 알 수 있는 것도 있지."

그 말에 김현은 벌떡 일어나 현기명의 손을 잡고 갑자기, 세게 끌어당겼다.

이번에는 오른쪽이었다. 어디서 왔는지도 모르는 힘이 몸을 던져 버렸다.

공중에서 회전하면서도 김현은 현기명을 놓치지 않았다. 현기명은 빙긋 웃으며 미동 없이 서 있기만 했다.

"다시."

허리가 뻐근하고 발목이 접질린 것처럼 아팠지만 김현은 몸을 일으켜 현기명 앞에 섰다.

이번에는 신중하게 손을 잡았다. 왼손으로는 손바닥을 쥐고 오른손으로는 현기명의 손목을 움켜잡았다. 절대 놓지 않으리라 마음먹으며 확 당긴 순간, 김현은 뒤로 나가떨어졌다. 천장과 마루가 뒤집어졌다.

"알겠느냐?"

"……모르겠습니다."

김현은 몸이 쑤시고 피곤해서 그 자리에서 잠들고 싶었다.

그럴 수 없다는 사실을 알기에 그 생각은 더욱 매혹적이었다.

"그럼, 일어나거라. 알게 될 때까지 시도해야지."

"……네."

김현은 포기할 수 없었다.

공원에서처럼 문이 강제로 열리기라도 한다면, 같은 사건이 벌어질 터였다. 몸이 부서지는 한이 있더라도 화결, 중결을 배우고 말리라 결심했다.

현기명은 하품을 했다. 그는 전혀 힘들지도, 지치지도 않았다. 늘그막에 얻은 어린 제자의 반복되는 재롱이 조금 지겨울 뿐이었다. 벌써 수십 번이나 자신의 힘에 휘둘려 나자빠지고 빙그르르 돌고 마룻바닥에 쓰러졌지만 저 녀석은 멈출 생각이 없는 모양이었다.

'역시 젊음이 좋아.'

백 번이 넘어가자 김현은 눈에 띄게 지쳤다. 일어서는 것도 힘들었다. 헐떡거리며 겨우 일어선 김현은 손으로 무릎을 짚은 채 현기명을 올려다봤다.

"힘들지? 비결을 알려 줄까?"

"……네, 사부님."

경험만으로 모든 것을 알아낼 수는 없다. 김현은 현기명의 입에서 흘러나올 지혜를 간절히 기다렸다.

주먹이 날아와 머리를 때렸다. 김현은 눈물이 날 만큼 아팠다.

"비결은 무슨? 벌써부터 잔꾀나 부리다니. 앞으로 사흘이다. 그때까지 화결을 네 것으로 만들지 못하면 넌 천무관에서 쫓겨날 것이야. 이곳 계관도 더 이상 출입하지 못할 게다."

처음엔 엄포라고 생각했다. 집중적으로 수련하도록 유도하려는 목적에서 사흘이라는 기간을 정했다고 확신했다.

그러나 장난기가 사라진 현기명의 얼굴 어디에서도 김현의 생각이 옳다는 근거를 찾을 수 없었다. 현기명은 더없이 진지했다.

"사부님?"

"최선을 다해라. 만약 사흘 안에 화결을 익히지 못하면 난 널 더 이상 제자로 여기지 않을 테니까."

현기명은 최후통첩을 남기고 계관 밖으로 나가 버렸다.

주저앉은 김현은 아예 누웠다. 백 번이나 이리 던져지고 저리 나뒹굴었더니 쑤시지 않는 곳이 없었다.

사흘 만에 화결이라는 무술을 배울 수 있을까?

그런 질문은 이 순간 아무런 가치가 없다. 어떻게든 사흘 안에 화결을 익혀야 하니까.

화결만 완벽하게 마스터한다면 몬스터의 강제적인 침입은 막아 낼 수 있을 것이다.

한 가지 아이디어를 생각해 낸 김현은 탈의실로 향했다.

# 방위와 오행

"아, 누구야?"

핸드폰 벨 소리를 듣고 몸을 일으킨 오정목은 침대 옆 탁자로 손을 뻗었다. 온종일 천무삼권은 물론 호연공을 익히느라 몸이 물에 젖은 솜처럼 무거웠다. 신음이 절로 흘러나왔다.

"여보세요."

–접니다.

"누구?"

–김현입니다.

"……김현?"

오정목은 핸드폰 화면을 확인했다. 누가 전화를 걸었는지 알기 위해서였다. '어린 사숙'이라 적혀 있었다.

– 계관으로 와 주십시오. 지금 당장.

전화는 끊겼다.

오정목은 핸드폰을 노려보았다.

이대로 자 버리고 아침에 따지러 오면 잠결에 받았다고 핑계를 댈까? 평소의 그라면 열이면 열 그런 결정을 내렸겠지만, 호기심이 피곤을 이기고야 말았다.

무슨 일로 이 늦은 시간에 전화를 했을까? 게다가 김현이 먼저 전화를 걸었다.

오정목은 옷을 주섬주섬 챙겨 입고 천무거를 나왔다.

행정을 담당하는 행무관 맞은편에 자리 잡은 천무거는 관원들의 기숙사였다. 모든 관원이 기숙사 생활을 하는 건 아니었다. 지방에서 올라왔거나, 몇 가지 자격 요건을 갖추어야 기숙사에 들어올 수 있었다.

늘어지게 하품을 하며 천무관으로 들어선 오정목은 불이 켜진 계관으로 향했다. 밖에서 창으로 살펴보니 김현은 수련실 중앙에 누워서 천장을 쳐다보고 있었다.

"사숙!"

오정목은 큰 소리를 내며 계관으로 들어섰다.

"화결에 대해서 알고 있죠?"

김현은 즉시 일어났다.

"화결?"

인턴에 해당되는 잠사를 거쳐 승급하면 범사가 된다. 범사

에서 한 번 더 승급하면 역사에 이르는데, 화결은 바로 역사의 단계에서 배우는 무술 원리였다. 익힐수록 다양한 무술에 접목할 수 있을 뿐 아니라 방어에 유용해서, 천무관 관원이라면 반드시 몸에 익혀야 하는 무리武理가 바로 화결이었다.

"알긴 아는데, 왜 그걸 갑자기 이 시간에?"

"일단 제 손을 잡아요. 힘을 줄 테니까, 화결로 저를 넘어뜨리면 되는 겁니다."

오정목은 자세를 잡았다.

상세한 설명은 곧 듣게 될 것 같았다. 사실, 설명을 아예 듣지 못해도 상관없다고 생각했다.

이 늦은 밤에 갑자기 사질을 불러내어 화결에 대해 묻는 저 엉뚱함은 결코 반듯하고 질서를 좋아하며 체계를 중시하는 관장 라인과는 어울리지 않는다.

오정목은 천무관에 괴짜가 또 한 명 탄생했음을 직감했다. 사실, 노관장님 역시 괴짜에 가깝기 때문에 황철호 사부님과 김현이야말로 직계라 할 수 있다.

'나 역시 괴짜 계열이니까, 나도 직계인가? 하하, 강도진이 이런 이야기를 들으면 얼굴이 빨갛게 달아오를 텐데.'

"갑니다."

그렇게 말한 김현이 힘을 주고 옆으로 밀자, 오정목은 화결을 펼쳤는데도 낡은 허수아비가 바람에 밀려 쓰러지듯 옆으로 넘어가고 말았다.

고통도 잊은 오정목은 황당한 표정으로 김현을 쳐다보았다.

"안다면서요?"

김현의 눈이 가늘어졌다. 마치 문이 쾅 닫히는 느낌이었다.

"……한 번 더."

오정목은 얼굴이 화끈거렸다.

화결은 작은 힘으로 큰 힘을 제압하는, 약자가 강자를 쓰러뜨릴 수 있는 기술이었다. 자신을 제자로 거둔 황철호 사부님이 천무삼권과 더불어 가장 오랫동안 수련하도록 만든 기술이 바로 화결이었다.

김현은 손을 내밀었고, 오정목은 양손으로 손목을 움켜쥐었다. 어떤 방향으로 던져진다고 해도 그 힘의 방향을 효과적으로 바꿔 놓기 위해서였다.

김현은 오정목을 쳐다봤다.

오정목이 고개를 끄덕였다.

김현은 오른쪽으로 손을 움직였다.

어깨의 긴장을 통해 그 낌새를 알아차린 오정목은 김현의 힘이 자신의 팔로 들어왔다가 다시 김현의 몸으로 돌아가도록 화결을 펼쳤으나, 이미 몸은 허공에 떠 있었다. 공중에서 한 바퀴 반이나 돈 다음 철퍼덕 마룻바닥에 쓰러지고 말았다.

분명히 화결로 힘의 흐름을 바꿨다! 왜 그 힘이 김현을 넘어뜨리지 않고 오히려 자신을 날려 버렸을까? 허리가 아파서

끙 소리를 내며 일어선 오정목은 이유를 몰라서 답답했다.

"화결을 배우긴 한 겁니까?"

김현이 얄밉게 물었다.

오정목은 아무 말도 하지 않았다.

비가 오나 눈이 오나 바람이 부나 화결을 매일 익혔다. 화결이 천무삼권 사이에 깊이 스며들도록 만들기 위해서였다. 그래서 오정목이 펼치는 천무삼권은 공격이 방어였고, 방어가 공격이어서 상대하기가 더 까다로웠다.

'맞아. 저 녀석은 지난번에 내 천무삼권을 쉽게 깨뜨렸어. 거기에도 화결이 자연스럽게 펼쳐졌을 텐데. 왜 저 녀석의 힘을 받아넘길 수가 없는 거지?'

"화결을 익히고 싶은데, 교본 같은 거 없습니까?"

오정목은 자존심이 구겨졌지만 체면을 내세울 수 없는 상황이라는 점은 그가 더 잘 알았다.

잠깐 기다리라고 말한 다음, 얼른 천무거로 달려가서 무술 일지를 가져왔다. 천무관에 인생을 걸기로 마음을 결정한 이후 하루도 빼놓지 않고 쓴 일기였다. 주로 그날 배운 무술 가르침이나 수련 과정을 기록한 것이다.

오정목은 두툼한 무술 일지를 들춰서 화결을 익힌 날을 찾았다.

천무관에는 각 과정마다 교과서, 혹은 매뉴얼이라 불리는 책이 있지만 그것만으로는 핵심을 파악하기 힘들었다. 스승의 가르침과 시범이야말로 지혜가 전승되는 방식이었다.

"화결의 첫 단계는 힘을 느끼는 거야. 화결은 기본적으로 힘이 흘러가는 방향을 바꾸는 거니까."

"힘을 느낀다?"

김현은 고개를 갸웃거렸다.

청명은 패시브 스킬, 즉 의식하지 않아도 저절로 효과를 발휘하는 능력처럼 자연스럽게 펼쳐지고 있다. 몸을 돌리지 않아도 대략 반경 5미터 안에 어떤 일이 벌어지고 있는지 청명을 통해 알 수 있었다.

좀 더 섬세하고 정확하게 감지할 수 있어야 할까?

"한 번 더 해 볼래?"

오정목은 왜 김현에게는 화결이 작동하지 않는지 알고 싶었다.

고개를 끄덕인 김현이 손을 내밀었다.

오정목은 몸의 무게중심을 낮추며 그 손을 꽉 잡았다.

김현이 손을 앞으로 당겼다.

오정목은 기다린 것처럼 그 힘의 방향을 바꾸려고 화결을 펼쳤다. 화결이 제대로 효과를 발휘한다면 오히려 김현이 뒤로 나가떨어질 것이다.

'아!'

몸이 공중으로 떠오른 오정목은 김현을 넘어 뒤쪽으로 던져졌다. 아프다기보다는 놀라움이 더 컸다. 왜 김현에게 화결이 통하지 않는지 깨달았던 것이다.

힘의 종류가 달랐다. 김현이 당기거나 밀 때의 힘과 자신이 가진 힘은 물과 기름처럼 섞이지 않았다.

오정목은 언젠가 사부 황철호가 한 말을 기억해 냈다.

"힘에도 여러 종류가 있다. 그 눈깔, 뭐냐? 못 믿겠다는 거야? 제자라면 사부가 하는 말은 무엇이든 믿어야지! 일단 맞고 시작하자. ……험험, 고개 들어. 몇 대 맞았다고 죽진 않아. 그보다 분위기가 깨졌잖아. 어마어마하게 중요한 이야기를 하려는 참인데."

황철호는 어떤 이야기를 해도 삼천포로 빠지는 경향이 있었다. 보통은 원래 하려던 이야기로 돌아오지만, 가끔은 바다 건너 이국으로 넘어갈 때도 있었다. 이번에는 운이 좋았다.

"어디까지 했지? 그래, 힘에도 종류가 있다는 이야기였지. 귀담아들어라, 한 번만 설명할 테니까. 역도 선수가 무거운 역기를 들어 올릴 때 사용하는 근골의 힘은 너도 잘 알 거다. 갓난아기도 그 힘을 가지고 젖 달라고 울어 젖히니까. 모든 사람은 근골의 힘을 타고난다. 두 번째는 잠재력이다. 이젠 식상해서 입에 올리기도 싫지만, 설명을 하려면 어쩔 수 없지. 불이 나면 평소 들지 못하던 무거운 물건도 번쩍 들고 집 밖으로 옮기는 아주머니 이야기는 너도 들어 봤을 거다. 특정한 상황에 이르면 숨겨진 힘이 밖으로 나오는데, 그걸 잠재력이라 부른다. 기합을 이용해서 끌어내는 힘도 잠재력의 일종이다. 무술가 역시 이 힘을 집중적으로 단련한다. 키가 작고 몸이 약해 보여도 덩치를 가볍게 제압할 수 있는 원리도 따지고 보면 잠재력으로 거슬러 올라간다. 마지막 힘은 기다. 너도 기공에 대해 들어 본 적이 있겠지? 기공술사라고 자처하는 사람들 중 다수가 사기꾼이지만 모두가 그런 건 아니다. 기는 사람의 몸뿐 아니라 세상을 가득 채우고 있다. 공기처럼 존재하지만 경험하기 힘든 거지. 소위 잘난 척하는 과학자들은 기의 존재를 부정하지만, 난 그놈들의 존재를 철저하게 부정하고 싶다. 인간 같지 않은 놈들이니까. 아무튼, 천무도의 꼭대기로 올라가려면 이 기를 제대로 다룰 줄 알아야 한다. 천무도의 핵심인 천부선공은 바로 기를 쌓아서 폭발적으로, 때로는 느리게 활용하는 무술이니 말이다."

거기까지 설명한 황철호는 고개를 흔들었다. 그리고 말을 이었다.

"지나치게 진지했다. 너도 알지, 내가 이런 분위기에 약한 거? 아무래도 술 한잔 걸쳐야겠다. 돌아올 때까지 세 종류의 힘을 완벽히 숙지하도록. 가능하면 세 번째 힘인 기를 느껴 봐."

"……언제 오실 건데요?"

"아마도 다음 달쯤."

그때가 더위가 아직 힘을 잃지 않은 9월 초였다. 황철호는

다음 해 여름이 되어서야 나타났다.

어쨌거나 오정목은 세 번째 힘을 감지하기 위해 부단히 애를 썼다. 자존심을 접고 라이벌 강도진을 찾아가서 물어봤다. 다행히 강도진도 기에 대해서 잘 모르는 눈치였다. 괜한 짓을 했다는 생각이 들었지만 곧 강도진을 잊고 기에 집중했다.

그러다가 우연히 노관장님을 뵈었는데, 평소 뒷짐을 진 채 말없이 지나가던 노관장이 그날은 오정목에게 대뜸 말을 걸었다.

"물의 기운을 느끼려면 물에 들어가야 하고, 자연의 기운을 느끼려면 자연 속으로 들어가야 하는 법이지. 허나, 지나친 집착은 오히려 원하는 것을 밀어내는 경향이 있어. 조심해라."

오정목은 번개에 맞은 기분이었다.

다음 날부터 노관장님의 조언을 실천에 옮겼다. 커다란 항아리에 물을 채우고 거기에 들어갔던 것이다.

주위의 반응은 예상대로였다. 괴짜 사부에 어울리는 괴짜 제자라는 말은 가볍게 무시했다.

그러나 보름이 지나고 한 달이 다 되어도 세 번째 힘은 느껴지지 않았다. 피부가 쭈글쭈글해져 거울을 보기 싫어졌을 뿐이다. 반년 가까이 온갖 지랄을 다 떨었지만 성과는 없었다.

오정목을 구한 건 노관장의 조언 중에서도 뒷부분이었다. 오정목은 언젠가부터 쫓기는 기분이었고 밤에 잠을 이루기 힘들 정도로 스트레스를 받았는데, 집착을 깨달은 후에는 편안하게 잠을 잘 수 있었다.

세 번째 힘을 포기한 것은 아니다. 다만, 기존의 수련을 다 내던지고 거기에 올인해서는 안 된다고 마음을 고쳐먹은 것이다.

오정목은 무술 일지를 뒤적거리는 김현을 바라보았다.

저 녀석은 세 번째 힘을 이미 능숙하게 사용하고 있었다. 부럽기도 하고 신기하기도 했다. 어떻게 기를 감지했을까? 어떻게 그 기를 쌓아서 자신의 것으로 만들 수 있었을까?

천무관에 뼈를 묻겠다는 각오를 처음 한 건 중학교 2학년 겨울 무렵이었다. 또래의 아이들이 그렇듯 오정목 역시 무술 영화를 보고 극장을 나오면서 그 마음을 굳혔다.

그 영화를 함께 본 반 친구들과는 달리 오정목은 다음 날 천무관으로 가기 위해 고속버스에 올라탔다. 학교 따윈 생각나지 않을 만큼 그 꿈을 향한 열망이 컸던 것이다.

아버지에게 끌려서 고향으로 내려가기를 몇 번이나 반복했다. 결국 아버지는 아들의 고집에 두 손을 들었다. 황철호가 나서서 천무관의 현재와 미래를 설명한 부분도 아버지의 심경 변화에 큰 영향을 미쳤다. 황철호는 자신이 오정목을 책임지겠다고 큰소리를 쳤다.

그 덕분에 오정목은 천무관 기숙사인 천무거로 들어와 학

교를 다녔고, 무사히 졸업할 수 있었다.

질투가 스멀스멀 피어올랐다. 세상이 불공평하다는 생각에 마음이 무거워졌고, 몸에서 힘이 빠져나갔다. 천재만 올라갈 수 있는 곳이라는 사실을 알았다면 아예 시작도 하지 않았을 텐데.

괜히 사부가 미웠다.

황철호는 입버릇처럼 말했었다.

—우리처럼 평범한 놈들의 저력을 보여 주자구.

오정목은 그 말을 철석같이 믿었다. 강도진 때문에 흔들렸지만, 천무삼권으로 강도진을 처음 꺾은 날, 바로 5월 22일, 오정목은 사부님의 신념이 옳다는 사실을 몸으로 경험했다.

다시 그 믿음이 흔들리고 있었다.

강도진조차도 범접할 수 없는 저 천재 때문에.

얼마나 오랫동안 수련을 해야 저 녀석을 한 번이라도 이길 수 있을까? 강도진의 경우는 10년이었다. 김현의 경우, 한 30년이 걸릴까? 아니면 50년?

'평생 한 번도 이기지 못하고 죽겠다.'

오정목은 우울했다.

그때, 김현이 소리를 질렀다.

"알아냈어요!"

"……뭘?"

오정목의 반응은 심드렁했다.

"왜 사부님의 화결은 강력한데 사질의 화결은 아무 힘이 없는지를 알아냈습니다."

오정목은 깜짝 놀랐다.

'사부님'은 그냥 넘겼는데, '사질'은 머리에 콕 박혔다.

김현의 입에서 사질이라는 호칭이 튀어나오다니. 그렇다면 사부님은 바로 노관장님을 뜻한다. 예상은 현실이 되었다. 김현은 노관장님의 네 번째 제자가 된 것이다.

오정목은 당장 뛰쳐나가고 싶었다. 뭘 기대하고 깊은 밤 기숙사에서 뛰쳐나왔는지 그 자신도 이해할 수 없는 지경에 이르렀다.

그러나 여기서 도망칠 수는 없다. 이 어린 녀석이 사숙이 된다면, 뭐 두 눈 딱 감고 사숙 대접을 해 주면 그만이다.

"힘의 종류가 달라서지?"

"어? 알고 있었어요?"

"이래 봬도 난 천무도 계승자님의 직계 제자의 제자야. 그 정도는 그냥 안다구."

"그러면 사질의 화결을 바꿀 수 있는 방법도 알고 있습니까?"

"……뭐?"

"손을 잡아요."

"뭘 하려고?"

오정목은 가슴이 두근거렸다. 왜 심장이 이토록 세차게 뛰는지 알 수 없었지만, 오른손을 뻗어 김현의 손을 가볍게 잡았다.

그 순간, 감전이라도 된 것처럼 몸이 떨렸다.

김현의 손에서 따뜻한 기운이 안개처럼 천천히 흘러나오더니 자신의 몸으로 퍼져 나갔다. 신기해서 왼손으로 오른팔을 만졌다. 피부로는 감지할 수 없는 기운이 거기 분명히 있었다.

'……이건, 기야!'

입안이 바짝 말랐다. 코와 입으로 흘러나오는 공기가 뜨거웠다. 입에서는 저절로 낮은 신음이 터져 나왔다.

꿈이라는 생각에 자신도 모르게 뺨을 손바닥으로 때렸다. 철썩, 눈물이 날 만큼 아팠다. 동시에 눈물이 날 만큼 기뻤다.

꿈이 아니었다. 언젠가 도달하리라 기대했지만 아무런 변화가 없어서 포기하고 말았던 그 경지에 오늘 처음 도달한 것이다.

눈물이 주르륵 흘러내렸다.

"고맙다."

오정목은 어린 사숙을 쳐다보았다.

"뭐가요?"

김현은 당황한 기색이 역력했다.

"네 기를 느끼게 해 줘서."

"제 기라구요? 아닙니다. 이건 사질이 쌓아 놓은 깁니다."

"……말도 안 돼."

"그동안 모르고 있었을 뿐이에요. 분명히 사질이 오랫동안 수련으로 쌓아 올린 기입니다."

"정말이야?"

"제가 왜 거짓말을 하겠어요? 전 그저 한쪽에 쌓여 있는 기를 부드럽게 만들어 흐르도록 했을 뿐인데요."

오래지 않아 김현의 말이 진실임을 오정목도 알 수 있었다.

몸을 감싸며 흐르는 그 기는 낯설지 않았다.

기의 안개가 어깨로 올라와 부드럽게 목을 덮는 순간, 오정목은 물을 가득 채운 항아리에서 느꼈던 그 습기와 한기를 동시에 느낄 수 있었다. 대자연의 기를 몸으로 느끼기 위해 설악산으로 기어들어 가 보낸 한 달의 기억도 떠올랐다.

오정목은 편안한 자세로 서서 그동안 쌓였던 기가 몸을 타고 흐르는 과정을 지켜보았다.

말할 수 없이 황홀했다. 파랑새를 찾기 위해서 세상을 헤매다가 포기하고 집으로 돌아간 순간, 거기 있는 파랑새를 본 것만 같았다.

"어떻게 한 거냐?"

오정목은 김현을 쳐다봤다. 아무리 꾸준한 수련으로 기를 쌓았다고 해도 지금까지는 전혀 모르고 지냈다.

"뭐라더라, 그거 있잖아요. 물이 흐르는데 갑자기 좁아지면 오히려 막혀서 물이 흘러갈 수 없는 현상을 뭐라고 말하잖아요. 갑자기 기억이 나지 않습니다."

"병목현상?"

"맞습니다. 그거, 병목현상. 전 그저 꼬여서 막힌 곳 몇 군데를 가볍게 풀었을 뿐이에요."

"막힌 곳 몇 군데를?"

오정목은 김현이 한 말이 얼마나 대단한 경지인지 알아차렸다. 일단 기를 실체처럼 감지할 수 있어야 할 뿐 아니라, 질이 다른 타인의 기를 다룰 줄도 알아야 한다.

사부님은 사람마다 수련 스타일이 제각각이어서 쌓이는 기의 질도 다르다고 누차 강조했었다. 기공에 능숙해져도 타인의 기를 건드리는 짓은 하지 말라는 이유였다.

자칫 잘못하면 이질적인 기가 충돌하거나 괴이한 방식으로 융합하여 몸이 마비되거나 피를 토하며 죽을 수도 있다고, 그게 바로 무협 소설에 나오는 주화입마 같은 거라고 반쯤은 농담으로 협박을 했다.

기공의 난해함은 바로 스스로 모든 문제를 풀어야 한다는 데 있었다. 조언은 해 줄지언정 누구도 나서서 직접 문제를 건드릴 수는 없다. 그랬다가는 둘 다 다치거나 죽을 수 있으니까.

바로 그 때문에 황철호 사부는 물론 노관장님까지 오정목의 문제를 보고 충고를 할 수는 있어도, 직접 문제 안으로 뛰어들지는 못했던 것이다.

'설마, 이 녀석의 경지가 노관장님보다 위라는 건가? 에이, 아무리 그래도. 그런 일은 있을 수 없어.'

오정목은 고개를 흔들며 자신의 어리석은 망상을 비웃었다.

"어때요?"

김현이 물었다.

"몸이 편안해졌어. 잠도 완전히 달아났고. 앞으로 사나흘은 한숨도 자지 않아도 될 것 같다."

"이제, 다시 해 봐요."

김현은 손을 내밀었다.

오정목은 화결을 익히려는 김현의 의지를 느낄 수 있었다. 저 녀석은 한번 마음을 먹으면 조건 따위 짓밟으며 목표를 향해 달려갈 거라고 확신했다.

오정목이 그 손을 잡았다.

김현이 왼쪽으로 당기는 순간, 오정목은 손과 팔에서 일어나 김현의 힘을 감싸는 부드러운 기를 느낄 수 있었다.

오정목이 화결로 방향을 바꾸자, 김현이 옆으로 주춤거리며 비틀거렸다. 그에 반해 오정목은 미동도 없이 그 자리에서 있었다.

비록 완벽하진 않지만, 화결이 통한 것이다.

오정목의 얼굴이 환하게 빛났다.

김현은 현기명에 비하면 어설픈 오정목의 화결 덕분에 그 과정을 들여다볼 수 있어서 좋았다. 현기명의 화결은 너무나 빨라서 그 메커니즘을 짐작조차 할 수 없었다.

"이제 제가 해 보겠습니다."

김현의 말에 오정목이 손을 내밀었다.

김현은 길게 숨을 내쉰 다음, 그 손을 잡았다.

오정목이 앞으로 강하게 밀었다.

김현은 조금 전 느꼈던 대로 힘의 방향을 돌리려 애를 썼지만, 타이밍도 안 맞고 결이 어긋나 버려 오히려 앞으로 고꾸라지고 말았다.

"휴우, 어렵네요."

김현은 마룻바닥에 누워 버렸다.

"너, 방위를 배운 적 없지?"

"방위라니요?"

"화결을 익히려면 방위는 필수야. 여길 봐. 내가 공들여 그려 놓은 거니까."

오정목은 무술 일지에서 64괘 방위를 그려 놓은 페이지를 찾아내어 김현에게 보여 주었다.

김현은 눈을 반짝이며 몸을 일으켰다.

"우와."

한 페이지를 차지할 만큼 커다란 원이 그려져 있고, 그 안에 동심원이 하나 더 있었다. 원은 예순네 개로 쪼개져 있는데 그 조각마다 천뢰무망, 건위천, 수뢰둔 등 어려운 한자 이름들이 빼곡히 적혀 있었다.

원 밖에는 동서남북이 표시되어 있어 예순네 개의 이름은 곧 예순네 개의 방위를 의미하고 있었다.

"화결의 핵심은 64괘야. 그걸 모르면 아무리 기를 감지할 수 있어도 효율적으로, 그때그때 흐름을 바꿀 수 없어."

"아!"

김현은 눈이 번쩍 뜨이는 기분이었다.

한편으로는 화가 났다. 그 영감탱이, 아무것도 알려 주지 않고서 사흘 안에 화결을 익혀라? 오정목에게 연락하지 않았다면, 오정목에게서 이토록 중요한 사실을 듣지 못했다면 사흘 내내 끙끙대다가 시간을 보냈을 것이다.

오정목은 순수하게 기뻐하는 김현을 보니 자신이 오히려 더 기분이 좋았다. 김현의 천재성으로 인해 품었던 질투심은 오히려 부끄러운 기억이 되고 말았다.

김현은 혼자 잘난 천재가 아니었다. 강도진처럼 자존심을 내세우는 타입도 아니었다. 김현은 자신의 탁월성으로 주위 사람들까지 위로 끌어올리는 스타일이었다.

'저 녀석 덕분에 난…… 드디어 기공을 펼칠 수 있게 됐으니까.'

앞으로도 자주 만나야겠다고 생각한 순간, 오정목은 궁금한 점이 떠올랐다.

“사숙, 사질이라는 호칭, 그렇게 싫어하더니, 왜 마음이 바뀐 거냐?”

“노관장님이 절 제자로 받아 주셨습니다.”

“정말? 언제?”

김현은 벽에 달린 시계를 쳐다보았다.

“음, 대략 다섯 시간 전에요.”

“……사실이구나.”

“그런 거짓말은 안 합니다.”

오정목은 즉시 무릎을 꿇었다.

“사숙, 그동안 제가 몰라서 무례를 범했습니다. 용서해 주십시오.”

“……왜 그래요?”

“용서해 주시면 일어나겠습니다.”

“용서합니다, 용서해요. 뭘 잘못했는지 모르겠지만.”

“천무관의 법도는 매우 엄해서 항렬은 반드시 지켜야 합니다, 사숙.”

오정목은 몸을 일으켰다.

“둘만 있을 때는 괜찮잖아요.”

“전혀 괜찮지 않습니다, 사숙.”

필요 이상으로 엄숙한 오정목.

그 표정을 본 김현은 웃음을 터트릴 뻔했다. 오정목의 코는 씰룩거렸고 뺨엔 경련이 일었다. 누가 봐도 마음과 얼굴이 다르다는 사실을 알 수 있었다.

곧 오정목도 웃고 말았다.

"맞아. 난 진지한 얼굴과는 거리가 멀어. 역시 난 사부님의 제자야. 사부님도 나와 비슷하거든. 지나치게 진지해지면 술을 마셔서 그 기운을 없애야 한다고 믿으시니까. 좋아! 이 오정목, 결심했다. 천무관의 지엄한 법도를 어기는 한이 있더라도 사숙의 명령에 따르기로. 막내 사숙의 명령이 법도보다 위에 있으니까. 그렇지?"

오정목은 웅변가처럼 힘 있게 말하다가 씩 웃으며 김현을 쳐다봤다. 김현은 배가 아플 만큼 웃겨서 대답할 수가 없었다.

"사숙도 편하게 말해. 그래야 나도 편할 수 있으니까."

"알았어."

두 사람은 마룻바닥에 누웠다. 곧 아침인데도 둘 다 전혀 피곤하지 않았다. 묘한 만족감에 취해 있었다.

창을 뚫고 햇살이 날아와 벽에 맺혔다. 천장에 달린 형광등이 무색해질 만큼 아침 햇살은 밝았다.

"불을 꺼 봐."

오정목이 말했다.

김현이 몸을 일으키려는데, 오정목이 팔을 잡았다.

"누워서. 사숙의 능력이라면 충분히 기를 사용해서 스위치를 누를 수 있지 않을까?"

"음, 좋아. 해 볼게."

김현은 기를 한쪽으로 끌어모았다. 현기명이 펼친 기검이 떠올랐다. 현기명처럼 기를 자유자재로 움직일 수 있다면 얼마나 좋을까? 조금씩 늘어났지만 50센티미터 이상으로 커지진 않았다.

오정목이 튕기듯 일어나 불을 껐다.

"사숙에겐 중결도 필요할 것 같다."

"중결?"

"화결이 힘의 방향을 바꾼다면, 중결은 힘의 실체를 강화하는 거니까."

"중결을 배우려면 뭘 해야 돼?"

김현은 스프링처럼 탄력 있게 일어섰다.

"나도 잘 몰라. 맛만 봤을 뿐이니까. 중결을 가르쳐 주신 지 하루 만에 사부님이 일본으로 가셨거든. 난 그 사실을 사흘 뒤 일본에서 온 전화를 받고 알게 됐고. 무책임한 사부님이 지금 어디에 있는지 난 짐작도 할 수 없어. 어쩌면 아프리카 대초원을 달리고 있을지도 몰라."

오정목은 고개를 흔들며 혀를 찼다.

"그래도 대충은 알 거 아니야?"

"일단, 오행을 깨쳐야 해. 사숙, 오행에 대해서도 모르지?"

"무협 소설에서 본 적은 있어."

"오행상극, 오행상생이라는 개념이 있는데, 만물에 깃든 여러 성향의 힘이 충돌할 때 어떤 일이 벌어지는지 알려 줄 뿐 아니라 실체가 어떻게 구성되는지도 그 개념으로 설명할 수 있어. 그 때문에 중결의 핵심은 오행이야."

설명을 들으니 길이 열리는 기분이 들었다.

김현은 화결과 중결을 이미 절반은 익힌 느낌이었다.

방위 64괘가 무엇인지, 오행상극이나 오행상생이 무엇인지 아는 바는 없지만, 그래도 어디로 가야 하는지는 알아낸 셈이었다.

화결과 중결을 확실히 마스터하면 두 번 다시 공원에서의 사건은 일어나지 않을 것이다. 끌어당기는 힘의 방향을 화결로 바꾸거나, 중결로 몸을 땅에다 말뚝 박아 버리면 제아무리 강한 놈이 페플에서 당겨도 절대 문은 열리지 않을 테니까.

배에서 꼬르륵 소리가 났다.

오정목이 깔깔 웃었다.

"사숙을 위해 이 늙은 사질이 순대국밥을 쏠게, 어때?"

김현은 얼른 탈의실로 향했다.

탕탕.

벨란데르는 플라스틱으로 만든 총으로 다가오는 콤포를 겨누고 두 번 발사했다. 어깨와 가슴에 각각 한 발씩 맞은 콤

포는 피를 뿌리며 넘어졌고, 다시는 일어나지 못했다. 두 발로 체구가 작은 콤포 한 마리를 죽일 수 있음은 분명해졌다.

"음, 탄창에 기껏해야 열 발이 들어가니까…… 저런 녀석 다섯 마리밖에 못 잡겠네."

방아쇠를 당겨 탄창을 비운 벨란데르는 새것으로 갈아 끼웠다.

홍콩 느와르 영화에서 자주 나오는 포즈처럼 양손에 총을 하나씩 쥔 벨란데르는 네후령 중앙 궁전 근처를 벗어나 아직 건물이 남아 있는 서쪽 지역으로 접어들었다.

콤포 렉스는 물론 김현을 노렸던 뱀파이어 여신관마저 죽었기 때문에 콤포 놈들은 무리를 지어 조직적으로 달려들기는커녕 벨란데르를 보면 달아나기 바빴다.

"찾았다."

벨란데르는 씩 웃었다. 모퉁이를 도는 순간, 5미터나 되는 콤포 막스를 발견했던 것이다.

콤포 막스는 말없이 다가온 벨란데르를 내려다보았다. 공격을 해야 할지 달아나야 할지 고민하는 눈치였다. 그런 콤포 막스를 향해 총을 들어 올린 벨란데르는 망설임 없이 방아쇠를 당겼다.

탕탕탕.

경쾌한 총소리가 퍼지며 총탄이 콤포 막스의 몸으로 파고들었다.

놀랍게도 스무 발이나 맞고도 콤포 막스는 죽지 않았다. 오히려 고함을 지르며 달려들었다.

벨란데르는 플라스틱 총을 버리며 뒤로 물러선 다음, 그란투모스를 뽑아 놈의 발목을 잘랐다.

쿵.

앞으로 쓰러진 콤포 막스는 곧 움직임이 멎었다.

“화력이 부족해. 플라스틱 재질로 만들어 봐야 콤포 막스처럼 피부가 두껍고 덩치가 큰 몬스터에겐 통하지 않겠어.”

고개를 흔든 벨란데르는 궁전으로 돌아가 김현에게 부탁해서 페플로 옮긴 커다란 가방에서 노트북과 드론, 조종기 등을 꺼냈다. 무선 연결 상태는 양호한 편이었다.

드론의 파워 버튼을 누르자 프로펠러가 맹렬하게 회전하기 시작했다. 벨란데르는 조종기를 들어 올렸다.

곧 드론이 공중으로 날아올랐다. 드론에 달린 카메라의 영상은 노트북에서도 볼 수 있었다.

상공 50미터까지 올라간 드론 덕분에 네후령의 전경이 한눈에 들어왔다.

페플에서도 현실의 전자 기기가 정상적으로 작동한다는 사실을 확인한 순간, 검은 화살 세 대가 날아와 드론을 쳤다. 그중 한 대가 드론을 꿰뚫었다.

콤포 놈들이 화살을 쏜 것이다.

드론이 망가지며 추락했지만 벨란데르는 개의치 않았다.

써먹을 수 있다는 사실을 확인했으니까.

벨란데르는 김현의 능력이 탐났다. 자유롭게 현실과 페플을 오가면서 물건을 옮기는 그 능력만 있다면 쥐구멍에 있는 온갖 기기를 페플로 가져올 텐데.

부탁을 하면 김현은 흔쾌히 들어주겠지만, 언제든 아이디어가 생기면 직접 옮길 수 있는 것보다는 불편할 수밖에 없다.

김현은 오늘도 천무관에 갔다. 이틀째였다. 거기서 힘을 길러 공원에서의 사건이 재발하지 않도록 애를 쓰는 모양인데, 벨란데르가 보기에는 틀린 방법이었다.

페플과 현실이 연결되어 있으니 페플에서 레벨을 올리면 그로 인한 능력 향상 역시 현실에 반영될 것이다. 그렇다면 레벨업이야말로 당면한 목표인 셈이다.

당연히 김현에게 그 이야기를 전했다. 네후령과 인근 지하 동굴에 서식하는 몬스터를 사냥해서 하루라도 빨리 고레벨로 올라가야 한다는 내용을 넌지시 내비쳤지만 천무관에서의 수련에 마음을 뺏긴 김현의 귀에는 아무것도 들리지 않는 모양이었다.

"왜 안 오는 거야?"

벨란데르는 설정 창을 띄워서 시간을 확인했다. 아직 약속 시간 전이었다. 마음이 급해서 일찍 접속했기 때문에 벨란데르는 아직 30분이나 남았다는 사실에 깜짝 놀랐다.

"슈뢰딩거."

짬이 난 벨란데르가 불의 정령을 불렀지만, 아무런 반응도 없었다. 당연히 나타나야 할 고양이 모양의 불꽃은 보이지 않았다.

벨란데르는 주위를 살폈다. 가끔 슈뢰딩거가 장난을 쳤기 때문인데, 주위를 샅샅이 뒤져도 진홍색의 슈뢰딩거는 찾지 못했다.

"슈뢰딩거!"

메아리가 돌아올 만큼 소리쳐도 결과는 같았다.

벨란데르는 덜컥 겁이 났다. 얼마나 고생해서 불의 정령과 계약을 맺었던가? 다시 하라면 엄두도 내지 못할 것이다. 처음이라 멋모르고 뛰어들었던 것이다.

벨란데르는 서둘러 불을 피웠다. 건물 잔해에서 태울 만한 것을 가져와 모닥불을 피운 것이다.

그 앞에 앉은 벨란데르는 마치 살아 있는 것처럼 혀를 날름거리는 불꽃을 바라보았다. 그렇게 하면 슈뢰딩거가 부름에 응할 것만 같았다.

속삭여도, 호통을 쳐도, 벌컥 화를 내도 슈뢰딩거는 나타나지 않았다. 대신, 약속 시간이 되어 바마퉁이 빛의 안개 추영을 데리고 모습을 드러냈다.

"벌써 왔네."

"휴우."

"무슨 일 있어?"

바마퉁의 눈이 커졌다. 김현과 안진후가 그 공원에서 어떤 일을 겪었는지 들었기 때문이다.

"아무것도 아니야."

벨란데르는 흙을 끼얹어 불을 꺼 버렸다.

신경질적인 태도를 감지한 바마퉁은 왜 기분이 나쁜지 물으려다 참았다. 벨란데르에게서 좋은 소리가 돌아올 것 같지 않아서였다.

"노바디는?"

"천무관."

"수련하러?"

"전화번호 알잖아. 직접 물어봐."

"……응."

바마퉁은 오늘의 사냥이 좀 힘든 시간이 되겠다고 속으로 생각했다.

노바디가 곁에 있으면 신기하게도 벨란데르는 온순한 양이 될 뿐 아니라 무엇이든 즐겁게 한다. 문제는 노바디가 없을 때였다. 평소에도 노바디가 없으면 짜증을 쉽게 내는데, 오늘은 다른 문제까지 겹친 모양이었다.

바마퉁은 최선을 다하리라 마음먹었다.

"가자."

벨란데르가 앞장섰다.

"어디로 갈 거야? 도시 밖으로? 아니면 지하로?"

"여기도 지하잖아."

목적지부터 결정했어야 했는데. 그걸 바마퉁의 질문으로 알아차린 벨란데르는 더 화가 났다.

대체 슈뢰딩거는 어디로 가 버렸을까? 항상 곁에 있어서 얼마나 좋았는데. 슈뢰딩거가 없으니, 바마퉁을 따라다니는 추영이 더 훌륭해 보였다.

"아, 그건 그래."

일부러 활짝 웃는 바마퉁.

"아래로 내려가자. 입구가 어딘지는 알지?"

"알고 있어. 저쪽이야."

바마퉁은 손가락으로 동쪽을 가리켰다.

벨란데르가 씩씩거리며 앞서자, 바마퉁은 어깨를 으쓱 올렸다. 따라가던 추영이 바마퉁 앞으로 나오며 분홍색 고양이로 변했다. 슈뢰딩거를 흉내 낸 것이다. 그 고양이의 머리에 뿔이 생기더니, 빠르게 커졌다. 고양이의 얼굴도 일그러졌다.

"슈뢰딩거가 화난 거야?"

바마퉁이 물었다.

그때, 벨란데르가 몸을 돌렸다. 추영은 어느새 바마퉁 뒤로 돌아가 평소처럼 빛의 안개로 퍼져 있었다.

"뭐라고 했어?"

"……아무 말도 안 했는데."

"중얼거리지 말고 잘 따라와."

벨란데르는 그란투모스를 꽉 쥔 채 다시 걸었다. 발로 엉뚱한 돌멩이를 세게 걷어차고 검으로 튀어나온 각목을 잘라버리는 등, 평소의 벨란데르가 아니었다.

바마퉁은 벨란데르의 눈치를 살피며 추영에게 속삭였다.

"왜 슈뢰딩거가 화난 거야?"

추영은 둘로 나뉘었다. 한쪽은 벨란데르, 다른 한쪽은 귀여운 고양이 슈뢰딩거였다.

슈뢰딩거는 계속 벨란데르를 따라다녔다. 그러나 벨란데르는 총을 만들어 시험하고 조그만 헬리콥터 따위를 띄우느라 바빴다. 벨란데르가 자기를 쳐다보지도 않자 슈뢰딩거는 한동안 주인을 바라보다가 서서히 사라졌다.

"아!"

바마퉁은 자신도 모르게 소리를 내고 말았다.

"또 뭐야?"

벨란데르의 미간이 접혀 있었다.

"슈뢰딩거 때문이지?"

그 질문에 벨란데르는 아무 말도 못 했다. 깜짝 놀라는 바람에 짜증을 낼 타이밍을 놓친 것이다.

"슈뢰딩거는 화가 났대."

"화가 나? 그걸 어떻게 알아?"

"추영이 알려 줬어."

그 말에 벨란데르는 추영을 힐끔 쳐다봤다.

천천히 색깔이 바뀌는 추영은 마치 대화를 이해한 것처럼 슈뢰딩거의 모양으로 잠시 변했다.

"……좋아, 그렇다 쳐. 대체 왜 화가 난 건데?"

"관심을 가져 주지 않아서. 그동안 다른 일로 바빴지?"

바마퉁은 벨란데르의 퉁명스러운 목소리에서 진심을 느낄 수 있었다. 벨란데르 역시 슈뢰딩거가 보이지 않아서 걱정하고 있었다.

"전혀 안 바빴어. 그저 강해지기 위해 할 일이 있었을 뿐이지."

자신의 행동을 정당화하는 벨란데르.

"슈뢰딩거는 그게 싫었나 봐."

"싫어? 대체 왜?"

"음, 확실치는 않지만 내가 슈뢰딩거라고 생각해 보면, 알 수 있을 것도 같아."

"뜸 들이지 말고 제대로 말해. 자세히."

"슈뢰딩거는 불의 정령 파르노엘이잖아. 겉모습은 작고 귀여운 고양이지만 어마어마하게 강한 정령인데, 주인이 다른 방식으로 강해지려고 애를 쓴다면…… 그래서 자신을 불러 주지 않는다면…… 내가 슈뢰딩거라면 좀 마음이 상할 것 같아."

느릿느릿 꿀이 흘러내리는 것 같은 목소리가 끝나자, 벨란데르는 할 말을 잃었다. 깊이 생각할 필요도 없었다. 바마퉁의 지적이 옳았다.

벨란데르는 주머니에서 플라스틱 총을 꺼냈다.

현실에서 가져온 물건이라는 점만 제외하면 이곳에서 얻을 수 있는 무기나 아이템보다 한참 부족한 도구였다. 불의 정령 슈뢰딩거가 태양이라면 플라스틱 총은 반딧불이나 다를 바 없었다.

빨리 강해져야 한다는 마음 때문에 뻔한 진실을 놓쳤다. 공원에서 맞닥뜨린 콤포 막스, 콤포 마구스의 힘 때문에 보다 익숙한 방식으로 강해지고자 애를 썼던 것이다.

벨란데르는 총을 버렸다. 그리고 그란투모스를 내리쳐서 총을 박살 내 버렸다.

그때, 슈뢰딩거가 나타나 벨란데르의 어깨 위에 앉았다.

–오빠.

'미안한데, 앞으로는 직접 이야기해. 저런 녀석들에게 쪽팔리고 싶지 않으니까.'

–알았어요.

괜히 뻘쭘해진 벨란데르는 더 빨리 지하 입구로 걷기 시작했다.

# 사자의 귀환

64괘를 다 외웠다.

오행상극, 오행상생에 대해서도 자세히 배웠다.

문제는 지식과 몸을 하나로 연결시킬 수 없다는 사실이었다. 머리로는 알고 있는데, 몸이 그대로 움직이지 않았다.

특히 화결을 펼칠 때 몸으로 밀려드는 힘의 성질과 방위, 그 세기를 살펴서 64괘를 통해 어떻게 흐름을 바꿀지 고민하고 계산하느라 적절한 타이밍을 놓치기 일쑤였다.

중결은 더 오리무중이었다. 오행이라는 동양철학을 현실로, 실체로 바꾸는 과정은 감을 잡기 어려울 만큼 복잡하고 난해해서 평생을 공부해도 안 될 것만 같았다.

김현은 답답해서 미칠 지경이었다.

"난 64괘를 이해하는 데만 열 달이 걸렸다. 오행은 겨우 손가락만 댄 상태고."

오정목이었다.

전혀 위로가 되지 않았다. 하루라도 빨리 화결과 중결을 익혀 두 번 다시 외부의 힘에 의해 문이 열리지 않도록 만들어야 한다는 마음은 더욱 커져만 갔다.

김현은 답을 알고 있었다. 반복만이 원하는 만큼 빠르게 화결을 펼치게 해 줄 것이다.

일단 머리로 순식간에 계산하고 방위를 결정할 수 있어야 한다. 그다음은 몸으로 화결을 제대로 펼쳐야 한다. 머리와 몸이 하나가 되었을 때, 어떠한 힘도 받아넘길 수 있을 것이다.

'시간이 없어, 시간이. 시간……?'

김현은 이마를 쳤다.

왜 그걸 잊고 있었을까?

콤포 렉스를 죽였을 때, 티메후르를 얻었다. 셀레스카르가 건넨 구슬로 인해 디월드 뎁스 파이브의 세계로 들어가 무려 13년이나 수련에 매진했다. 그 티메후르를 이용하면 충분한 시간을 확보할 수 있을지도 모른다.

"급한 일이 생각났어. 먼저 갈게."

김현은 뒤도 돌아보지 않고 계관을 빠져나왔다.

주위를 두리번거린 그는 아무도 없다는 사실을 확인한 다음 페플로 몸을 옮겼다. 안진후의 집으로 가서 커넥터를 이용할 수도 있지만, 조급한 나머지 그냥 페플로 접속한 것이다.

연못과 벤치, 잘 다듬은 정원수가 사라지고 어두컴컴한 통로가 나타났다.

먼저 느껴진 것은 화끈한 열기였다.

벨란데르가 소환한 불의 정령 슈뢰딩거가 앞을 향해 화염을 뿜고 있었다. 강렬한 불꽃은 통로를 가득 채운 슬라임을 태웠는데, 표면만 검게 그을렸을 뿐 내부는 멀쩡한지 조금씩 다가오고 있었다.

“김현?”

바마퉁이 김현을 알아봤다.

슬라임을 어떻게 죽여야 할지 고민하던 벨란데르도 고개를 돌려 김현을 쳐다봤다.

“뭐야? 왜 또 그냥 접속한 거야?”

벨란데르는 바마퉁에게서 김현이 맨몸으로 접속했다가 죽을 뻔했다는 사실을 전해 들어서 알고 있었다.

“위로 올라가자. 할 말이 있어.”

“저놈은 잡고.”

벨란데르는 그란투모스로 슬라임의 핵을 찔렀지만 끈적거리면서도 단단한 슬라임의 핵을 단번에 파괴하기는 쉽지 않았다. 과거 디월드 뎁스 파이브의 세계에서 만난 슬라임보다 몸집도 크고 외피도 견고한 놈이었다.

김현이 사라겐의 비월을 꺼내자마자 두 손으로 잡고 앞으로 뛰어들었다. 푸르스름한 날과 대비되는 붉은 곰 얼굴이 인상적인 커다란 양날도끼는 슬라임을 둘로 쪼개 버렸다. 김현은 깨진 핵을 들어 올리며 돌아섰다.

"이제 됐지?"

"그 도끼, 어디서 난 거야?"

눈이 동그래진 벨란데르가 물었다.

"이거? 사라겐의 수부가 변한 거야. 이젠 사라겐의 비월이야."

"정말?"

"운이 좋았어."

김현은 뱀파이어 여신관에게 당해서 죽을 뻔한 순간을 떠올렸다. 바마퉁이 오지 않았다면 정말 거기서 삶이 끝나고 말았을 것이다.

벨란데르는 더 이상 묻지 않았다. 다만 속으로 부러워했을 뿐이다. 그 조그만 손도끼를 쥔 노바디조차도 힘으로는 상대하기 힘든데, 저렇게 강해 보이는 무기까지 갖다니.

벨란데르는 자기만 정체된 것 같아서 마음이 무거웠다.

김현에게 골동품 가게로 함께 가자고, 같이 불사조의 알 퀘스트를 해치우자고 말하고 싶지만, 힘을 키워 어떻게든 그 사건이 다시 일어나지 않도록 애를 쓰는 사람을 귀찮게 할 수는 없었다.

도시로 올라온 벨란데르는 김현의 표정에서 강렬한 열망

을 찾아냈다. 무언가 간절히 원하고 있는 얼굴이었다.

"말해 봐."

"지난번 콤포 렉스를 죽였을 때, 이걸 얻었어."

김현은 가죽 주머니의 입구를 열어 벨란데르에게 영롱하게 빛나는 구슬 티메후르를 보여 주었다.

벨란데르는 화들짝 놀라며 뒤로 펄쩍 뛰었다.

"그 구슬이잖아."

"맞아."

"이게 뭔데?"

바마퉁이 끼어들었다.

김현은 짤막하게 설명했다. 드래곤이 만들었다는 저 구슬을 손에 쥐면 시간이 느리게 흐르는 세계로 진입할 수 있다는 내용이었다. 13년이나 거기서 수련했다는 말은 벨란데르가 덧붙였다.

"그런 구슬이 있어? 난 한 번도 못 들었는데."

바마퉁도 벨란데르처럼 뒤로 물러섰다. 혼자 그런 세계로 들어가면 도저히 버티지 못할 것 같았다.

"난 뎁스 파이브의 세계로 들어갈 생각이야."

김현이 말했다.

벨란데르는 '미쳤구나, 너.'라는 말을 억눌렀다. 김현의 마음을 이해할 수 있었기 때문이다.

김현은 어떻게든 빨리 강해지기를 원했다. 끔찍한 경험이라고 해도 강해질 수만 있다면 감수할 수 있다고 판단한 것이다.

김현은 벨란데르를 바라보고 있었다. 같이 들어갈 것인지 아닌지, 선택을 요구하는 시선이었다.

"당연히 같이 가야지."

벨란데르는 뎁스 파이브의 세계에서 페플로 나오는 방법을 이미 알고 있기 때문에 그때처럼 오랫동안 고생하지는 않을 거라고 나름대로 판단을 내렸다. 숨겨진 던전을 찾아내고, 그 던전에서 티메후르와 쌍을 이루는 구슬을 획득하면 몇 달 만에도 페플로, 현실로 돌아올 수 있을 터였다.

"역시."

김현이 씩 웃었다.

그 태도와 표정에 벨란데르는 왠지 모르게 기분이 좋아졌다.

다시 한 번 강해질 수 있는, 자부심을 회복할 수 있는 기회가 주어졌는지도 모른다. 벨란데르는 김현이 혀를 내두를 만큼 불의 정령과 마법에 깊이 파고들리라 마음먹었다.

"넌 안 가도 돼."

김현은 바마통을 보며 말했다.

벨란데르와 함께 보낸 4년이라는 시간, 결코 쉽지 않았다.

거기서 벨란데르는 지루함을 없애기 위해 스스로 활을 만들었다. 각궁을 목표로 했지만 기술과 재료 부족으로 이루지

못했을 뿐이다. 만약 벨란데르가 13년 동안 디월드 뎁스 파이브의 세계에 머물렀다면 멋들어진 각궁을 완성했을지도 모른다.

"가고 싶어."

바마퉁은 용기를 냈다.

노바디와 벨란데르, 김현과 안진후 사이에는 도저히 뚫고 들어갈 수 없는 끈적하고 깊은 신뢰가 마치 추영처럼 퍼져 있어서, 안개처럼 두 사람을 에워싸고 있었다. 굳이 설명하지 않고 눈빛만 봐도 서로의 마음을 알 수 있는 관계여서 바마퉁은 괜히 섭섭할 때가 많았다. 같이 있는데도 자신만 소외된 느낌이었다.

이제야 그 이유를 알게 되었다. 이번에도 겁을 먹고 뒤로 물러선다면 저 두 사람은 훨씬 멀리 함께 가 있을 테고, 자신은 마치 왕따를 당한 기분과 싸워야 할 것이다.

"넌 안 돼. 무지 힘들거든. 그냥 밖에 있는 게 좋아."

벨란데르는 철없는 아이를 달래듯 말했다.

바마퉁은 벨란데르를 바라보았다. 약간은 도전적인, 저항하는 눈빛이었다. 천천히 고개를 돌려 김현을 본 바마퉁이 말했다.

"언제 출발할 거야?"

"오늘 밤 자정에. 이곳에서의 한 시간이 디월드 뎁스 파이브에서는 대략 4년이니까 밤에 몇 시간 접속하면…… 적어도

10년 이상의 시간을 확보할 수 있을 거야.”

“10년?”

바마퉁의 눈이 조금 커졌다.

덜컥 겁이 났지만 그보다 더 큰 감정은 설렘이었다. 정신병원에 갇힌 시간보다 더 긴 시간을 자유롭게, 정말 좋아하는 친구들과 보낼 수 있다니.

“두렵지?”

벨란데르가 놀리듯 말했다.

이번에도 바마퉁은 벨란데르 대신 김현을 응시했다.

“뭘 준비해야 돼?”

“아무것도. 다만, 긴 시간 동안 무엇을 해야 할지 미리 결정하는 게 좋을 거야. 거기 가면…… 정말 시간이 남아돌거든. 할 일이 없으면 지옥처럼 느껴질지도 몰라.”

“알았어. 그러면 12시에 봐.”

바마퉁은 먼저 접속을 끊었다. 보통은 누구보다도 빨리 접속하고 누구보다도 늦게 접속을 해제했기 때문에 김현은 그 결심이 얼마나 단호한지 알 것 같았다.

“쟤, 괜찮을까?”

벨란데르였다.

“눈빛 못 봤지?”

“무슨 눈빛?”

“출발 지점에 올라간 롤러코스터 제일 앞에 탔을 때가 생각나. 정말 무서워서 내가 왜 이런 걸 탔나 싶지만 온몸이 짜릿할 정도로 설레는 기분도 느껴져서 신기했는데, 바마퉁의 눈빛이 딱 그랬어."

"말도 안 돼."

"바마퉁은 잘 해낼 거야."

"바마퉁은?"

벨란데르는 김현의 말투에 담긴 의미를 즉시 간파했다. 바마퉁은 괜찮지만 자신은 그렇지 않다는 뜻이다.

"거기 가서 각궁을 만들겠다고 설치면, 널 죽여 버릴지도 몰라."

김현은 웃으며 말했지만 벨란데르는 진심이라는 사실을 알아차렸다. 활을 만들 생각은 없지만 괜히 떼를 쓰고 싶었다.

"……그게 뭐 어때서?"

"사실, 너한테는 미안한 마음이 많아."

"왜?"

"나 때문에 여기로 내려왔잖아. 넌 굳이 지하로 내려올 필요가 없었는데."

"그냥 재미로 온 거야."

벨란데르는 괜히 민망해서 딴소리를 했다.

"이게 도움이 될지 모르겠지만, 일단 받아."

김현은 자주색 보석이 박힌 반지와 뱀파이어 여신관의 몸을 뒤져서 찾아낸 두툼한 책을 꺼내어 벨란데르에게 내밀었다.

김현은 이미 그 책을 대충 훑었다. 알파벳으로 적힌 부분은 해석 불가였다. 영어가 아니었다. 그래도 그림을 보니 무공 비급과는 한참 거리가 먼 마법서라는 생각이 들었다. 벨란데르에게 주면 도움이 되지 않을까 생각했는데, 그동안 벨란데르도 자신도 너무 바빠서 건넬 틈이 없었다.

"도미니움, 맞지?"

벨란데르의 목소리가 떨렸다.

"알고 있었어?"

"이 반지 하나가 얼마에 팔리는지 넌 모를 거야. 착용 조건에 따라서 달라지지만, 못해도 천만 원은 넘을걸. 레벨 제한이 없고 지배 가능한 개체 수에도 제한이 없으니…… 몇 배나 되는 거액을 받고 팔 수 있어."

"그렇게 비싼 놈인 줄은 몰랐네."

김현은 피식 웃었다.

김현처럼 웃을 수 없는 벨란데르는 지배의 반지를 다시 내밀었다. 이렇게나 비싼 아이템을 공짜로 받을 수는 없다는 뜻이었다.

"뭐야?"

"친구 사이일수록 이런 건 확실히 해야 돼."

"너, 바보지?"

김현이 물었다.

"……뭐?"

벨란데르의 얼굴이 구겨졌다.

"그걸 나 혼자 힘으로 획득했다고 생각해? 바마퉁과 네가 도와주지 않았다면 콤포 렉스를 내가 죽일 수 있었을까? 그리고 너한테만 주는 건 아니야. 바마퉁에게 줄 반지도 있으니까."

김현은 또 하나의 도미니움을 꺼내어 보여 주었다.

"그, 그건 어디서 난 거야?"

"뱀파이어 여신관."

"왜 그걸 바마퉁에게 줘? 뱀파이어 여신관을 죽인 건 너잖아."

"바마퉁이 도와주지 않았다면, 난 거기서 죽었을 거야."

김현은 진짜로 죽었을 거라는 말은 하지 않았다. 벨란데르의 마음을 혼란스럽게 하고 싶지 않았다.

"그래도……."

"다음에 도미니움이 생기면, 그건 무조건 내 거야. 누구에게도 양보하지 않을 거야."

"알았어."

벨란데르는 자주색 보석을 어루만졌다.

그 보석은 성질석 중 하나인 혼마석이었다. 혼마석은 영혼석이라 불리기도 했다.

룬문자가 새겨진 마법 반지에 혼마석을 붙여서 만든 지배의 반지는 곧 몬스터로 이루어진 군대를 의미한다. 콤포 렉스는 도미니움 덕분에 세 종류의 콤포, 즉 일반 콤포와 콤포 막스 그리고 콤포 마구스로 이루어진 군대의 지배자가 되었다.

뱀파이어 여신관 역시 마찬가지였다.

모든 종류의 몬스터를 지배하여 군대로 만들 수는 없지만, 적절한 조건만 맞아떨어지면 어마어마한 힘을 손에 넣을 수 있을 것이다.

도미니움의 주인이 되어 몬스터 군대를 소유한다면 그 영향력은 꽤 규모가 큰 길드가 발휘할 수 있는 전투력을 가뿐히 넘어설 터였다.

"나중에 보자."

"……응."

도미니움에 빠진 벨란데르는 대충 대답했다.

김현은 웃으며 현실로 나갔다.

"30만 골드."

늙은 마법사가 말했다.

"5만 골드."

레나세르는 25만 골드나 깎으면서도 미소를 유지했다.

마법서도 아닌, 한 번 사용하면 사라져 버리는 마법 두루마리 하나에 30만 골드를 줄 수는 없다. 마음 같아서는 1만

골드도 아까웠지만, 당장 필요한 입장이다 보니 매몰차게 나가기는 힘들었다.

5만 골드는 저 마법사에게도 충분히 메리트가 있는 액수였다. 레나세르는 노마법사의 생각을 읽었던 것이다.

저 마법사는 현섬 두루마리를 2만 골드 조금 넘게 사들였다. 무척 운이 좋은 경우여서 이번에 한몫 제대로 잡을 계획이라는 것도 텔레파시 능력 덕분에 알 수 있었다.

"25만."

"6만."

"23만."

"6만 5천."

"21만, 그 이하는 안 되네. 공간 이동이 가능한 두루마리를 헐값에 넘길 수는 없으니 말일세. 마법사 길드가 허락하지 않아."

동그란 안경을 밀어 올리며 마법사가 단언했다.

"그러면 어쩔 수 없죠."

레나세르는 뒤도 돌아보지 않고 천막 밖으로 나왔다.

룬트란 왕국의 수도 마르세르의 암시장은 사람들로 붐볐다. 무기나 약병 등 다양한 아이템을 판매하는 이들은 대부분 NPC였고 구입하려는 쪽은 이방인, 즉 게이머였다. 한 푼이라도 더 받으려는 욕망과 한 푼이라도 더 깎으려는 의지가 암시장을 뜨겁게 달구고 있었다.

"허, 젊은 처자가 너무 급하구먼. 아직 흥정은 끝나지 않았는데 말이야."

노마법사가 천막의 늘어진 문을 젖히고 밖으로 쫓아 나왔다.

레나세르는 씩 웃으면서도 앞으로 성큼성큼 걸었다.

"15만!"

노마법사가 외쳤다.

레나세르는 더 빨리 걸었다.

"11만! 그보다 아래는 안 돼!"

걸음을 멈춘 레나세르는 천천히 몸을 돌렸다. 노마법사의 조급증으로 마음이 달아오를 때까지 기다린 것이다.

레나세르는 그 마법사를 바라보며 손가락을 펼쳤다. 다섯 개였다. 5만 골드라는 뜻이다.

마법사의 눈이 휘둥그레졌다. 꽉 쥔 주먹이 부르르 떨렸다.

현섬 두루마리를 5만 골드에 넘긴다고 해도 그중 절반은 이익이지만, 한번 가격이 떨어지면 다시 올리기가 어려워진다. 현섬 두루마리를 5만 골드에 샀다는 소문이 퍼지면 마법사 길드에서 조사를 나올지도 모른다.

"아무도 모를 거예요. 약속해요."

어느새 다가온 레나세르가 속삭였다.

"이것 참."

마법사는 혀를 찼다.

"좋아요, 6만 골드에 해 드릴게요."

레나세르는 너무 몰아붙이면 오히려 반발한다는 사실을 잘 알았다. 세게 죄면 풀어 주어야 하는 법이다.

"자네는 장사를 하면 성공하겠어. 따라오게."

마법사는 고개를 흔들며 천막 안으로 들어갔다. 레나세르는 시세보다 비교적 싼값에 현섬 두루마리를 구입할 수 있어서 기분이 좋았다.

"몇 장 필요한가?"

"일단 두 장만 주세요."

"여기서 샀다는 말을 해선 안 되네."

"마법사님은 누구세요? 제가 왜 여기 있죠?"

레나세르는 일부러 장난을 쳤다.

그 말을 이해한 마법사의 입가에 미소가 걸렸다.

금으로 값을 치르고 현섬 두루마리를 망토 안쪽의 주머니에 찔러 넣은 레나세르는 마르세르를 벗어났다.

사람들로 북적이는 대도시 밖으로 나와 산자락에 이르자 귀가 시원할 정도로 조용해졌다. 주위를 확인한 레나세르는 두루마리 한 장을 꺼냈다.

"가 볼까."

노바디를 강렬하게 떠올리며 두루마리를 찢는 순간, 섬광이 터져 나와 레나세르를 삼켰다.

현기증으로 주저앉은 레나세르는 바로 앞에 서 있는 사람을 알아봤다. 바로 김현이었다. 곰인형 비슷한 탈을 쓴 노바디가 아니었다. 김현이 커넥터를 거치지 않고 바로 페플에 접속했다는 뜻이었다.

김현이 손을 내밀었다.

레나세르는 그 손을 잡고 몸을 일으켰다.

시야에 들어오는 광경에 입이 저절로 벌어졌다.

거대한 지하 도시가 들어앉은 광활한 공동의 천장에는 무수한 야명석이 별처럼 박혀 있었다. 규모가 주는 압도적인 느낌! 설명이나 스샷만으로는 절대 이 도시의 분위기를 경험할 수 없을 것 같았다.

“잘 왔어.”

“엄청난 곳이네, 여기.”

김현은 가만히 있었다. 웅회환을 몇 개나 구했는지 묻고 싶지만 레나세르가 숨 돌릴 여유를 주기 위해 꾹 참고 있는 것이다.

눈치 빠른 레나세르는 김현의 마음을 알아차렸다.

“일단은 열 개 구했어. 나머지도 주문은 해 뒀으니까 걱정 안 해도 돼.”

“시간이 문제야, 누나.”

김현의 목소리는 차분했지만 레나세르는 그 진동에서 억눌린 슬픔, 조심스러운 분노, 터지기 직전의 죄책감을 느낄

수 있었다. 천무관에서 수련을 하면서도 공원에서 죽은 사람들을 도저히 잊지 못했던 것이다.

레나세르는 '네 탓이 아니야.'라고 말해 주고 싶지만 그게 전혀 위로가 되지 않음을 알기에 목구멍 너머로 삼키고 말았다. 대신 감정을 배제하고 무뚝뚝하게 대꾸했다.

"맞아."

장례식은 곧 끝난다. 매장하는 경우도 있지만, 화장을 택하는 유족도 있을 것이다. 뼛가루만 남는다면 아무리 웅회환이 영약이라고 해도 살리지 못할 터였다.

레나세르는 웅회환을 인벤토리에서 꺼내어 김현에게 건넸다. 오직 김현만이 페플의 아이템을 현실로 옮길 수 있기 때문이다.

그 사실을 떠올릴 때마다 꿈을 꾸는 기분이었다. 자신이 가진 능력도 비현실적이긴 마찬가지인데도 유독 김현의 능력이 더 터무니없는 것처럼 느껴졌다.

레나세르가 먼저 접속을 끊었다.

웅회환을 챙긴 김현은 현실로 나갔다.

얇은 점퍼를 입은 김현은 가방에 웅회환을 조심스럽게 넣었다. 청심환처럼 동그란 웅회환은 복용할 수도 있고 불을 붙여 연기로도 사용이 가능한 단약이었다. 살아 있는 사람이 먹으면 무병장수한다고도 알려져 있어, 김현은 나중에 웅회환 한 알을 따로 구입하여 엄마에게 드려야겠다고 속으로 생각했다.

"가는 거야?"

안진후가 '쥐구멍'에서 나오며 기지개를 켰다. 김현이 건넨 마법서와 지배의 반지 도미니움을 연구하다가 잠시 쉬려고 나온 것이다. 안진후의 어깨 위에는 붉은 고양이 슈뢰딩거가 앉아 있었다.

"어."

"정말이지 스펙터클하지 않아?"

"뭐가?"

"하루하루가."

안진후의 눈이 빛났다.

김현은 안진후를 마주 보면서 웃었지만 자연스럽지는 않았다.

안진후를 비난하고 싶지는 않았다. 다만 죽은 사람들, 그들의 가족, 장례식장의 울음과 슬픔을 떠올리는 순간, 편안한 얼굴로 웃고 있다는 게 죄악처럼 느껴져서 도저히 참을 수가 없었다.

"살릴 수 있어."

안진후가 힘주어 말했다.

"그래."

김현은 복도로 나갔다. 거기에 윤태희가 기다리고 있었다.

파란색 청바지에 후드 티를 입은 윤태희는 엘리베이터 문이 닫힐 때마다 열림 버튼을 누르는 중이었다.

"난 네가 바로 튀어나올 줄 알았어."

"미안."

김현은 윤태희에게로 걸어갔다. 가방에 넣은 웅회환이 깨질까 봐 달릴 수 없었다. 웅회환이 그 정도 충격으로 부서지거나 쪼개질 리 없음을 알지만 사소한 파손 가능성도 막고 싶었던 것이다.

두 사람은 엘리베이터에 탔다.

"연락은 해 뒀어. 가면 바로 영안실로 들어갈 수 있을 거야."

"고마워, 누나."

"나도 고마워."

윤태희는 요곤의 반지를 낀 손가락을 들어 보였다.

지하 주차장으로 내려가서 윤태희의 자동차에 올라탄 김현은 가늘고 길게 숨을 들이마시고 내쉬었다.

마음이 이리저리 날뛰고 있었다. 이미 어둠이 내려앉아 도시는 가로등과 자동차의 불빛, 얼어붙은 거인 같은 빌딩의 조명의 세계로 변해 있었다.

적막을 도저히 참기 힘들었던 김현은 천무관에서 무엇을 배웠는지 말했다. 천무관의 계승자인 현기명의 제자가 되었을 뿐 아니라 화결과 중결이라는 무술을 익히고 있다는 이야기를, 윤태희가 묻지 않았는데도 먼저 한 것이다.

윤태희는 운전하면서도 가볍게 맞장구를 칠 뿐, 꼬치꼬치 캐묻거나 못 들은 척하지 않았다.

지금 김현에게는 마음의 평정을 되찾을 방법이 필요했다. 속에 있는 이야기를 함으로써 평온을 얻을 수 있다면 얼마든지 들어 줄 생각이었다.

김현은 가만히 들어 주는 윤태희가 고마웠다.

차는 어둠이라는 터널을 통과하는 것 같았다.

북유럽신화에는 해와 달을 각각 뒤쫓는 늑대 두 마리가 등장한다. 해와 달이 그 늑대들에게 붙잡히는 순간 세상은 마지막 전쟁 라그나뢰크에 돌입하고, 오딘과 토르 같은 신까지도 멸망하고 만다. 라그나뢰크를 통과한 후에야 새로운 세계가 시작된다.

왜 그 이야기가 생각났는지 김현은 설명할 수 없었다. 그저 머릿속으로 시뻘건 불덩어리 같은 해를 뒤쫓는 거대한 늑대의 모습이 떠올랐을 뿐이다. 어쩌면 앞차의 꽁무니에서 흘러나오는 붉은 빛을 쫓아서 달려야 하는 도로의 사정 때문에 그 이미지를 기억해 낸 것일 수도 있다.

"라그나뢰크."

김현은 자신도 모르게 파멸 전쟁의 이름을 속삭였다. 그저 머리로 생각할 때와는 다른 느낌에 전율이 몸을 내달렸다.

"뭐라고 했니?"

윤태희가 우회전하며 물었다.

"……아무것도 아니야."

죽은 사람을 되살리기 위해 가는 지금 갑자기 떠오른 신화에 마음을 쓸 여유 따위는 없다.

김현은 가방을 열어 웅회환을 살폈다. 웅회환은 질 좋은 가죽으로 개별 포장이 되어 있었다. 좀 과장한다면 투수가 시속 150킬로미터로 던져도 내용물엔 이상이 없을 것 같았다.

병원에 도착했다.

윤태희가 앞장섰다. 김현은 윤태희를 따라서 병원 영안실로 향했다. 기자로 활동할 때 쌓아 둔 인맥 덕분에 윤태희는 김현을 데리고 서늘하다 못해 차가운 방으로 들어설 수 있었다.

냉동고에서 무연고 시신으로 분류된 시체를 당겨서 꺼낸 담당자는 두 사람을 남겨 두고 밖으로 나갔다.

김현은 몸을 떨고 있었다.

페플에서 몬스터를 셀 수도 없이 죽였고 부서진 몸의 파편에도 충분히 익숙했지만, 현실에서…… 병원 영안실 냉동고에서 꺼낸 시체를 앞에 두자 공포가 몸을 휘감았던 것이다.

이가 딱딱 부딪쳐 소리를 내고 있었다.

윤태희가 김현의 손을 잡았다.

"괜찮아."

"……누나는 아무렇지 않아?"

"기자였을 때, 부검 과정도 지켜봤는걸. 시체는 수도 없이 봤어. 처음엔 나도 무서웠지만 단련이 된 셈이지."

"아."

김현의 눈에 존경스러워하는 감정이 가득 차올랐다.

타인의 인정은 달콤하지만, 다른 누구보다도 김현의 얼굴에 드러난 저 감정 때문에 윤태희는 몸 중심을 꿰뚫는 쾌감을 느낄 수 있었다. 구구절절 설명하는 칭찬보다 가벼운 탄성이 영혼 깊은 곳까지 내려가서 새겨지는 모양이었다.

"힘들면 밖에 나가 있어도 돼."

"……그럴 순 없어."

김현은 이를 악물었다.

"좋아."

윤태희가 새까만 지퍼 백을 열었다. 시체 특유의 냄새가 흘러나왔지만 심한 편은 아니었다. 시신 수습이 빨라서, 내장이 썩어서 배가 부풀어 오르거나 구더기 같은 징그러운 벌레도 찾을 수 없었다.

김현은 한 걸음 뒤로 물러섰다. 몸이 저절로 반응했다.

저 사람, 생각이 난다. 횡단보도 끝자락에 쓰러져 있었다. 몸이 꺾인 각도를 생각하면 콤포 막스에게 당했을 것이다.

눈물이 왈칵 쏟아질 뻔했다.

"자, 시작하자. 서둘러야 돼. 이런저런 핑계를 댔지만 너무 오래 있으면 의심할 테니까."

윤태희가 속삭였다.

"……응."

김현은 가방에서 웅회환 하나를 꺼내어 윤태희에게 건넸다.

윤태희는 가죽을 벗기고 안에 있는 단약을 들어 올려 시체의 입에 올렸다.

웅회환은 저절로 녹기 시작했다. 수은처럼 윤기가 나는 액체로 변한 웅회환이 시체의 입안으로 스며들었다.

김현은 공포 영화의 한 장면을 떠올렸다. 시체가 갑자기 일어나 날뛰며 등장인물을 한 사람씩 죽이는 이야기. 극장에서 봐도 무서운 내용인데, 비록 전개 방향은 다르지만 눈앞의 시체가 되살아나는 순간을 생각하니 소름이 돋아 숨도 제대로 쉴 수 없었다.

시간은 계속 흘렀다.

"하나 더 줘 봐."

윤태희가 말했다.

김현은 얼른 가방에서 웅회환을 꺼내어 윤태희에게 건넸다.

윤태희는 라이터를 꺼내 웅회환에 불을 붙인 다음 차가운 냉동고의 선반에 내려놓았다.

웅회환에서 피어오른 회색 연기는 마치 살아 있는 생물처럼 느릿느릿 움직이더니 시체의 코로 스며들었다. 웅회환은 곧 콩알만큼 작아졌다가 사라졌다.

10분이 지났지만 아무런 반응이 없었다.

윤태희는 시체의 손목을 잡고 맥박을 확인했다. 차가운 정적만이 느껴졌다.

"누나?"

김현이 멍한 얼굴로 윤태희를 쳐다봤다.

"이럴 리가 없는데."

눈살을 찌푸린 윤태희는 핸드폰을 꺼내어 안진후에게 전화를 걸었다. 한참 만에 안진후가 받자 윤태희는 김현을 살피면서 이곳 상황을 자세히 알렸다.

윤태희가 안진후와 통화하는 동안, 김현은 가방에 있던 웅회환을 모두 꺼내어 시체의 입술 근처에 올려놓았다. 웅회환이 녹아서 입안으로 흘러들었지만, 결과는 마찬가지였다.

시체는 그대로였다. 알맹이가 사라져 버린 껍질에 불과했다.

깨어나지 않는 시체를 바라보던 김현은 왜 되살아나지 않는지 깨달았다. 무엇이 잘못되었는지 알아차린 것이다.

웅회환은 전적으로 페플에서 죽은 게이머를 되살리는 약이었다. 웅회환을 복용한다고 해서 페플의 NPC를 살릴 수는 없다. 게이머, 즉 이방인을 위한 약인 것이다.

같은 능력이 현실로 이어진다고 해도 웅회환은 세계의 의지에서 풀려난 자, 진실을 아는 자, 이 정체불명의 거대한 게

임에 참여한 사람에게만 효력을 발휘할 것이다. 여기 죽은 사람은…… 이 세계의 NPC이기 때문에 웅회환으로 살릴 수 없는 것이다.

처음부터 알고 있었는지도 모른다. 그래서 웅회환을 구했는데도 계속 겁이 나고 이 순간을 두려워했는지도 모른다.

"미안합니다. 정말 미안합니다."

김현은 울고 있었다.

겁이 나서 죽을 것 같지만 김현은 손을 뻗어 죽은 사람의 뺨을 만졌다. 저 차가운 감촉을 손에, 머리에, 마음에 새기기 위해서였다. 평생 저 사람의 죽음을 잊지 않기 위해서였다. 웅회환으로 불가능하다면, 다른 방법을 찾아내기 위해서였다.

그때, 메시지 창이 떴다.

–사자死者의 귀환 퀘스트를 수행하시겠습니까?

김현은 깜짝 놀라 할 말을 잃었다.

"누, 누나……."

윤태희는 넋이 나간 김현 곁으로 왔다. 전화는 끊지 않은 상태였다.

"왜?"

정신을 차린 김현은 즉시 윤태희에게서 핸드폰을 빼앗았다. 놀란 윤태희를 쳐다보지도 않고 다급하게 말했다.

"사자의 귀환 퀘스트에 대해 알아봐."

– 너, 괜찮아?

“빨리!”

김현이 버럭 소리를 질렀다. 시신 보관용 냉동고가 있는 영안실이 그 목소리로 쩌렁쩌렁 울렸다.

–……알았어.

기가 눌린 안진후가 대답했다.

키보드를 두드리는 소리가 희미하게 들렸다. 김현은 아직도 떠 있는 메시지 창을 노려보며 숨을 몰아쉬었다.

‘그때와 비슷해.’

데스나이트가 된 노바디를 삭제하고 새로운 노바디 캐릭터를 만들었을 때, 겔란드 대사형은 더 이상 노바디를 기억하지 못했다.

인벤토리 창에서 부러진 양날도끼 중거추를 발견한 순간, 생향이라는 이름의 신선이 내려와 전생 퀘스트를 제안했다.

전생 퀘스트를 완수하면 과거의 기억이 회복된다는 신선의 말에 노바디는 친구 벨란데르와 함께 지하 도시 투월령으로 향했다. 부러진 중거추를 수리하기 위해서였다.

그 퀘스트는 아직 진행 중이었다. 뱀파이어 여신관을 죽였으니, 투월령으로 돌아가서 중거추를 찾아내어 고치기만 하면 완료될 것이다.

지금은 현실로 튀어나온 몬스터 때문에 잠시 그 퀘스트 진행을 중단한 상태였다.

– 찾았어.

안진후였다.

"어서 내용을 말해 봐."

김현이 재촉했다.

– 설마, 사자의 귀환 퀘스트가 주어진 거야? 영안실에서?

잔뜩 흥분한 안진후.

"내용부터."

김현은 스피커폰 버튼을 눌렀다. 윤태희와 함께 듣기 위해서였다.

– 알았어. 그건 오래전에 라마간에서 딱 한 번 있었던 퀘스트야. 난이도 최상급이지만 성공하면 죽은 NPC를 한꺼번에 살릴 수 있어. 구체적으로는 우과를 찾는 거야. 우과가 무엇인지는 검색 중이야. 아, 나왔다. 우과는 세계수의 열매라는데, 어디 있는지는 의견이 분분해. 어떤 사람은 대륙 서해의 바닥에 있다고 하고, 또 다른 사람은 중명 제국의 망림에 있다고도 하고.

"고맙다. 자세한 이야기는 가서 하자."

전화를 끊은 김현은 윤태희에게 핸드폰을 건넨 후, 아직도 허공에 떠 있는 메시지 창 앞에 섰다.

김현이 손을 뻗어 메시지 창을 건드리자 자세한 내용이 주르륵 나왔다. 안진후가 찾아낸 내용과 일치했다. 우과를 찾아내어 과육을 먹고 씨앗을 땅에 심으면 퀘스트를 완료한 게이머가 원하는 NPC들이 한꺼번에 되살아난다는 이야기였다.

김현은 윤태희를 바라보았다. 눈물이 흘러내려 뺨에서 뚝뚝 아래로 떨어지고 있었다.

"누나."

"잘됐다, 정말로."

윤태희는 다가가서 김현을 안아 주었다. 마음고생이 심했던 김현은 어깨를 들썩이며 울었다.

퀘스트가 존재하면 그 퀘스트를 끝낼 방법 역시 존재한다. 죽은 사람들을 되살릴 확실한 방법이 있기 때문에 김현은 진심으로 슬퍼하며 눈물을 흘릴 수 있었다.

윤태희는 김현을 데리고 병원 밖으로 나왔다. 쓸데없는 오해를 피하기 위해서였다.

김현은 금세 감정을 추슬렀다. 분명한 목표, 손에 잡히는 확실한 계획이 생겼기에 가능한 일이었다.

"이제 어떻게 할 거니?"

주차장에 세워 둔 자동차 안에서 윤태희가 물었다.

"전생 퀘스트를 빨리 끝낸 다음에, 본격적으로 사자의 귀환 퀘스트에 뛰어들 생각이야. 전생 퀘스트는 며칠 안에 완료할 수 있을 것 같아."

무거운 감정을 쏟아 낸 김현은 단호했다. 망설임은 사라졌다. 무엇을, 어떻게 해야 할지 머릿속에 선명해진 것이다.

"오늘 자정에 디월드 뎁스 파이브로 간다면서? 진후랑 용준이도 같이 가는 거지?"

"어떻게 알았어? 아, 진후의 생각을 읽었구나."

"왜 내겐 말 안 했어?"

"누나는 강하니까. 우리처럼 따로 수련할 필요는 없으니까."

김현은 레드폭스를 손에 든 레나세르의 전투력을 떠올리며 말했다. 붉은 화살에 맞으면 바위도 삽시간에 녹아내린다.

"안타깝게도 그 말은 틀렸어. 나 역시 시간이 필요해."

요곤의 반지를 손가락에서 뺀 윤태희는 눈살을 찌푸렸다. 사방에서 밀려드는 생각의 소음 때문이었다.

요곤의 반지로 소음의 볼륨을 줄일 수 있지만, 그렇게 하면 타인의 생각을 읽어야 할 때 문제가 된다. 윤태희는 이 능력을 갈고닦을 필요성을 느꼈다.

"그러면 누나도 같이 갈래?"

"당연히. 미성년자들만 보낼 수는 없잖아. 보호자가 따라가야 든든하지 않겠어?"

"힘들 거야. 한번 들어가면 적어도 몇 년은 거기서 있어야 하니까."

"어른의 인내심을 의심하지 마."

"아, 어른이었구나."

김현이 슬쩍 농담을 던졌다.

윤태희는 풋 웃으며 시동을 걸었다.

하늘에 다섯 개의 달이 떠 있었다. 4년이나 봤지만 처음 본 것처럼 낯선 광경이었다.

호들갑을 떠는 레나세르와 크고 작은 위성의 존재에 압도당한 바마통 앞에서 벨란데르는 평정을 유지하려 애를 쓰며 간단히 설명했다.

“여기가 바로 디월드 뎁스 파이브야. 현실에서의 한 시간은 이곳에서 대략 4년에 해당돼.”

“이런 곳이 있다니. 왜 몰랐을까?”

레나세르는 주위를 둘러보고 있었다.

높이 솟구친 빌딩 사이로 난 넓은 도로는 텅 비어 있었다. 트럭과 승용차 몇 대가 길가에 서 있을 뿐 움직임은 전혀 없었다. 간판이 꽤 큼직한 설렁탕집 안에도 사람은 한 명도 없었다.

“와아.”

바마통의 반응은 한결같았다. 쉽게 감동하고 쉽게 휩쓸리는 성격은 여전했다.

벨란데르는 조용히 노바디 옆으로 다가섰다. 노바디는 왕복 16차선 도로 건너편을 바라보고 있었다. 나무가 심긴 분리대 너머에는 버스 정류장이 있고, 그 옆으로 우뚝 선 벚나무에서 벚꽃이 가끔 춤을 추며 떨어지고 있었다.

"뭐가 있어?"

누군가에게 인정받고자 하는 욕구가 거의 없거나 드러내지 않는 노바디 앞에 서면, 벨란데르는 그 태도와 분위기를 닮고 싶으면서도 동시에 격렬한 질투에 사로잡혔다. 그런 자신이 가끔은 끔찍할 만큼 싫었다.

"여기, 서울이지?"

노바디는 유리로 뒤덮인 빌딩의 벽으로 시선을 올렸다. 매끄러운 빌딩 벽은 구름이 유유히 흐르는 하늘을 담고 있었다.

"아마도."

"지난번과 달라진 것 같아서."

"어디가?"

벨란데르는 수동적으로 들을 수밖에 없었다.

그는 이곳 디월드 뎁스 파이브의 세계에서 도시를 경험하지 못했다. 아프리카 사바나 대초원이나 아마존 밀림 같은 곳에서만 생존하다가 우연히 얻은 구슬 덕분에 현실로 돌아왔던 것이다.

사실, 디월드 뎁스 파이브의 도시는 벨란데르가 노바디를 위해 만든 장소라고 해도 과언이 아니었다.

이곳으로 내려오기 전, 프리벨리지 제로의 권한을 활용하여 디월드 뎁스 파이브의 세계를 점검했다. 통제 불능이라는 말이 어울리는 상황이었다. 삭제는 처음부터 불가능했고, 이제는 간섭조차 어려워진 세계였다. 디월드 뎁스 파이브는 시스템설계자에게는 재앙 같은 버그로 뭉쳐진 영역이었다.

"냄새."

"아, 조금 역한 냄새가 나는 것 같긴 하다."

"이 냄새, 맡아 본 적이 있어."

"그래?"

"너도 알 텐데."

노바디는 고개를 돌려 벨란데르를 보며 씩 웃었다.

"나도?"

"론투엘을 구하러 갔을 때."

"아!"

벨란데르는 즉시 기억해 냈다.

폭우가 쏟아지는 세와타트 산맥에서 유일하게 땅이 말라 있던 데스나이트의 영역으로 들어갔을 때, 스켈레톤 병사에 이어 나타난 몬스터가 바로 이런 냄새를 몰고 왔었다. 끝도 없이 몰려드는 바람에 혼이 났던 몬스터는 호러 무비에 단골로 등장하는 좀비였다.

길 건너편 빌딩 사이로 팔이 기괴하게 꺾인 좀비 한 마리가 나타났다. 놈이 화단을 가로질러 급히 달려오다 가로등에 부딪쳐 넘어졌지만, 벨란데르는 웃을 수 없었다. 그 뒤로 떼를 지어 좀비들이 나타났던 것이다. 코를 킁킁거리던 놈들은 금세 노바디 일행을 발견했다.

짐승 같은 포효.

그리고 놈들의 돌진이 시작되었다.

이미 사라겐의 비월을 꺼낸 노바디는 원반던지기 선수처럼 몸을 빙그르르 돌리더니 그 커다란 양날도끼를 앞으로 던졌다.

사라겐의 비월은 가로대의 나무 세 그루를 싹둑 잘랐다. 선두에서 달려오던 좀비들의 머리도 마찬가지로 잘렸다.

레드폭스를 꺼낸 레나세르가 시위를 당기자 붉은 화살이 만들어졌다. 시위를 놓는 순간, 피처럼 빨간 화살은 좀비 다섯을 뚫고 여섯 번째 좀비의 가슴에 박혔다. 시뻘겋게 달아오른 화살이 폭발했다. 반경 5미터 내의 좀비들은 몸이 뜯기며 사방으로 흩어졌다.

그란투모스를 뽑으면서 슈뢰딩거를 호출한 벨란데르가 본격적으로 전투에 뛰어들려는 순간, 노바디가 그를 쳐다보며 말했다.

"바마퉁과 함께 입구 봉쇄에 유리한 건물을 찾아봐. 당분간 머무를 수 있는 곳으로."

"……알았어."

그 말이 논리적으로 옳다는 사실을 알지만 벨란데르는 가슴 안쪽에서 솟구치는 열기를 느꼈다. 전투에는 도움이 안 되는 바마퉁과 같은 취급을 받았다는 생각 때문이었다.

자존심에 스크래치가 생겼다.

노바디와 레나세르의 전투는 눈부실 만큼 아름다웠다.

노바디의 손에서 벗어난 사라겐의 비월은 마치 살아 있는 것처럼 날아다니며 좀비를 쓰러뜨렸다. 노바디는 수라부월공과 최근에 익혔다는 또 다른 무공을 적절히 섞어 가며 좀비를 짓밟았다. 한 번에 다섯 개의 염시炎矢를 날리는 레나세르는 전장의 여우처럼 어디를 공격해야 할지 잘 알고 있었다.

"쳇."

벨란데르는 그란투모스를 검집에 꽂아 넣고 바마퉁에게 손짓했다.

얼굴에 공포가 어린 바마퉁이 짜증 날 만큼 천천히 다가왔다.

"날 데리고 하늘로 올라갈 수 있지?"

"……응."

대답만 하고서 가만히 있는 바마퉁.

"뭘 기다려? 가자."

"알았어."

새하얀 날개가 나타나자 주위가 환해진 느낌이었다.

벨란데르는 더 이상 그 날개를 부러워하지 않았다. 그런 감정이 자신을 아래로 끌어내린다고 생각했던 것이다. 추영이 바마퉁에게 어울리지 않다는 판단이 찾아올 때마다 벨란데르는 슈뢰딩거도 자신에게 어울리지 않을 만큼 강력한 정령임을 떠올렸다.

순식간에 도로가, 전투 현장이 작아졌다. 도로변의 가로수

들은 성냥개비에 솜을 붙인 것 같았다. 건물도 더 이상 압도할 만큼 규모가 크게 느껴지지 않았다.

"야아!"

벨란데르는 탄성을 터트렸다. 항공사진으로 도시를 내려다볼 때와 직접 올라와서 보는 것은 완전히 달랐다. 짜릿한 전율이 손가락 끝에서부터 시작되어 팔을 타고 올라갔다.

그와 동시에 바마퉁이 자신을 놓치면 추락하여 죽게 될 테고, 그러면 이곳 시간으로 대략 사흘 후 되살아난다는 생각이 벨란데르의 머리를 가득 채웠다.

순식간에 사흘이 지나가 버리겠지만, 그래도 죽음은 싫었다. 바마퉁의 실수 때문에 어이없게 죽는다면 더 화가 날 것이다.

"놓치면 죽어."

"절대로 안 놓칠게."

"저쪽으로 가자."

벨란데르는 손가락으로 건물 하나를 가리켰다.

화가 나면 집을 뛰쳐나왔던 시절에 자주 묵었던 호텔이었다. 그 호텔과 형태가 완전히 같아서 신기했다. 부드럽게 곡선을 그리는 도로에 면한 호텔 입구엔 평소와 달리 발렛 파킹 요원이 한 명도 보이지 않았다.

내부는 어떨지 무척이나 궁금했다. 침대만 푹신하다면 입구를 잘 막아 놓고 편하게 지낼 수 있을 것이다.

"베, 벨란데르."

바마퉁의 우려 섞인 목소리가 들렸다.

고개를 치켜든 벨란데르는 바마퉁의 손가락이 향하는 곳으로 시선을 옮겼다.

시꺼먼 날개를 펼친 무언가가 빠르게 날아오고 있었다. 손바닥만 한 박쥐와 달리 펼친 날개만 거의 3미터에 달하는 대형 박쥐였다.

"슈뢰딩거."

벨란데르는 즉시 정령을 소환했다.

기다렸다는 듯 나타난 슈뢰딩거는 코앞까지 다가온 박쥐를 향해 불을 뿜었다. 뼈를 감싸는 날개의 피막이 금세 타 버리자 박쥐는 기괴한 울음을 터트리며 아래로 떨어졌고, 호텔 입구의 기와지붕에 처박혔다.

"또 와!"

바마퉁이 외쳤다.

슈뢰딩거 혼자 전후좌우, 그리고 위와 아래에서 날아드는 박쥐들을 모두 상대할 수는 없었다. 벨란데르가 그란투모스를 뽑아 휘둘러 박쥐의 날개를 잘라 버렸지만 바마퉁은 균형을 잃고 호텔 쪽으로 기울어졌다.

"날 놔! 그리고 노바디에게 가서 이곳으로 오라고 전해."

벨란데르가 내린 결론이었다. 자기가 매달려 있기 때문에 바마퉁의 속도가 줄어든 것이다. 바마퉁 혼자라면 저 거대한

박쥐들을 피할 수 있을 터였다.

"……안 돼."

"놓지 않으면 찌른다."

벨란데르는 그란투모스를 들어 올렸다.

"알았어."

바마퉁이 팔을 풀었다.

아래로 떨어진 벨란데르는 몸을 웅크려 충격에 대비했다.

동그랗게 말린 몸은 유리창을 뚫고 호텔 방으로 떨어졌다. 다행히 몸은 탄력 있는 침대 위를 구르는 바람에 유리 조각이 팔뚝에 몇 군데 박힌 것 외에는 멀쩡했다.

벌떡 일어선 벨란데르는 부서진 창을 뚫고 날아든 박쥐를 향해 그란투모스를 뻗었다.

박쥐 스스로 검을 향해 다가오는 바람에 손쉽게 한 놈을 해치웠다. 발로 놈의 배를 걷어차자 축 늘어진 날개에 싸인 채 박쥐는 아래로 떨어졌다.

하늘에 익숙한 박쥐들은 주위를 맴돌 뿐 감히 호텔 방으로 들어오지 못했다. 그러다가 깍깍 소리를 내며 사라졌다.

바마퉁은 보이지 않았다.

"휴우."

벨란데르는 소매로 땀을 닦았다.

디월드 뎁스 파이브의 세계를 쉽다고 생각해 본 적은 없으나, 오자마자 좀비 떼와 박쥐 무리에게 습격을 당하니 괜히

왔다는 생각이 잠시 들었다.

그 생각이 스쳐 지나갈 때까지 기다리기 위해 침대에 걸터 앉았다. 눈은 창밖을 주시했다. 틈을 봐서 달려드는 박쥐가 있을지도 몰랐다.

날은 점점 어두워지고 있었다. 구름이 제법 사나운 기세로 다가오고 있었다.

몸을 일으킨 벨란데르는 침대를 옮겨서 세웠다. 창문을 막기 위해서였다. 탁자를 가져와서 침대가 쉽게 무너지지 않도록 버팀목 역할을 하도록 만든 후에야 내부를 둘러볼 수 있었다.

냉장고가 눈에 띄었다.

다가가서 열어 봤다. 전기가 들어오기를, 시원한 생수나 맥주가 채워져 있기를 바랐지만 기대는 엇나갔다. 텅 비어 있을 뿐 아니라, 전기가 들어오지 않는지 내부는 조금도 시원하지 않았다.

냉장고를 발로 걷어찬 벨란데르는 복도로 나왔다. 슈뢰딩거가 뿜는 빛이 없다면 손으로 더듬어야 할 만큼 복도는 어두웠다.

문득 호러 무비가 생각났다. 혼자 이런 곳을 헤매면 떠올리기만 해도 끔찍해서 소름이 돋을 만한 것이 튀어나오는 법이다.

"제발 오늘은 봐주라."

벨란데르가 중얼거렸다.

그 층을 샅샅이 뒤졌는데도 좀비나 슬라임, 콤포 같은 몬스터는 흔적도 찾지 못했다. 어찌나 천천히, 긴장한 채로 탐색을 했는지 온몸이 땀으로 흠뻑 젖었다.

구석진 방으로 가서 커튼을 걷었다. 흐릿한 빛이나마 안으로 들어오자 살 것 같았다.

벨란데르는 조명 역할을 하느라 고생한 슈뢰딩거를 잠시 돌려보내고 자신도 창가로 옮긴 푹신한 의자에 앉았다. 피곤으로 몸이 늘어지는 느낌이었다.

바마퉁이 노바디, 레나세르를 데리고 이곳으로 올라올 때까지 가만히 놀고 있기는 싫었다. 벨란데르는 인벤토리에서 책 두 권을 꺼냈다. 뱀파이어 여신관에게서 노바디가 입수했던 그 책과 쉽게 이해할 수 있도록 직접 손을 써서 만든 번역서였다.

노바디가 벨란데르에게 건넨 마법서는 라틴어, 정확히 말하면 사투리나 비문이 잔뜩 섞인 라틴어로 기록되었다. 몇 가지 번역 소프트웨어를 동원한 끝에 만족할 만한 번역서를 얻었고, 이곳 디월드 뎁스 파이브로 내려오기 전 프린터로 뽑아서 제본까지 제대로 했다. 물론 그 책을 페플로 옮긴 건 김현이었다.

그 마법서는 펼치기만 하면 스킬 창에 저절로 옮겨져, 언제든지 마력만 충분하면 마법이 발동되는 종류의 마법서가 아니었다. 진짜로 페이지를 하나씩 넘길 수 있는 책이었다.

마법서에는 개인적인 기록도 꽤 많았다. 여백에 뱀파이어 여신관은 일기를 적어 놓았다.

칼리페는 혼자 드워프의 지하 도시로 내려가는 임무를 몹시 꺼렸다. 실패할 경우, 즉 드워프들에게 정체가 탄로 날 경우, 칼리페는 수천 명의 드워프들이 환호하는 가운데 화형에 처해질 운명이었다. 종족을 위해서는 잠입해야 하지만, 자기 자신을 위해서는 거절하고 싶은 임무였던 것이다.

불꽃망치 일족의 족장이자 왕인 드워프 파둥을 향한 욕은 꽤 거칠고 적나라해서 재미있었다. 칼리페는 근위기사단장 마룽이 자신을 의심하고 있다는 내용도 마법의 비밀이 담긴 페이지 위쪽에 적어 놓았다.

드워프 특유의 폐쇄성의 장점인 끈끈한 관계는 칼리페의 마음을 흔든 모양이었다. 칼리페는 뱀파이어 종족도 이처럼 단결한다면 어떠한 적도, 심지어 드래곤이라도 두려워할 필요가 없을 것 같다는 이야기도 한쪽 귀퉁이에 남겨 놓았다.

"참 말 많은 뱀파이어야. 여자라서 그런가?"

벨란데르는 첫 페이지로 갔다. 본격적으로, 제대로 마법을 익히기 위해서였다.

실행하면 저절로 마법이 발동되는 스킬은 어느 정도 알고 있었다. 1서클 마법 파이어, 아이스, 라이트닝 따위의 마법을 연습한 적도 있지만, 실전에서의 활용도가 떨어졌다.

조그만 불덩이를 만드는 파이어의 경우 피똥을 쌀 만큼 레벨을 올려야 지연시간을 1초로 당길 수 있었다. 콤포나 좀비 놈들이 검이나 이빨을 무기로 달려드는 급박한 상황에서 1초의 지연시간은…… 곧 죽음이었다.

파이어의 스킬 레벨 10까지는 지연시간이 무려 3초가 넘었다. 게다가 스킬 레벨 20까지는 마법을 발동하고 가만히 있어야 했다. 움직이는 순간 그 마법은 중지되기 때문이다.

2서클 이상의 마법은 두 배 이상의 위력과 절반 이하의 지연시간을 보장하지만 여전히 문제점을 가지고 있었다. 바로 마법 자체를 자기 마음대로 펼칠 수 없다는 점이었다.

게다가 그런 식으로 익히면 페플에서나 유용할 뿐, 현실로 그 힘을 끌고 나올 수 없었다.

페플에서뿐 아니라 현실에서도 마법을 펼치려면 반드시 처음부터 차근차근, 페플의 NPC가 마법을 익히는 방식 그대로 익힐 필요가 있었다.

그런 원리 때문에 윤태희는 현실에서 레드폭스를 다룰 수 없었다. 윤태희가 현실에서 할 수 있는 건 누군가의 생각을 엿듣는 것뿐이었다.

마법서의 처음 부분은 인상적이면서도 약간은 엉뚱했다.

번역이 이상해서인지 몰라도 제목은 '데멘티아'였다. 그 뜻은 광기, 잃어버린 정신인데 내용은 제목과 좀 달랐다. 잃어버린 물건을 정신 집중만으로 찾아야 그 단계를 통과할 수 있었던 것이다.

데멘티아는 마법사의 재질이 있는지를 확인하는 단계이기도 했다. 데멘티아에서 막힌다면 아예 마법 쪽은 쳐다보지도 않는 게 삶에 도움이 된다는 뜻이었다.

"노바디가 오면 부탁해야겠어."

그때, 벨란데르를 부르는 소리가 어렴풋이 들렸다.

SYNC
싱크

# 파죽지세

벨란데르는 두 권의 책을 인벤토리 창에 넣으며 일어섰다. 복도로 나가자 손전등을 든 노바디를 볼 수 있었다.

"여기 어때?"

벨란데르가 물었다.

"좋아. 아늑하고. 위쪽엔 몬스터도 없는 것 같아."

"그럴 거야."

"전기는 안 들어오지?"

"응."

"준비하길 잘했다."

"그렇지?"

벨란데르는 엄청난 자부심을 느끼며 씩 웃었다. 김현이 귀찮을 만큼 다양한 기계를 페플로 옮겨 왔던 것이다. 거기에는 효율이 좋은 태양열 전지와 소형 발전기도 포함되어 있었다. 마실 물을 위해서 간이 정수 기기도 빠짐없이 준비했다.

뒤쪽에 서 있던 레나세르는 문을 열고 방으로 들어가 침대에 몸을 던졌다. 몸에 묻은 좀비의 피와 체액이 시트에 묻었지만 그녀는 개의치 않았다. 지금 자신에게 필요한 건 이 안락한 침대였다.

노바디와 벨란데르, 바마퉁도 그 방으로 들어섰다.

눈이 커진 바마퉁이 벨란데르 앞으로 다가왔다.

"피가 나."

"피?"

벨란데르는 그제야 팔에 박힌 유리 조각을 발견했다. 거기서 피가 흘러내렸던 것이다.

"이쪽으로 와 봐. 내가 봐 줄게."

"아니, 괜찮아."

"가 봐."

노바디가 슬쩍 벨란데르의 등을 밀었다.

벨란데르는 어깨를 으쓱이다가 못 이기는 척 바마퉁 앞 의자에 앉았다. 바마퉁은 조심스럽게 유리 조각을 뽑고 약을 바른 다음, 정성스럽게 붕대를 감았다. 그 과정이 끝나자 바마퉁의 얼굴이 환해졌다.

그사이, 노바디는 인벤토리 창에서 발전기와 노트북을 비

롯해 각종 기계와 챙겨서 가져온 물건들을 꺼내 방구석에 쌓고 있었다.

벨란데르는 발전기와 방 내부의 전기 배선을 연결하는 작업을 순식간에 해치웠다. 방에 불이 들어오자 레나세르가 환호했다. 바마퉁은 아예 두 손을 번쩍 들며 만세를 외쳤다. 노바디까지 활짝 웃고 있었다.

그들은 유리 탁자를 앞에 두고 둘러앉았다. 의자는 다른 방에서도 가져왔다.

"주거지는 대충 해결됐으니까, 이제는 음식이야. 물과 식량을 확보해야 돼."

벨란데르가 말했다.

"근처 마트에 먹을 수 있는 게 있는지 확인해 볼게."

노바디가 나섰다.

"나도 같이."

레나세르였다.

"……나는 뭘 하면 될지 모르겠어."

바마퉁은 벨란데르를 주저하는 눈빛으로 바라보았다. 마치 명령을 내려 달라는 소심한 병사 같았다.

"요리."

벨란데르가 진지한 목소리로 말했다.

"요리? 나, 해 본 적 없는데."

"그래도 네가 해야 돼. 나도 해 본 적 없고, 노바디는 뭐든 잘 먹으니 음식 솜씨는 없을 게 분명해. 레나세르 누나는…… 절대 안 돼. 그러니까 너뿐이야."

"내가 왜 안 돼?"

"누나도 누나가 한 음식은 먹고 싶지 않잖아."

"……그건 그래."

설득력 있는 벨란데르의 말에 레나세르는 고개를 끄덕이고 말았다. 노바디가 쿡쿡 웃었다.

"알았어. 열심히 해 볼게."

구국의 결단을 내린 독립투사처럼 입을 앙다문 바마퉁에게 벨란데르가 책 한 권을 건넸다.

"도움이 될 거야."

"이, 이건?"

바마퉁의 얼굴이 빛났다. 각종 요리의 레시피가 가득 든 요리 책이었던 것이다.

벨란데르는 요리 책 한 권에 감동하는 바마퉁이 미련하면서도 조금은 귀엽고, 저런 반응을 보이는 게 조금은 안타까웠다. 자세한 이야기는 듣지 못했지만 윤태희로부터 박용준이 정신병원에 갇힌 게 단순한 정신질환 문제가 아니라는 뉘앙스를 느꼈다. 저 녀석에게도 저 녀석 나름의 사정이 있는 것이다.

이미 노바디를 통해 사소한, 별 뜻 없는 행동도 상대에게 커다란 상처를 줄 수 있음을 벨란데르는 배웠다. 그래도 오랫동안 굳어진 태도와 분위기를 단번에 바꿀 수는 없었다. 그저 신경을 쓰고 조심하면서 바마퉁을 대할 수밖에.

노바디와 레나세르가 마트를 살피기 위해 밖으로 나갔다.

벨란데르는 요리 책 안으로 기어들어 갈 것처럼 푹 빠져 있는 바마퉁 앞에 섰다.

"바마퉁."

"……왜?"

불안해하는 눈빛.

"부탁이 하나 있는데."

"부탁? 마, 말해 봐."

그 눈에 기쁨이 서서히 어렸다. 말라 버린 우물에 물이 조금씩 차는 것처럼.

"이걸 숨겨 줬으면 좋겠어. 내가 모르는 곳에. 절대 찾을 수 없을 것 같은 곳에. 마법 수련에 필요해서 말이야."

벨란데르는 만년필을 내밀었다.

아버지가 어릴 때 선물로 준 그 만년필은 애증의 상징이었다. 사악한 아버지가 떠오르면 부러뜨리고 싶다가도 가끔 제정신으로 돌아와 낚시터로 데려가서 아버지 노릇을 할 때의 추억 때문에 부술 수 없는 물건이었다.

"알았어."

요리 책을 내려놓은 바마퉁은 벨란데르에게 도움이 된다는 이유 하나만으로 만년필을 들고 밖으로 나갔다.

“호텔 밖으로 나가진 마.”

“응!”

바마퉁의 소리가 멀어졌다.

벨란데르는 노트북을 켜고, 거기에 연결된 빔 프로젝터의 파워 버튼을 눌렀다.

노트북에 저장된 영화 중 무엇을 처음 틀어 볼까 생각하던 그는 한때 인기를 끌었던 마블의 〈어벤저스〉를 골랐다. 아이언맨과 헐크, 토르, 캡틴 아메리카 등이 한꺼번에 나오는 〈어벤저스〉의 도입 부분을 보니, 이곳 디월드 뎁스 파이브의 세계로 내려온 사람들 역시 〈어벤저스〉처럼 각각 독특한 능력을 가진 히어로 같다는 생각이 들었다.

〈어벤저스〉에서 유독 활약이 돋보이는 캐릭터는 단연 아이언맨과 헐크였다. 특히 헐크는 그 압도적인 힘으로 적을 제압하는데, 보기만 해도 속이 시원해졌다.

그에 반해 블랙 위도우나 호크 아이는 히어로라기엔 좀 많이 모자라는 캐릭터였다.

벨란데르는 자신이 호크 아이 같다는 생각을 하지 않을 수 없었다.

노바디는 아이언맨 혹은 헐크처럼 이야기를 이끌어 갈 뿐 아니라 마무리를 짓는, 진정한 주인공이었다. 레나세르는 가지고 있는 힘만으로 충분히 노바디를 돕는 역할이 가능했다. 심지어 바마퉁마저도 추영이라는 놀랄 만한 아이템으로 자신의 영역을 구축했다.

"……난 전투력에서는 노바디와 레나세르에게 밀려. 딜러로서는 자격 미달인 셈이야. 버퍼로서는 바마퉁보다 못하고. 어중간한 캐릭터인 거지."

그 때문에 이곳으로 내려올 때의 각오는 이전과 달랐다. 처음 노바디를 만나 함께 원정대에서 시간을 보낼 때와는 결심의 차원이 달라진 셈이었다. 더 이상 시간을 낭비하지 않을 생각이었다.

바마퉁이 돌아왔다.

"숨겨 놨어. 힌트, 알려 줄까?"

"말하지 마. 절대로. 내가 애원해도 말해선 안 돼. 알았어?"

"응? 알았어."

바마퉁은 놀라서 고개를 몇 번이나 끄덕였다.

"이제부터 난 마법 수련을 할 테니까, 노바디와 레나세르 누나가 오면 알려 줘."

"와아."

바마퉁은 〈어벤저스〉 영화가 나오는 벽에 정신을 뺏겼다.

피식 웃은 벨란데르는 조용한 방으로 향했다.

노바디는 눈을 떴다.

주위는 깜깜했다. 밤이었다.

이곳이 어디인지 깨닫는 데 몇 분이 걸렸다. 숨이 거칠어 한동안 호흡 소리만 들렸다. 천천히 숨소리가 잦아들었다.

노바디는 손을 들어 얼굴을 감쌌다.

진땀으로 축축한 뺨에서 경련이 느껴졌다. 근육이 뒤틀렸다가 고통을 남기며 서서히 사라졌다. 눈꺼풀은 묵직해서 밀어 올리기가 힘들었다. 악몽에 시달린 노바디의 귀 주위는 벌겋게 달아올라 있었다.

"휴우."

노바디는 길게 숨을 내쉬었다.

꿈이라는 사실을 아는데도, 가슴의 흥분이 가라앉지 않았다. 꿈속에서 본 사람들의 얼굴이 여전히 생생했다. 이미 죽은 사람들이 노바디의 꿈속에서 또 죽었던 것이다.

"살릴 거야, 반드시."

노바디는 흐느끼지 않으려고 애를 쓰며 중얼거렸다.

잠은 완전히 달아났다. 베란다로 나가 아래를, 전기가 나가 버려 어둠에 묻혀 버린 도시를 바라보았다. 어둠 너머로 건물의 윤곽이 희미하게 보일 뿐이었다.

며칠째 악몽이 계속되고 있었다.

밤에 잠을 자지 않으면 낮 수련에 문제가 생기기 때문에 어떻게든 눈을 붙이려 애를 쓰지만, 노력할수록 악몽은 더 생생해질 뿐 아니라 체감적으로 길어졌다. 노바디는 거기서

죽은 사람들의 얼굴을 모두 떠올릴 수 있었다.

악몽을 이기지 못하면, 이곳에 내려온 목적도 이룰 수 없다.

노바디는 이를 악물고 다시 침대로 돌아갔다.

디월드 뎁스 파이브의 세계는 달라져 있었다.

노바디가 겪었던 도시에서는 식재료 등 다양한 상품이 매일 재생되어 따로 구할 필요가 없었지만, 노바디 일행이 내려와 있는 세계에서는 그런 기적이 일어나지 않아 밖으로 나가서 마트에서 통조림 따위를 가져오거나 직접 사냥을 해야 했다.

그 일은 레나세르와 노바디가 교대로 맡았다. 좀비 등 어디서 몬스터가 튀어나올지 몰라서였다. 둘 다 전투에는 일가견이 있어서 마트 진열대를 쓸어 온다거나 사냥감의 씨가 말라 버리기 전에 노루나 멧돼지 따위를 잡아 오는 것은 일도 아니었다.

바마퉁은 요리를 담당했다. 처음에는 지나치게 세심한 방식으로 소금을 뿌리고 후추를 넣었지만 시간이 흐르자 요리책에 나온 레시피를 조금씩 바꾸기 시작했다. 결과는 대만족이었다. 돌다리도 두들기며 건너는 바마퉁의 신중함이 요리

분야에서는 제격이었다.

전기를 비롯해 각종 편의 시설을 맡은 벨란데르는 초반에는 할 일이 많았다. 그러나 어느 정도 시스템이 궤도에 오르니 시간이 흘러넘칠 만큼 남았다. 벨란데르는 그 시간을 오로지 마법 수련에 쏟아부었다. 하루라도 빨리 강해지고 싶어서였다.

디월드 뎁스 파이브의 세계로 내려온 지 보름이 흘렀지만, 벨란데르는 바마퉁이 숨긴 만년필을 찾지 못했다.

마법서에서는 가만히 앉아서 그 만년필을 머릿속으로 그려 보라고 했다. 색깔, 감촉, 냄새 등 감각적인 부분뿐 아니라 재료, 내부 구조 등 만년필과 관련된 모든 요소를 머릿속으로 형상화하는 게 그 핵심이었다.

스스로 머리가 좋다고, 기억력이 탁월하다고 자부했지만 만년필을 머리로, 생각으로만 그리는 일은 쉽지 않았다.

대충은 그려졌다. 좀 더 디테일한 부분이 필요한 것 같아서 설계도를 직접 그려서 머릿속에 집어넣기도 했다. 그러나 만년필이 어디 있는지는 조금도 느껴지지 않았다.

마법서에 따르면, 재능을 가진 자의 경우 머릿속에 그 물건을 제대로 그리는 순간 위치까지 알 수 있다고 나와 있었다. 재능이 뛰어날수록 더욱 선명하게 물건을 볼 수 있다는 설명이었다.

그 마법서가 옳다면 벨란데르에게는 마법의 재능이 없다

는 뜻이었다. 그건 곧 디월드 뎁스 파이브의 세계로 내려온 이유 자체가 없어진다는 뜻이었다.

부정적인 생각을 머리에서 밖으로 밀어내는 데 걸리는 시간이 조금씩 늘어났다. 밤을 지새울 만큼 고민이 길어졌고, 그 때문에 불면증에 시달리기도 했다.

늦은 밤에 일어나 또 그 영화를 보았다. 〈어벤저스〉의 캐릭터를 보면서 유독 호크 아이에게 정이 갔다. 허약해서 적에게 이용당하기까지 한 호크 아이가 바로 자신 같았다.

지배의 반지 도미니움에 관심을 쏟았지만, 지금의 벨란데르에게 도미니움은 딱딱하고 무거운 반지에 불과했다.

어느 정도는 예상했던 터라 실망하지도 않았다. 특별한 계기를 통해 반지가 깨어나 게이머를 주인으로 받아들일 때까지, 도미니움은 단순한 장신구에 불과했던 것이다. 레벨업, 직업 선택과 마탑 가입, 마탑에서 받는 다양한 종류의 퀘스트를 완료한 후에야 도미니움을 이용할 수 있을 터였다.

노바디라면 독자적인 방식으로 도미니움을 깊이 파고들겠지만, 벨란데르는 일단 마법사로서의 자존심을 세우기 위해서라도 마법에 집중해야 한다고 생각했다.

한 달이 흘렀는데도 아무런 단서 하나 찾지 못했다. 노바디를 찾아가서 물어볼 수도 없었다. 노바디 역시 마법에는 문외한이었을 뿐 아니라 무공 수련만으로도 바빴다. 레나세르 역시 마찬가지였다. 바마퉁에겐 기대 자체를 하지 않았다.

답답한 벨란데르는 주로 슈뢰딩거와 이야기를 나누었다. 슈뢰딩거는 마법과 관련이 깊지만 그건 정령으로서의 마법이지, 인간이 익히는 마법과는 거리가 멀었다. 그래도 슈뢰딩거가 가장 편했다.

'답답하다.'

―오빠, 힘내세요.

오빠라는 말을 들을 때마다, 벨란데르는 속에서 흘러나오는 한 조각 기쁨을 느낄 수 있었다. 호칭을 오빠로 정한 것은 페플에 접속한 이후 최고로 잘한 결정 같았다.

'내게 정말 재능이 없는 걸까?'

―재능이 없으면 절 소환할 수 없어요, 오빠.

슈뢰딩거는 그 말을 반복했다. 벨란데르가 의심을 품을 때마다 그 답을 들려주었다.

'그렇겠지?'

그러나 벨란데르는 자신이 없었다. 이대로 시간이 흘러가버릴 것만 같았다.

노바디는 사냥 외에는 자기만의 공간, 주로 호텔 지하에 틀어박혀 수련에 열중했다. 진지한 눈빛만 봐도 그의 성장이 느껴지는 것 같았다.

다 같이 모이는 유일한 시간인 식사 시간에 그를 보면 처음 디월드 뎁스 파이브로 내려온 그 녀석인가 싶을 만큼 분위기가 달라져 있었다.

레나세르도 특유의 집중력을 발휘하고 있었다. 우스갯소리로 다른 사람들을 웃기는 건 함께 음식을 먹을 때뿐이었다. 혼자 있을 때의 레나세르는 누구도 따르지 못할 만큼 한 가지 일에 몰입한다는 걸, 벨란데르는 잘 알았다.

가끔은 레나세르의 기운이 느껴졌다. 뭐라고 말하기는 어려운데, 마치 레나세르가 유령이 되어 벽을 뚫고 자유롭게 돌아다니는 것만 같았다.

언젠가 그 이야기를 했더니 레나세르는 깔깔 웃어 댔지만, 그 눈빛만은 고요하게 가라앉아 있었다.

바마퉁은 틈이 날 때마다 추영의 형태를 바꾸기 위해 애를 썼다.

새하얀 날개여서 추익이라는 이름을 새롭게 붙였던 추영은 바마퉁의 의지에 따라서 조금씩 외형이 달라졌다. 날개를 크고 굵은 팔로 바꾸기 위해 땀을 한 바가지나 쏟았지만 그래도 가시적인 결과는 조금씩 나오고 있는 셈이었다.

벨란데르는 자신만 뒤처진 느낌이 싫었다.

만년필 하나 찾아내지 못하다니. 게다가 바마퉁이 그 만년필을 숨겼다!

다행히 바마퉁은 만년필에 대해 잊어버렸는지 아무 이야기도 하지 않았지만, 바마퉁을 볼 때마다 만년필을 언급하지 않을까 싶어서 벨란데르는 전전긍긍이었다.

몇 번이나 지나가는 투로 만년필을 잃어버렸는데 어디 있는지 본 적 없냐고 바마퉁에게 묻고 싶었다. 그러면 바마퉁도 만년필을 숨긴 그 행동이 별 의미 없구나 생각할지도 모른다.

그런 말을 건네지 못한 이유는 단 하나였다. 그 말은 마법의 재능이 자신에게 없다는 사실을 인정한다는 뜻이자, 이곳에 내려오기 전에 했던 결심을 스스로 무너뜨린다는 뜻이었다.

자존심 때문에라도 그럴 수는 없었다.

10년 동안 만년필을 찾다가 돌아가는 한이 있어도 스스로 포기할 수는 없다고 벨란데르는 다짐했다.

그러나 그 결심이 언제까지 유지될지는 스스로도 확신할 수 없었다.

새하얗고 가느다란 담배 한 개비.

엄지와 검지 사이에서 느껴지는 담배의 감촉은 생소하면서도 묘하게 익숙했다.

노바디는 담배를 들어 올렸다. 기억이 서서히 떠올랐다.

지난번 디월드 뎁스 파이브의 세계에 혼자 남았을 때, 노바디는 술을 마셨고 또 담배를 피웠다. 술과 담배는 그에게 말없는 친구였다.

"한동안 잊고 살았어."

오래전에 헤어진 친구를 만난 기분이지만, 한편으로 현실에서는 왜 담배를 한 대도 피우지 않았을까 궁금해졌다. 마트나 이곳 같은 편의점에서 진열된 담배를 보거나 지나가는 사람이 뿜는 담배 연기를 맡으면 분명히 담배 생각이 났을 텐데.

담배가 손가락 사이에서 벗어나 아래로 떨어졌다. 깔고 앉아 있던 좀비가 들썩거렸던 것이다.

노바디의 미간이 찌푸려진 순간, 허공에 떠 있던 사라겐의 비월이 날아와 놈의 뒤통수를 수박처럼 쪼갰다.

끔찍한 광경이지만 익숙해져서 놀라는 일은 없었다. 만약 현실에서 이런 일이 벌어진다면 누구나 패닉에 빠지고 말 것이다.

노바디는 주위를 살폈다.

편의점은 엉망진창이었다.

가지런히 상품이 들어차 있던 진열대 하나가 무너져 칫솔과 건전지, 볼펜 따위의 물건들이 바닥에 흩어져 있었다. 머리가 잘린 좀비가 허우적대다 철제 진열대를 덮친 것이다.

또 다른 좀비는 유리를 뚫고 음료라는 이름이 붙어 있는 냉장고 안에 처박혀 있었다.

코너 벽에 달린 볼록거울이 눈에 들어왔다. 이 끔찍한 광경도 저 볼록거울을 통하면 시트콤처럼 우스꽝스러운 장면이 되는 것 같았다.

노바디는 몸을 일으켜 계산대로 갔다. 알바가 서 있어야 정상인 곳에도 좀비 한 마리가 쓰러져 있었다.

손을 뻗어 담배 한 갑을 꺼낸 노바디는 씩 웃으며 좀비를 내려다봤다.

"외상이야."

라이터까지 챙겨서 나온 노바디는 담배를 입에 물고 불을 붙였다. 그 동작은 깜짝 놀랄 만큼 익숙했다.

입에서 뿜어져 나오는 담배 연기 특유의 독한 맛이 느껴졌다. 왜 담배를 피웠는지 기억이 났다. 웃음이 흘러나왔다.

혼자라는 게 싫었다. 그래서 영화 주인공 흉내를 내다가 담배를 시작한 것이다.

새해가 되면 많은 사람들이 금연을 목표로 세운다. 그러나 실제로 담배를 끊는 사람은 극소수에 불과하다. 그만큼 담배라는 중독에서 벗어나기 어렵다는 말인데, 노바디는 왜 오랫동안 피운 담배가 현실에서는 전혀 생각이 나지 않는지 다시 한 번 알고 싶어졌다.

"노바디가 아니라 김현이기 때문에?"

그냥 툭 내뱉은 말.

"그럴지도 모르지."

담배를 문 노바디는 손을 뻗었다. 편의점 안에 있던 사라겐의 비월이 두꺼운 전면 유리창을 뚫고 나왔고, 회전하는

양날도끼의 날이 손아귀 속으로 들어왔다.

현실이었다면 이토록 자유롭게, 아무런 죄책감도 없이 담배를 피울 수는 없을 것이다. 노바디는 제약이 많은 현실보다 이곳 페플이 살 만한 세계라고 속으로 생각했다.

텅 빈 도로를 건너 맞은편 약국으로 들어선 노바디는 수면제를 찾았다. 몸을 혹사해도 사라지지 않던 그 지긋지긋한 악몽을 쫓아낸 건 하얗고 동그란 알약, 수면제였다. 자기 전에 두 알을 먹으면 다음 날 아침까지 아무 생각도 없이 푹 잘 수 있었다.

물론 아침에 일어나면 눈이 뻑뻑하고 정신이 깨지 않아 힘들었지만, 악몽으로 잠 한숨 못 자는 것보다는 나았다.

그 역시 근본적인 문제 해결이 아님은 잘 알고 있었다. 그러나 수련에 집중하기 위해서는 어쩔 수 없는 선택이었다.

수면제를 주머니가 불룩 튀어나오도록 잔뜩 집어넣고 밖으로 나오니 얼굴이 따가웠다. 수많은 눈빛이 노바디를 향해 쏟아지고 있었다. 길모퉁이에 자리 잡은 약국을 에워싼 좀비들의 수는 못해도 수백에 달했다.

"아무리 죽여도 줄어들지 않는구나."

한숨을 내쉰 노바디는 담배를 옆으로 던진 후, 놈들을 향해 돌진했다.

한 시간 남짓 싸웠다.

셀 수도 없이 많은 좀비들을 죽였다.

자리를 옮겨 가면서 죽여도 좀비들의 수는 오히려 늘었다.

여느 때처럼, 노바디가 먼저 등을 돌렸다. 숨이 턱에 차올랐고 다리가 후들거렸다. 그는 사라겐의 비월을 손에 쥔 채 공중으로 뛰어올랐다.

사라겐의 비월 덕분에 떼로 몰려드는 놈들에게서 벗어날 수 있었다. 자유롭게 날아다니는 양날도끼는 노바디 하나쯤은 거뜬히 들어 올릴 수 있었다.

노바디는 보신각 지붕 위에 서서 좀비들을 내려다보았다.

12월 31일이 자정이 되면 서른세 번 울리는 종이 바로 지붕 아래에 있었고, 좀비들 중 날쌘 놈들은 이미 거기까지 올라와 기둥을 타고 지붕으로 기어오르는 중이었다.

노바디는 기와를 발로 걷어찼다.

날아간 기와가 지붕 위로 고개를 내민 좀비의 턱을 때렸다. 놈은 허우적거리며 떨어져 아래에 모여 있는 좀비 셋을 깔아뭉갰다.

노바디는 지붕 끝으로 가서 좀비를 내려다보았다.

마치 종교 지도자를 본 열광적인 신도처럼 좀비들이 손을 위로 내밀며 모여들었다. 물론 저 녀석들의 머릿속에는 죽여서 먹어야겠다는 생각밖에 없겠지만.

노바디는 주위를 바라보았다. 우뚝 솟은 빌딩들이 눈에 들어왔지만, 유리창은 곳곳이 깨져 있었다. 마치 재앙으로 사

람들이 피난을 떠나 텅 빈 도시 같았다.

전기는 끊긴 지 오래였다. 더 이상 물건이 재생되지 않았다. 끝없이 나타나는 건 저 좀비 같은 몬스터뿐이었다.

궁금해서 좀비가 죽으면 어떻게 되는지 지켜본 적도 있었다.

머리는 물론 사지가 잘린 좀비는 빠르게 썩었다. 까마귀 따위는 몰려들지 않았다. 그러다 땅속으로, 심지어 아스팔트 위에 있는 좀비도 그 아래로 스며들었다.

그 과정이 끝나는 데 보통 하루, 길어도 이틀이 걸리지 않았다.

아마도 이곳 뎁스 파이브의 세계에서 좀비는 저런 식으로 흡수되어 어디에선가 다시 태어나는 모양이었다. 놈들의 본거지를 찾아내어 박멸하고 싶은 생각이 잠시 머릿속에 떠올랐지만, 노바디는 거기에 시간을 낭비하고 싶지 않았다.

이곳에 내려온 목적을 잊어서는 안 된다.

쿵.

진동이 느껴졌다.

지붕으로 기어오른 좀비들을 발로 차서 떨어뜨리던 노바디는 빌딩 사이의 도로로 접어든 거인을 발견했다.

"드디어 왔군."

움직임을 멈춘 좀비들은 일제히 몸을 돌려 다가오는 거인을 쳐다보았다. 쿵쿵 소리가 들리자 좀비들은 사방으로 흩어졌다. 곧 보신각 앞은 텅텅 비었다.

거인이 사거리에 도착했다.

느릿느릿 고개를 숙인 거인은 용마루 위에 서 있는 노바디를 내려다보았다.

노바디는 사라겐의 비월을 오른손으로 든 채 거인을 올려다보았다.

그 거대한 주먹이 떨어질 때, 화결로 그 힘의 방향을 되돌릴 수 있을까? 아무리 생각해도 힘들 것 같았다. 바로 그 때문에 거인을 목표로 삼았다. 거인을 상대로 화결을 자유자재로 사용할 수 있다면, 제대로 익혔다고 자부해도 좋을 테니까.

"앞으로 잘 부탁해."

노바디가 씩 웃으며 말한 순간, 거인이 포효하며 주먹을 치켜들었다.

웬만한 빌딩 꼭대기 높이로 올라간 주먹이 아래로 떨어지며 가속이 붙었다. 노바디는 사라겐의 비월을 앞으로 던지며 자루와 날 사이에 올라탔다.

거인의 주먹은 두부를 치듯 보신각을 내리쳤다. 용마루가 부서지며 기와들이 가루가 되었고, 기둥들은 이쑤시개처럼 부러져 나갔으며, 그 안에 있던 커다란 종은 우그러지며 땅에 박혔다.

노바디는 공중에서 살짝 균형을 잃었다. 자신의 의지로 사

라겐의 비월을 마치 서핑보드처럼 타고 있지만, 의외로 직접 올라탄 채 양날도끼의 속도와 방향을 자유자재로 조종하는 게 쉽지 않았다. 이제 막 서핑을 배운 초보자처럼 몸이 좌우로 흔들리고 있었다.

"어?"

노바디는 사라겐의 비월에서 떨어졌다.

신호등을 박살 낸 거인이 손을 뻗었다. 그 손에 잡히면 뼈가 으스러지고 근육이 터져 나갈 것이다.

노바디는 공중에서 자세를 바꾸었다. 푼둠형으로 수천 번에 달하는 자유낙하를 경험했기 때문에 몸을 뒤집는 일은 매우 쉬웠다.

노바디는 거인이 뻗은 손바닥을 향해 발을 굴렀다. 무극심법의 타각이었다.

압도적인 충격이 손바닥을 통해 팔꿈치, 어깨를 지나 몸 전체로 퍼져 나갔다. 단번에 거인을 죽이진 못해도 눈에 핏발이 서고 마비 상태에 이를 만한 타격이었다.

거인의 어깨에 내려선 노바디가 손을 뻗자 사라겐의 비월이 날아왔다. 양날도끼를 쥔 노바디는 거인을 향해 활짝 웃었다.

거인의 동공이 커졌다.

노바디는 사라겐의 비월로 거인의 목을 툭툭 건드린 후, 아래로 뛰어내렸다.

석 달이 흘렀다.

벨란데르는 지쳤다. 몸보다는 마음이 힘들어 주저앉기 직전이었다.

그런 벨란데르를 위해서 바마퉁이 특별 요리를 가지고 왔다. 바로 호텔 근처에서 잡은 조그만 새로 만든 삼계탕이었다. 닭도 아닌 정체불명의 새고기에다, 인삼을 닮았을 뿐 맛이 전혀 다른 뿌리를 넣어서 요리한 음식을 든 바마퉁을 보자 짜증이 치솟았다.

"요즘 레나세르 누나가 힘이 없어. 누나에게 갖다 줘."

"……어, 알았어."

바마퉁은 더 이상 말을 못 하고 돌아섰다.

벨란데르는 그란투모스를 뽑을 뻔했다. 일단 그 서늘한 검날의 기운을 느꼈다면 망설이지 않고 바마퉁을 베어 버렸을 것이다. 바마퉁에게조차 동정을 받고 있다는 사실이 벨란데르는 견디기 힘들었다.

노바디도 레나세르도, 벨란데르를 눈여겨볼 뿐 아니라 염려하고 있다는 사실은 금세 느껴졌다. 벨란데르는 호텔을 떠나 혼자 살고 싶었다. 두 사람을 실망시키기 싫어서 호텔에 남아 있을 뿐이었다. 마음 같아서는 벌써 독립했을 것이다.

첫 단계에서 이토록 오랜 시간이 걸릴 줄은 생각도 못 했

다. 어릴 때부터 모든 게 쉬웠던 벨란데르에겐 혹독한 시련이었다.

또래의 아이들이 유치원에서 노래와 율동을 배울 때 안진후는 미적분 문제를 풀고 영어에 이어 불어를 공부하고 있었다. 친구들이 구구단을 욀 때 안진후는 대학 과정을 마무리 짓고 있었다.

그 때문에 선망의 시선에 익숙했다. 다들 그를 부러워했고, 그건 지극히 당연한 현상이었다. 바로 그랬기 때문에 낙오의 두려움은 그 어느 때보다도 컸다.

베란다에서 휑한 도시를 내려다보는데, 갑자기 뛰어내리고 싶은 충동이 일었다.

여기서 훌쩍 뛰어내리면 100% 죽는다.

물론 그래 봐야 사흘 후에는 다시 살아난다. 그럼 왜 뛰어내렸는지 설명해야 할 순간이 올 텐데, 모든 것을 다 아는 듯 고개를 끄덕일 노바디 앞에 서야 한다는 사실 때문에 도저히 자살할 수는 없었다.

이 좁고 답답한 곳에서 탈출할 수만 있다면 뭐든 할 수 있을 것 같았다.

그 순간, 벨란데르는 몸을 돌려 자기가 쓰는 방을 쳐다봤다. 침대가 놓여 있고, 그 옆에 옮겨 놓은 탁자 위에는 갖가지 기계들이 쌓여 있었다.

좁은 방이었다.

"이런 곳에서 김현은 4년이나 지냈구나."

왜 그 생각이 났는지 벨란데르 자신도 몰랐다. 왜 그런 말이 입에서 흘러나왔는지도 역시 몰랐다.

그 고통이 처음으로 느껴졌다. 머리로만 접근하던 이해가 가슴으로 내려왔다.

이 답답함, 차라리 죽고 싶은 마음, 자신에 대한 실망이 쌓여 질식할 것만 같은 느낌은 실제로 갇히지 않고서는 감히 이해한다고 말할 수 없는 감정의 쓰나미였다.

넉 달도 안 되었건만.

그 녀석은 4년이나 버텼다.

오기 때문에라도 4년은 버텨야겠다고 마음먹었다.

4년 동안 애를 쓰면 만년필을 찾을 수 있겠다는 확신은 들지 않았다. 그저 4년 동안 버티면 김현의 고통을 깊이 알 수 있을 테고 그렇게 된다면 김현에게 더 이상 실수하지 않을 테니, 그것만으로도 4년이라는 시간을 상대로 투지를 불태울 가치가 있을 것 같았다.

"해 보자."

벨란데르는 이를 악물었다.

1년이 지났다.

현실로는 대략 15분가량 흘렀을 테지만, 이곳에서 더 이상 현실의 시간 흐름은 의미가 없었다. 그 호텔이 지겹다는 의견에 따라서 다른 호텔로 옮긴 게 두 달 전이었다.

키가 20미터에 달하는 거인이 공격해 오는 바람에 일행 전부가 전투에 참가한 건 이례적인 일이었다. 그 거인을 쓰러뜨리자 좀비 등 자잘한 몬스터들은 호텔 근처에도 다가오지 않았다.

벨란데르는 슈뢰딩거로 전투를 지원했을 뿐이다. 레나세르가 폭우 같은 염시로 정신을 쏙 빼 놓은 거인에게 달려든 노바디가 사라겐의 비월로 눈을 찌르고 목을 베어 거인을 죽였다.

벨란데르는 그 과정을 씁쓸한 표정으로 지켜봐야 했지만, 처음처럼 고통스럽지는 않았다. 참을 만했다.

이제 두려움의 질이 달라졌다. 벨란데르는 이 답답한 상태에 익숙해지는 자신이 무서웠다.

며칠 동안 마법 수련은 하지 않고 지나갈 때도 있었다.

〈무한도전〉이라는 예능 프로그램을 1회부터 깔깔 웃으면서 보기도 했다. 마법 수련의 갑갑함으로 밤을 새우는 게 아니라 중독성 강한 미드를 보느라 새벽 동이 트는 광경을 여러 번 봤다.

그래도 만년필에 대한 생각을 완전히 놓지는 않았다. 다음 편 드라마나 예능 프로그램을 보기 전 짧은 시간 동안 만년필이 있을 만한 곳을 가벼운 마음으로 떠올렸다. 빨리 다음 편을 보고 싶은 생각 때문에 그 정신적 탐색은 그리 길지 않았다.

〈무한도전〉 388회 스피드 레이서 편을 마음 편히 보는 중에 그랜드피아노 음향 판 안쪽에 놓여 있는 만년필이 보였다. 신기한 경험이었다. 분명히 빔 프로젝터가 벽에 비추는 화면 속 유재석을 보고 있는데, 기다란 줄 수십 개가 정교하게 설치된 피아노 안쪽에 얌전하게 놓인 만년필이 마치 겹쳐진 것만 같았다.

그 생각을 가볍게 무시한 벨란데르는 389회 방콕 결산을 보기 시작했다.

무도 멤버들이 어항 속 해산물을 잡아 올리는 장면에 벨란데르는 도저히 웃음을 참을 수 없었다. 답답한 마음마저 한꺼번에 날려 버리는 순간, 또 그 만년필이 보였다.

"이제 헛것이 다 보이네."

벨란데르는 고개를 흔들어 그 망상을 지웠다.

좁은 방에서 무표정한 얼굴로 춤을 추는 여자 작가를 보는 순간, 벨란데르는 만년필까지 잊었다. 그 더운 여름에 좁고 답답한 방 안에서 추는 춤이 저토록 웃기다니.

몸을 일으킨 벨란데르는 그 작가처럼 춤을 췄다. 스트레스가 확 풀리는 느낌이었다.

생각해 보니, 무도 멤버들이 바캉스를 즐기는 그 방보다 여기 이 호텔 방이 훨씬 넓고 쾌적할 뿐 아니라 할 수 있는 놀이도, 먹을 수 있는 요리도 많았다. 왜 이 방을 그렇게 답답하게만 여겼을까? 무도 멤버들이 이곳으로 내려온다면, 배꼽이 빠질 만큼 재미있게 놀 수 있을 것이다.

문제는 장소가 아니었다.

그 장소에 있는 사람이었다.

벨란데르는 당장 복도로 나갔다. 먼저 바마퉁이 있는 방으로 들어갔다. 바마퉁은 요리를 하고 있었다. 처음엔 코펠로 음식을 만들었는데, 바마퉁의 부탁을 받은 노바디가 중국집에서 가져온 웍을 본격적으로 활용하고 있었다.

"바빠?"

"……조금."

"나와. 같이 놀자."

"……놀자고?"

"얼른."

벨란데르가 다가와서 손을 꽉 잡고 밖으로 끌었다. 바마퉁은 겨우 불을 끌 수 있었다.

벨란데르는 레나세르와 노바디까지 끌고 나와 자기 방으로 데려갔다. 테이블과 의자를 한쪽으로 밀자 꽤 큰 공간이 생겼다. 벨란데르는 어리둥절한 사람들을 보고 씩 웃었다.

"지금부터 장기 자랑을 하는 거야. 한데, 최대한 망가져야 돼. 가장 많이 웃긴 사람에게 상을 주는 거지."

"무슨 상?"

바마퉁이 물었다.

레나세르는 짜증 섞인 얼굴로 팔짱을 꼈고, 노바디는 잠자코 지켜보기만 했다.

"내가 오늘 이 순간을 위해 준비한 거니까, 다들 기대해. 먼저 나부터 할게."

벨란데르는 노트북에 저장한 음악 중 비트가 강하고 빠른 음악을 골랐다. 주로 클럽에서 자주 듣는 노래였다.

벨란데르가 앞으로 나와 박자에 맞추어 고개를 끄덕였지만, 약간 엇박이어서 바마퉁이 풋 웃었다.

벨란데르는 활짝 웃으며 그 춤, 〈무한도전〉의 작가가 췄던 그 무표정한 춤을 추기 시작했다.

처음엔 어색해서 몸이 딱딱하게 굳어 있었다. 당연히 추는 사람도 불편하고, 보는 사람은 더욱 거북한 춤이 되고 말았다. 그럼에도 벨란데르는 멈추지 않았다.

레나세르가 팔짱을 풀었다. 누나로서 벨란데르의 마음을 알아차린 것이다.

1년이나 지나면서 그들 사이에 말수는 극단적으로 줄어들어, 때로는 하루에 한마디도 하지 않고 넘어갈 때도 있었다. 레나세르는 동생의 아이디어가 기특했다.

"춤이 그게 뭐니? 이 정도는 돼야지."

레나세르가 앞으로 나서며 배를 튕겼다.

바마퉁도 기다렸다는 듯 막춤을 추기 시작했다.

마지막은 노바디였다. 솔직하고 기분 좋은 미소를 입가에 한껏 머금은 노바디는 그들 사이로 들어와 눈을 감았다. 그리고 천천히 춤을 추기 시작했다.

그들 중 누구도 춤꾼이라 할 수 없었다. 박자를 무시하고 리듬을 타기 일쑤였다. 때로는 노래 따위는 개의치 않고 자신만의 음악에 따라서 몸을 움직였다.

서로가 다른 춤을 추는 무질서.

놀랍게도 그 무질서 속에 조화라는 꽃이 피고 있었다. 말로 표현할 수 없는 연계가 시작되고 있었다.

하나라는 인식 안에서 지난 1년 동안 쌓인 스트레스, 피곤, 드러내기 힘들었던 갈등의 흔적, 불만의 응어리가 녹아내렸다.

두 시간 넘도록 즐겁게, 깔깔 웃으면서, 때로는 데굴데굴 구르면서 춤을 춘 그들은 의자에, 침대에, 벽에 기대앉아 서로를 만족스러운 시선으로 바라보았다.

"어떻게 이런 생각을 다 했니?"

레나세르가 벨란데르를 응시하며 물었다.

"무도에서 봤어."

"그 무도? 끔찍하게 오래된 프로그램이잖아."

"응."

"그동안 탱자탱자 놀더니, 수확 하나는 있었네."

레나세르가 정곡을 찌르자 놀란 바마퉁이 공기를 헉 집어 삼켰다. 노바디도 가라앉은 눈으로 벨란데르를 살폈다. 그런 말을 듣고 가만히 있다면 자존심 센 벨란데르가 아닐 터였다.

"역시 놀 때는 제대로 놀아야 하는가 봐."

벨란데르는 씩 웃었다.

"……너, 좀 변했다."

레나세르의 눈이 커졌다.

"그래?"

"뭐랄까, 조금 여유로워졌달까. 아무튼 멋있어졌어."

"좋은 말이네. 그런데 여기에 문제가 좀 생겼어."

벨란데르는 관자놀이를 손가락으로 툭툭 쳤다.

"왜?"

바마퉁이 끼어들었다.

"자꾸 환상이 보여. 아무래도 현실로 나가면 너랑 같은 병원에 입원해야 할지도 모르겠다."

벨란데르는 대수롭지 않게 말했다.

"후유증일지도 몰라."

레나세르였다. 시간의 흐름이 극단적으로 느린 디월드 뎁스 파이브의 세계에 정신이 내려와 있다면, 몸은 현실에 있기 때문에 그 차이로 인한 이상 현상은 언제든지 일어날 수 있다는 게 그녀의 의견이었다.

"내일부터 구슬을 찾아야겠어."

노바디가 말했다. 이제까지는 강해지고 싶은 욕망에 귀환을 위한 준비는 하지 않았던 것이다.

"미안한데, 그래도 신세를 지는 수밖에 없겠다."

벨란데르는 미안하다는 말, 신세를 진다는 말이 이토록 쉽게 나와서 스스로도 놀랐다.

"어떤 게 보여?"

바마퉁이 물었다. 정신병원에 꽤 오래 있었기 때문에 무엇이 정상인지, 무엇이 비정상인지 그는 구분할 수 있었다.

"그랜드피아노 안에 놓여 있는 만년필. 지금도 보여. 네 얼굴을 보고 있으면 거기에 겹쳐서."

바마퉁의 눈이 부풀어 올랐다. 눈두덩이 풍선처럼 커진 느낌이었다. 레나세르도, 노바디도 놀라서 바마퉁을 쳐다봤다.

"뭐야? 심각해?"

벨란데르였다.

"……내, 내가 피아노 안에 숨겨 뒀어. 그 만년필 말이야."

"거짓말."

벨란데르는 그 말을 믿지 않았다.

찾으려 애를 쓰지도 않았다. 아니, 찾고 싶은 생각 자체가 없었다. 그런데 이 환시는…… 그림자처럼 그에게 달라붙어 떨어지지 않았다.

"진짜야."

"어디야?"

노바디가 나섰다. 바마퉁은 노바디와 레나세르를 데리고 피아노가 놓인 홀로 내려갔다.

벨란데르는 그럴 리 없다고 생각하면서도 바마퉁이 거짓말을 한 적이 없다는 사실을 떠올리고 뒤를 따랐다.

심장이 쿵쿵 뛰었다. 정말로 그랜드피아노 줄이 있는 곳에 만년필이 놓여 있을까? 아니라고, 바마퉁이 위로하기 위해 꾸민 거짓말이라고 생각했지만, 거기 있기를…… 우연이라도 거기 놓여 있기를 바랐다.

일부러 뒤로 처졌다. 함께 피아노 내부를 들여다볼 용기가 없었다. 바마퉁의 기억에 문제가 있어서 착각한 것이라면, 기대에 찬 얼굴로 노바디와 레나세르, 바마퉁 앞에 나서고 싶지 않았다.

"어?"

복도에 서 있는데, 시야와 겹쳐서 보이는 그 만년필을 털이 숭숭 난 두툼한 드워프의 손가락이 집어 들었다.

벨란데르가 고개를 돌리자 만년필 너머로 어안렌즈로 찍은 듯 일그러진 바마퉁과 노바디, 레나세르가 보였다. 그리고 환호가 들렸다.

만년필이 보이는 영상이 어지러울 만큼 흔들렸다. 벨란데르는 눈을 감고 주저앉았다.

바마퉁과 노바디, 레나세르가 달려왔다.

"있었어! 분명히 거기 있었어!"

바마퉁이었다.

벨란데르는 고개를 들어 천천히 꺼풀을 들어 올렸다.

두 개의 광경이 겹쳐져 있었다. 복도에 서 있는 세 사람, 만년필 너머 복도에 앉아 있는 자기 자신.

벨란데르는 할 말을 잃었다.

"데멘티아를 통과했구나, 드디어."

레나세르였다.

"……어떻게 그걸?"

벨란데르는 놀라서 말을 더듬었다.

"누나가 모르는 건 없단다, 꼬맹아."

"축하해."

노바디였다.

"어떻게 그걸 볼 수 있었어?"

바마퉁이 호기심 어린 눈으로 물었다.

벨란데르는 바닥까지 가라앉은 자존심을 회복했지만, 또 다른 문제가 생겼음을 실감했다.

만년필을 볼 수 있는 것까지는 좋은데, 어떻게 해야 보지 않을 수 있는지 알 수가 없었다. 두 개의 시야를 동시에 보고 있으니 두통이 몰려왔다.

'이젠 어쩌지?'

"또 1년이 걸리려나?"

레나세르가 깔깔 웃었다.

백정현은 떨지 않으려 애를 썼다. 겁먹었다는 사실을 인정하지 않으려 죽을힘을 다했다.

그러나 두려움은 스멀스멀 가슴으로 파고들어 왔고, 커넥터에 들어간 지 5분도 못 되어 공포로 새하얗게 질려서 나온 동기의 얼굴을 보자 자기도 저런 꼴을 당할 수밖에 없다는 확신은 걷잡을 수 없이 커졌다.

고승조는 어떤 교육과정에서도 두각을 나타내는 동기였다. 이곳에 와서 처음 알게 되었지만 마음이 넓고 강직해서 부하로 삼기에 딱 좋은 녀석이었다. 현문 길드 소속으로 아카데미에 들어온 고승조는 처음으로 눈물을 흘리며 울고 있었다.

"다음은 이유정."

교관 중에서도 악질이라 정평이 난 조웅이 이름을 부르자, 로고스 길드 소속으로 아카데미에 입학한 이유정이 몸을 떨었다.

"포기해도 좋아."

조웅은 특유의 냉소를 머금었다.

"……아닙니다."

"탑승."

조웅이 명령했다.

이유정은 콕핏형 커넥터에 올라탔고 곧 뚜껑이 닫혔다.

백정현은 자신도 모르게 입술을 훔쳤다. 이어서 혀로 입술을 축였다. 긴장 때문에 도저히 가만히 있을 수 없었다.

정문석은 물론 엄명욱까지 불안을 감추지 못했다. 정문석은 블랙 길드 소속이었고, 엄명욱은 프리벨리지에 속해 있었다.

시간을 확인하던 조웅이 고개를 돌려 자기 차례를 기다리는 교육생들을 응시했다.

"이번 교육은 대단히 위험하다. 이미 너희에게 설명했지만, 말로는 표현할 수 없는 것이 세상엔 얼마든지 널려 있지. 각성으로 능력을 갖게 되어 무척 기뻤겠지만, 세상이 만만치 않다는 사실을 오늘 이곳에서 아주 깊이 배우게 될 것이다."

씩 웃은 조웅은 시계를 확인했다. 이제 막 1분이 지났다. 앞으로 4분은 더 남았다.

백정현은 이 좁고 어두컴컴한 방에서 뛰쳐나가고 싶었다.

아카데미를 졸업하지 못하면 기억이 지워질 뿐 아니라 두 번 다시 각성할 수 없는 상태로 돌아가야 한다는 공지우의 말을 듣지 못했다면, 그는 내용도 모르는 교육을 거부했을 것이다.

적룡회를 만든 이유는 꼭대기에 서서 아래에 있는 놈들을 짓밟고 마음대로 움직이기 위해서였다. 돈으로는 무엇이든 가능했다. 아무리 힘이 세고 싸움을 잘해도 돈 앞에서는 고개를 숙였다.

백정현은 과거로 돌아가고 싶다는 마음과 이 기회를 놓칠 수 없다는 의지 사이에서 갈팡질팡 혼란스러웠다.

그러나 의지가 곧 감정을 이겼다. 몰랐으면 그냥 지낼 수도 있겠지만, 진실을 안 이상 도저히 그냥 물러서고 싶지 않았다.

콕핏이 열렸다.

조웅이 시계의 버튼을 눌렀다. 기록은 3분 38초였다. 고승조는 4분 22초 만에 나왔다.

이유정은 나오지 않았다. 콕핏 안에서 정신을 잃은 것이다.

조웅이 손짓을 하자 사람들이 다가와 이유정을 밖으로 끌어냈다. 그중 한 명은 아카데미에 소속된 의사였다.

"죽었나?"

조웅은 웃으며 물었다.

"……아닙니다. 희미하게 맥박이 뛰고 있습니다."

"다행이군."

말과 달리 표정은 이유정이 죽지 않아서 아쉬운 모양이었다.

"치워."

조웅의 명령에 사람들이 이유정을 데리고 방을 빠져나갔다.

조웅은 교육생들을 훑었다.

"보다시피, 운이 나쁘면 죽을 수도 있다. 자, 다음은 백정현."

그 말에 백정현은 흠칫 몸을 떨었다. 앞으로 나가려는데, 다리가 박힌 듯 움직이지 않았다.

"허, 다리에 문제가 생긴 모양이군."

조웅이 다가와 백정현의 종아리를 구둣발로 걷어찼다.

백정현은 앞으로 뒹굴었다.

"기어들어 가."

싸늘한 조웅의 명령.

"……네, 교관님."

백정현은 콕핏 안으로 올라탔다.

다행히 오늘은 누구도 그를 비웃지 않았다. 평소 백정현의 실력 부족을 조롱했던 정문석, 엄명욱은 오히려 자기 이름이 불리지 않아서 다행이라고 생각했다.

캄캄한 커넥터 안에 갇힌 느낌에 백정현은 폐소공포증을 느꼈다. 이 공간이 우그러들어 몸을 짓누를 것만 같았다. 그 순간, 섬광이 터지며 페플로 접속했다.

파란 하늘, 끝없이 밀려오며 모래 알갱이를 위로 옮기는 새하얀 파도, 하늘 높이 솟아 있는 야자수들 그리고 저 위로 날아다니는 갈매기. 이곳은 푸른 지평선이 보이는 해변이었다.

백정현은 엉거주춤 서 있었다. 팔을 보니 용갑 쿠레가 특유의 알록달록한 빛깔의 용 비늘 갑옷이 덮여 있었다. 현재의 그는 백정현이 아니라 페플 속 캐릭터 드래고니아였다. 허리띠에는 두 자루의 단검이 꽂혀 있었다.

'이곳은 페플이다!'

"안녕."

근육질의 상체를 드러낸 채 반바지를 입고 있는 남자가 말했다. 남자는 선글라스를 끼고 있었다.

"……안녕하세요."

"난 모네타에서 파견 나온 규문이라고 한다. 앞으로 자주 보게 될 거다."

"네."

"일단 갑옷을 벗고 무기도 앞에 내려놓아라."

"왜요?"

규문은 시선을 올려 드래고니아를 노려봤다.

드래고니아는 더 묻지 않고 얼른 용갑 쿠레가를 벗고 허리띠에 걸어 놓은 검집도 풀어서 모랫바닥에 던졌다. 잘못하면 교육도 받기 전에 이곳에서 죽을 것 같았다.

여기서는 죽어 봐야 레벨 하락에 그치겠지만, 한번 찍히면 교육 내내 교관들이 괴롭힐 것이다.

"이 팔찌를 껴라."

드래고니아는 회백색 팔찌를 힐끔 쳐다보다가 손목에 찼다.

그 순간, 몸에서 힘이 다 빠져나간 느낌이었다. 얼른 상태

를 확인해 보니, 레벨이 10이었다. 페플에 처음 접속했을 때와 능력치가 같았다.

"교육에 필요한 거다."

"……알겠습니다."

드래고니아는 성질을 죽였다. 여기서 코뿔소처럼 들이받을 수는 없다.

"자, 이젠 저 앞에 놓인 구슬 중 하나를 골라라."

규문이 턱으로 모래밭에 놓인 구슬을 가리켰다. 세 개 남아 있었다. 드래고니아는 교육생 한 사람당 구슬 하나라고 생각했다.

"저 구슬이 무엇인지 질문해도 되겠습니까?"

"당연히, 안 된다."

규문은 씩 웃었다.

"알겠습니다."

드래고니아는 구슬 앞으로 다가섰다. 어떤 것을 골라도 고승조나 이유정 꼴이 날 것이다.

순간, 공지우가 생각났다. 그년을 찢어 죽이고 싶었다.

아카데미가 어떤 곳인지 미리 알려 줬으면 철저하게 준비라도 했을 텐데.

다른 녀석들은 소속 길드에서 아카데미 참가를 위해 이것저것 필요한 기술을 배웠다. 백정현은 교육과정에서 유독 자신만 뒤로 처지는 이유를 나중에야 동기로부터 알 수 있었다.

'절대 용서 못 해.'

드래고니아는 이를 악물었다.

"시간 없다. 아니면 포기하든가."

"아닙니다."

드래고니아는 용기를 내어 가운데 구슬을 집었다. 그 순간, 또 한 번 섬광이 터졌다.

겨우 눈꺼풀을 밀어 올렸다. 까만 하늘에 점점이 흩어진 별이 보였다. 눈을 감자, 별은 사라지고 온통 암흑이었다.

힘겹게 눈을 떴다. 별들 사이로 유성 하나가 꼬리를 남기며 아래로 사라졌다.

드래고니아는 몸을 일으켜 앉았다. 그 자세로 현실감각이 돌아오기를 기다렸다. 이곳이 어디인지, 왜 여기 와 있는지 알아내야 한다.

주위에 무엇이 있는지 살피려고 고개를 돌린 그는 할 말을 잃었다. 지평선 위로 다섯 개의 달이 떠 있었다.

현실에서도, 페플에서도 달은 하나다.

다섯 개라니!

교육 중이라는 사실이 기억났다.

고승조가 말을 더듬을 정도로 겁을 집어먹고, 이유정은 아예 실신했던 교육이다. 아마도 저 다섯 개의 달과 관련이 있을 것이다.

드래고니아는 몸을 일으켰다. 달빛 덕분에 펼쳐진 초원이 한눈에 들어왔다. 바람에 흔들리는 풀잎들은 은은한 물결 같았다. 저 멀리 우뚝 솟은 바위산 꼭대기는 은색으로 빛나고 있었다.

"아무도 없습니까?"

드래고니아가 외쳤다.

무엇을 배워야 하는지 가르쳐 줄 교관을 찾았지만 탁 트인 벌판에는 드래고니아 혼자뿐이었다.

고개를 흔든 드래고니아는 페플에서 빠져나가기 위해 접속 해제 버튼을 찾았다. 그러다가 패닉에 빠졌다.

"이, 이게 뭐야."

버튼이 없다.

나갈 방법이 없다.

그때, 1미터 가까이 웃자란 풀을 뚫고 무언가가 다가왔다. 한두 마리가 아니었다. 그중 한 놈이 허옇고 강한 이빨을 드러낸 채 달려들었다.

하이에나였다.

놀란 드래고니아는 회백색 팔찌를 빼려 했지만 피부에 붙어 있어 떨어지지 않았다.

하이에나가 드래고니아를 향해 달려들었다.

드래고니아는 눈을 떴다.

조금 전 몰려든 하이에나에게 잡아먹히던 순간이 떠오르자 화들짝 놀라며 몸을 일으켰다.

"……어떻게 된 거지?"

초원은 보이지 않았다. 대신 울창한 숲 사이로 흐르는 급류가 눈에 들어왔다. 바위에 부딪쳐 하얗게 부서지는 거품을 품고 흘러가는 물살은 꽤 빨랐다. 연어 한 마리가 위로 뛰어오르며 거슬러 올라가고 있었다.

드래고니아는 몸을 일으키다 등이 아파서 신음을 흘렸다. 계곡 자갈밭에 누워 있었던 것이다.

끙 소리를 내며 일어선 그는 크게 외쳤다.

"교관님!"

메아리만 들렸다.

드래고니아는 바위에 걸터앉아 흘러가는 물을 바라보았다. 팔찌는 아무리 애를 써도 벗겨지지 않았다.

이번 교육에서 무엇을 해야 하는지 도무지 알 수가 없었다. 그리고 다섯 개의 달이 뜬 초원은 또 무엇을 뜻할까? 이렇게 밑도 끝도 없는 교육은 처음이었다. 적어도 설명은 해줘야 할 것 아닌가.

힘이 없고 배가 고팠다.

접속 해제 버튼을 찾아봤지만 결과는 같았다. 스스로 이 세계 밖으로 나갈 방법은 없었다.

"좋아, 날 이런 곳에 가두고 지켜보겠다면 맘대로 해."

드래고니아는 생존 관련 다큐에서 본 내용을 떠올리며 일단 불부터 피우려고 애를 썼다. 그러나 날이 저물도록 힘만 들 뿐 불은 붙지 않았다.

힘이 들어서 비비던 나무토막을 던져 버렸는데, 그 순간 계곡 사이로 뚫린 하늘에서 다섯 개의 달을 볼 수 있었다.

그 세계였다.

다만 장소만 달라졌을 뿐이다.

드래고니아는 허탈해서 주저앉았다. 한 가지 사실을 깨달았다. 여기서 죽는다고 해도 다섯 개의 달이 뜬 이 세계를 빠져나갈 수는 없다. 다만 다른 장소에서 되살아날 뿐이다.

근처에서 나뭇가지 부러지는 소리가 들렸다.

몸을 일으킨 드래고니아는 숲이 드리운 어둠을 뚫고 계곡으로 나오는 두 개의 눈을 볼 수 있었다. 달빛을 받은 녀석은…… 거대한 곰이었다.

첫 번째 단계를 돌파한 벨란데르는 파죽지세로 다음 단계들을 뚫고 올라갔다.

이제 벨란데르는 어떤 물건이든 머릿속으로 그릴 수 있는 것은 바마퉁이 아무리 숨겨도 단 1분 만에 찾아낼 수 있었다. 그러나 머릿속으로 그려지지 않는 물건의 위치는 떠오르지 않았다. 벨란데르는 그 차이점에 주목했다.

손에 익을수록, 의미가 깊을수록, 오랫동안 지니고 있을수록, 그 구조를 완전히 파악할수록 물건을 그려 낼 가능성이 높아진다. 반대로 처음 쥔 것이거나 낯선 물건의 경우는 열에 아홉 탐색에 실패하고 만다.

벨란데르의 마법 수련은 전혀 다른 수준으로 옮겨 갔다. 생전 처음 보는 물건을 아주 오랫동안 보아 온 것처럼 만드는 작업이었다.

마법은 사물의 본질을 다루는 스킬이기 때문에 물건 자체와 친숙해지는 그 능력은 마법사의 기본이었다.

벨란데르는 서두르지도 않고, 가끔 조급해지면 있는 그대로 조급함을 드러내며 수련에 임했다.

1년 6개월이 지났을 무렵, 벨란데르는 아버지가 선물로 준 그 만년필을 알게 되었다.

진정한 앎이 무엇인지 그때 처음 깨닫고, 눈물이 흘러내릴 만큼 감동했다. 얼마나 가슴이 벅찬지 이틀 동안 잠을 잘 수가 없었다. 불면증이 아니라, 지나친 흥분으로 잠이 오지 않았던 것이다.

벨란데르는 그 만년필에 '아이러니'라는 이름을 붙였다.

그 이름이 벨란데르의 입에서 흘러나온 순간, 만년필이 반응하듯 진동했다. 그 후로 노바디가 사라겐의 비월을 마음대로 조종하듯 벨란데르는 그 만년필을 의지로 움직일 수

있었다.

벨란데르는 근처에 있는 물건을 하나씩 여유롭게 알아 가기 시작했다. 노트북은 내부 구조가 너무나 복잡해서 나중으로 미루었지만, 연필과 스위스 칼 그리고 큐브에 색다른 이름을 붙였다. 이름을 가지게 된 연필, 스위스 칼, 큐브는 벨란데르의 의지에 복종했다.

벨란데르는 생각만으로 연필을 움직여 수첩에 글을 쓸 수 있었다. 의지만으로 스위스 칼의 툴 중 하나를 꺼낼 수 있었고, 말없이 큐브를 이리저리 맞출 수도 있게 되었다.

진정한 이름 붙이기, 즉 '네이밍'은 불의 정령 파르노엘인 슈뢰딩거까지 자연스럽게 이어졌다.

그러나 슈뢰딩거는 벨란데르의 생각보다 훨씬 복잡하고 심오한 존재였다. 노트북조차 내부 구조 때문에 당장 네이밍이 불가능한데 슈퍼컴퓨터보다도 훨씬 깊고 광활한 존재인 슈뢰딩거에게 네이밍은 어불성설이었다.

언젠가 슈뢰딩거에게 더 잘 어울리는 이름을 줄 수 있기를 바라며 다음 단계로 넘어가는 수밖에 없었다.

5단계는 트란스포르, 즉 변신이었다. 트란스포르에는 두 종류가 있었다. 본질적인 변신과 외형적인 변신이었다.

벨란데르는 외형적인 변신을 사흘 만에 해냈다. 만년필을 몰스킨 수첩으로 변형시킨 것이다.

그러나 진짜 몰스킨 수첩처럼 한 장 한 장 넘기며 그 두툼한 재질을 느낄 수는 없었다. 본질은 그대로였던 것이다.

벨란데르는 본질적 변신이야말로 진정한 변신이라고 생각했지만, 그 변화 과정을 지켜본 노바디, 레나세르 그리고 바마퉁은 축하해야 하는 일이라면서 파티를 했다.

벨란데르가 시작한 춤의 파티는 이제 주기적으로 그들이 모여서 스트레스를 풀고 서로의 감정을 나누는 시간으로 정해져 있었다.

6단계 센티오는 각 사물에 깃든 힘을 감지하고 끌어내어 이동시키는 단계였다.

진정한 변신을 포기할 수밖에 없었던 벨란데르는 센티오만은 완벽하게 해내리라 마음먹었다. 센티오는 외형적 변신의 연장선상에 있는 스킬이어서, 한 달 남짓 전력투구를 한 끝에 그 깊은 뜻을 알아낼 수 있었다.

7단계 테르미는 6단계 센티오에서 찾아낸 기운을 일정한 영역에 배치하는 단계였다.

벨란데르는 슈뢰딩거에게서 끌어낸 불의 기운을 호텔 입구에 벌여 놓아 심심하면 찾아와서 쿵쿵 문과 벽에 부딪치는 거인들을 내쫓을 수 있었다. 불의 기운만큼 쉽고 빠르지는 않지만, 물이나 나무의 기운도 충분히 가능하다는 점 또한 빠짐없이 확인했다.

8단계인 암플리오는 이전 단계의 확장이었다.

벨란데르는 사흘 동안 끌어모은 기운을 호텔을 중심으로

반경 300미터에 이르도록 퍼트린 다음, 그 안에 무엇이 있는지 차근차근 살폈다.

그들이 타이탄이라 이름 붙인 거인 몬스터가 몇 마리 있는지, 지하 어디쯤에 슬라임 떼가 휩쓸고 돌아다니는지, 좀비 무리는 어디서 질긴 삶을 지속하는지를 벨란데르는 자기 방에 앉아서 알아낼 수 있었다.

벨란데르는 신이 났다.

1단계 통과가 그토록 힘겨웠던 이유는 데멘티아가 가장 어려운 단계였기 때문이다. 이후는 1단계에서 익힌 마법의 능력을 차근차근 발휘하면서 구체적인 스킬을 익히는 과정이었다.

벨란데르는 암플리오를 통해 펼친 센티오 덕에 노바디가 얼마나 강한지 알 수 있었다. 원거리에서는 레드폭스라는 압도적인 무기를 손에 쥔 레나세르가 우세하겠지만, 거리가 100미터 이내라면 열에 일고여덟은 노바디가 이길 거라고 그는 판단했다.

노바디의 강력함은 물리적 힘 때문만은 아니었다.

요즘 들어 노바디의 기가 희미해지거나 지나치게 강렬해졌다. 기를 마음대로 다스리는 경지까지 오른 모양이었다.

벨란데르는 6단계 센티오에서 기를 지워 버리는 존재를 만나면 일단은 달아나라는 조언을 기억해 냈다. 죽을힘을 다해서 쫓아왔건만, 노바디는 한 차원 더 높은 곳으로 올라가고 있었다.

부럽지만 질투가 나지는 않았다. 오히려 가슴이 두근거렸다. 올라가야 할 산봉우리가 있어야 신이 나는 법이니까.

레나세르는 물리적 성장에 신경을 쓰지 않는 대신 다른 면으로 괄목할 만한 성취를 이루었다.

벨란데르가 암플리오와 센티오를 동시에 펼쳐 기운을 감지할 때, 자주 레나세르의 기운이 안개처럼 기이한 형태로 퍼져 있음을 발견했다.

그건 벨란데르가 기를 모아다가 공간으로 퍼트리는 것과는 질적으로 달랐다. 레나세르 자체가 몽글몽글한 구름처럼 팽창하여 커졌다는 말이 좀 더 올바른 표현이었다.

또한 레나세르의 몸은 한곳에 고정되어 있지만, 그 정신은 물리적 거리를 뛰어넘을 만큼 자유롭게 오갈 수 있었다. 그건 마법으로는 불가능한 일이었다.

바마퉁도 그동안 놀고만 있지는 않았다. 추영의 형태를 자유자재로 바꿀 수 있을 뿐 아니라 그 형태에 맞는 힘도 어느 정도는 갖추었다.

바마퉁은 벨란데르와 그 스타일이 비슷했다. 초반에는 답답할 정도로 오랫동안 정체되어 있다가 한번 돌파구를 발견하자 하루가 다를 정도로 성장했던 것이다.

벨란데르는 미친 척하고 보름 동안 모은 기를 퍼트려 도시 전체의 구조를 파악하려 했다. 목적은 던전의 입구였다. 언젠가 현실로 돌아가려면 티메후르와 쌍이 되는 구슬이 필요했던 것이다.

반경 10킬로미터에 이르는 도시 전역을 살피던 벨란데르는 깜짝 놀랐다.

"어? 이게 뭐야?"

눈을 뜬 그는 방바닥을 쳐다봤다. 호텔 깊숙한 지하에 여태껏 한 번도 느끼지 못한 기운이 묻혀 있었다.

벨란데르는 노바디를 찾아가서 자기가 호텔 깊은 지하에서 발견한 것을 알렸다.

"내려가자."

노바디의 눈이 반짝거렸다. 모험을 간절히 원하는 아이에게 목표를 건넨 느낌이었다.

레나세르가 그 일에 끼지 않을 리가 없었다. 바마퉁도 어느새 다가와 빠지라고 하면 눈물을 뚝뚝 흘릴 분위기로 서 있었다.

며칠 후, 그들은 준비를 단단히 한 후에 지하로 출발했다.

벨란데르가 지하로 내려가는 비밀 출입구를 찾아낸 덕에 나선형으로 어둠을 향해 뻗은 계단을 산책하듯 걸어갈 수 있었다.

어둠에 적응한 몬스터들이 달려들었지만 30미터 밖에서 레나세르의 화살을 맞아서 죽었다. 그 보이지 않는 경계를 뚫고 들어온 녀석은 사라겐의 비월이 처리했다.

벨란데르와 바마퉁은 나설 기회조차 주어지지 않았지만, 둘 다 개의치 않았다.

지하로의 탐험은 신나는 캠핑이었다. 설치가 쉬운 텐트에 코펠까지 준비했으니 분위기도 제대로였다.

처음보다 널찍한 계단참에서 밤을 보낸 후, 사람들은 더 신이 났다. 호텔에서의 반복적인 삶을 통해 강해질 수 있었지만 그만큼 정신은 지쳤던 것이다. 지루한 일상을 벗어났다는 이유 하나만으로도 그들은 회복되는 느낌을 받았다.

나흘 후에야 계단이 끝났다.

노바디는 고개를 흔들었다.

“이렇게 깊을 줄은 몰랐다.”

“그래서 미리 얘기했잖아. 위험 요소는 거의 없고, 있다고 해도 처리할 수 있으니까 위로 올라가도 돼. 나머지는 나 혼자서도 충분하니까.”

벨란데르는 미로로 이어지는 출구를 바라보며 말했다.

“그럴 수야 없지.”

벨란데르의 어깨를 가볍게 잡은 노바디는 선두에 서서 일행을 이끌었다.

제법 강한 놈들이 등장했지만 노바디와 레나세르 두 콤비의 벽을 넘기는 어려웠다. 아주 가끔 철벽을 우연히 뚫고 들어온 녀석은 그란투모스의 예리한 맛이나 슈뢰딩거의 뜨거운 맛을 봐야 했다. 바마퉁은 추영을 넓게 안개처럼 퍼트려

독이나 사악한 기운이 다가오지 못하도록 막고 있었다.

드디어 그곳에 도착했다.

커다란 방 중앙에 큼직한 돌이 놓여 있었다. 바위처럼 거대한 돌의 표면은 흑요석처럼 까맣고 윤이 났다. 돌은 살아 있는 거대 생물의 눈동자처럼 방으로 들어선 노바디 일행을 바라보았다.

벨란데르가 앞으로 나섰다.

**−지혜를 추구하는 자로구먼. 역시 그대였어. 그대가 나를 감지하고 이곳으로 내려왔어.**

돌의 떨림이 공기 중으로 전해지며 목소리가 되었다. 사람의 성대로는 절대 낼 수 없는, 묵직하면서도 거력이 담긴 소리였다.

"맞습니다. 호기심 때문에 내려오지 않을 수 없었습니다. 당신은…… 아마도 당신이라고 해야겠지요. 아무튼 당신은 누굽니까?"

**−지혜의 눈이라네.**

"당신의 힘을 내게 줄 수 있습니까?"

벨란데르는 용기를 내어 말했다.

센티오로 감지한 이 돌의 힘은…… 상상을 초월했다. 노바디조차도 저 말하는 돌에 깃든 힘 앞에서는 아무것도 아니었다.

**−지혜를 추구하는 자가 힘을 원하다니, 재미있구먼.**

돌의 소리가 커지자 바닥과 벽, 천장이 동시에 흔들렸다. 지진이 일어난 것처럼 벽에 금이 가고 천장에서 흙먼지가 떨어졌다.

"제가 좀 욕심이 많아서요."

벨란데르는 돌에게서 적의 대신 버릇없는 손자를 대하는 할아버지 같은 느낌을 받았다.

−순수한 욕망이야. 구김이 없는. 보기는 좋군.

"제게 무엇을 주실 수 있습니까?"

벨란데르는 떼를 쓰는 손자가 되기로 마음먹었다.

−자네는 내게 뭘 줄 수 있나?

"말벗 정도는 되어 드릴 수 있을 것 같습니다. 이곳에 머무는 동안에는요."

벨란데르는 진심이었다.

이 태양처럼 홀로 빛나는 존재에게 무엇이 필요할까? 꿈에서 봤던 드래곤조차도 이 거대한 돌이 가진 힘, 충만한 기쁨, 견고한 의지에 비하면 손색이 있었다.

−오만하면서도 겸손한 인간이로군. 수수께끼를 하나 주지. 그 수수께끼를 푼다면 그대는 두 사람을 죽여야 할 거야. 그래야 셋을 살릴 수 있으니까. 풀지 못한다면 그대는 둘을 살리고 대신 세 사람을 죽이게 되겠지.

벨란데르는 수수께끼를 기다렸지만 돌은 더 이상 말하지 않았다. 그제야 벨란데르는 저 돌이 한 말 자체가 수수께끼

라는 사실을 깨달았다. 수수께끼라는 말 자체가 포함된 수수께끼.

벨란데르는 노바디, 레나세르 그리고 바마퉁을 쳐다봤다.

저들 중 두 사람이 죽는다는 뜻일까? 아니면 다른 사람들의 목숨을 뜻할까? 그것부터 명확하지 않았다. 그리고 왜 수수께끼를 풀었을 때는 세 사람을 살리는데 풀지 못하면 세 사람을 죽이게 되는지도 이해하기 힘들었다.

돌은 아무 반응이 없었다. 벨란데르가 만용을 부려 발로 걷어차도 마찬가지였다.

"재미있었어. 돌아가자."

노바디였다.

"휴우."

레나세르가 한숨을 내쉬었다. 내려오는 데 걸린 시간만큼 올라가야 한다는 사실 때문이었다.

"자, 모여서 손을 잡아."

노바디가 말했다.

"아, 그거!"

벨란데르는 즉시 그 이유를 알아차렸다.

잠시 후, 그들은 지하 깊은 곳에서 사라졌다. 그리고 단 몇 초 만에 호텔 복도에 나타났다. 노바디 외에는 모두 현기증으로 복도 바닥에 주저앉거나 누웠지만 오랫동안 걸어서 올라오는 것보다는 낫다고 생각했다.

"……현섬이지?"

레나세르가 물었다.

"마침 기령환이 흘러넘칠 만큼 기가 모였거든. 이곳은 기가 풍부해서 장거리 이동도 충분히 가능해. 다행히도."

노바디는 씩 웃었다.

# 마법사의 돌

9단계 이후는 까마득히 먼 산봉우리를 올려다보는 것처럼 아득했다.

벨란데르는 당장은 아무리 노력해도 그 근처조차 갈 수 없다는 사실을 인정하지 않을 수 없었다. 그래서 수련의 방향을 조정했다. 1단계부터 8단계를 좀 더 깊이, 좀 더 넓게 익혀서 응용 범위를 늘릴 생각이었다. 그리고 실전에 사용할 수 있는 필살기 두세 개를 만들 계획도 꼼꼼하게 짰다.

하루하루 수련에 임하면서도 그 지혜의 돌이 낸 수수께끼는 머릿속에서 사라지지 않았다. 센티오로 확인했지만 평범한 돌에 불과할 뿐, 그 내부에 깃든 진정한 본질은 사라진 지 오래였다.

벨란데르는 페플에 드래곤보다 더 강력한 존재가 있다는 사실을 알아내고 직접 대면했다는 점만으로 만족했다.

'그런 존재가 적이 아니라서 다행이야.'

그렇게 하루하루를 여유로우면서도 가치 있게 보내던 벨란데르를 노바디가 찾아왔다.

"여기에도 골동품 가게가 있어."

"골동품 가게?"

"거기 붉은색 옥으로 된 구슬이 있어."

"정말?"

벨란데르는 평소와 달리 노바디가 왜 흥분했는지 알아차렸다. 불사조의 알 퀘스트 때문이었다.

이곳 시간으로 거의 2년이 지나는 바람에 하도 오래되어 잊었던 그 일을 노바디는 기억하고 있었던 것이다.

이번에도 레나세르, 바마퉁이 가세했다.

구석진 골목에 자리 잡은 골동품 상점은 주인이 없었지만 진열대에는 다양한 종류의 보석이 놓여 있었다.

노바디를 쳐다본 벨란데르가 그 붉은 보석을 손에 쥐자, 그들은 동시에 뜨거운 사막으로 이동했다. 현섬과 비슷하지만 이질적인 느낌이 없어서 누구도 어지러워 주저앉지 않았다.

"이제 곧 나타날 거야."

벨란데르는 모래언덕을 가리켰다.

날개 길이만 무려 20미터에 달하는 거대한 불사조가 모래

언덕을 스치며 날아왔다. 불길에 닿은 모래의 일부는 유리로 변해 반짝거렸다. 불사조가 오기도 전에 열기가 느껴졌다.

레나세르가 활 레드폭스로 염시를 날렸지만 타격은 미미했다. 불의 화살로 불사조를 잡기는 역부족이었다.

노바디가 푹푹 발목까지 빠지는 모래를 딛고 앞으로 나아가며 사라겐의 비월을 날렸다. 빙글빙글 도는 양날도끼는 불꽃을 뚫고 불사조의 가슴을 때렸지만, 금속성 소리를 내며 튕겨 나왔다.

다행히 불사조도 놀랐는지 거리를 띄우며 노바디 일행을 맴돌았다. 불사조는 사라겐의 비월이 날아오면 재빨리 방향을 바꾸어 피했다.

바마통은 추영을 기다란 밧줄 형태로 바꾸어 불사조의 발을 잡으려 했으나, 불길에 휩싸이며 형태가 흩어져 버렸다. 아직 그 열기를 이겨 내며 밧줄 형태를 유지할 힘이 바마퉁에겐 없었다.

벨란데르는 난처했다. 이곳에 물이 풍부한 호수나 강이라도 있다면, 거기서 기운을 뽑아내어 저 맹렬하게 타오르는 불꽃을 꺼 버릴 텐데.

사막은 불사조에게 일방적으로 유리한 장소였다. 물의 정령을 불러낼 수 있다면 어렵지 않게 불사조를 잡을 수 있겠지만, 아쉽게도 지금 벨란데르에게 가능한 옵션은 아니었다.

처음 왔을 때보다 상황이 나아진 이유는 노바디와 레나세르 덕분이었다. 노바디가 정신을 집중해서 날리는 사라겐의 비월이 모래언덕 깊숙이 처박히는 순간, 분노한 불사조의 불꽃이 그들을 덮을 터였다.

'아니야. 무언가 이상해. 퀘스트라면 당연히 끝낼 수 있어야 하잖아. 물의 정령이나 물의 마법 외에는 방법이 없을까?'

벨란데르는 흥분을 가라앉히고 좀 더 깊이 생각하기 위해 모랫바닥에 주저앉았다. 습관처럼 6단계 센티오를 펼쳤고, 뜨거운 모래 아래쪽으로 흐르는 지하수를 느낄 수 있었다.

"이거야!"

벨란데르가 소리쳤다.

노바디는 불사조의 접근을 막느라 벨란데르를 쳐다보지도 못했다. 점점 뜨거워지는 불사조의 열기 때문인지 사라겐의 비월이 조금씩 그의 뜻에서 벗어나고 있었다. 실낱같은 연결이 끊어지기라도 한다면 양날도끼는 추락하고 말 터였다.

벨란데르는 센티오, 테르미, 암플리오를 동시에 펼쳐 지하수가 품은 차갑고 축축한 기운을 위로 뽑아 올렸다. 따가운 햇살을 받아 잔뜩 열을 머금었던 모래 알갱이 사이로 지하수의 기운이 올라오자 삽시간에 기온이 떨어지고 압력 차이로 인해 바람이 불었다.

불사조는 그 변화를 눈치채지 못할 만큼 화가 나 있었다. 둥지 가까이 갑자기 나타난 적을 빨리 처리하지 못해서 더 분노한 것이다.

커다란 건물에 난 화재를 단숨에 꺼 버릴 만큼 많은 물의 기운을 뽑아낸 벨란데르가 노바디에게 말했다.

"놈이 돌진하도록 내버려 둬."

바람에 머리카락이 세차게 흔들리는 노바디는 고개를 끄덕이며 사라겐의 비월과의 연결을 끊었다.

양날도끼가 힘없이 떨어지자, 불사조는 날개를 활짝 펼치며 단번에 태워 버릴 듯 달려들었다. 최고로 뜨거운 불꽃을 사방으로 뿜었지만 노바디 일행을 감싸는 물의 기운에 막혔다.

그제야 서늘한 공기를 알아차린 불사조가 달아나려 했지만 이미 늦었다. 반원형으로 에워싼 물의 기운이 불사조를 덮은 것이다.

불꽃이 사라졌다.

깃털 빠진 닭처럼 매끈한 몸이 나타났다.

"……지금이야."

벨란데르는 숨을 헐떡이며 말했다.

기다리던 레나세르가 염시 다섯 발을 한꺼번에 쐈다. 바마퉁은 추영을 길게 늘려 불사조가 달아나지 못하도록 꽉 잡았다. 노바디는 화살을 맞아 괴로워하는 불사조의 등으로 몸을 날리며 모랫바닥에 박힌 사라겐의 비월을 향해 손을 뻗었다.

양날도끼는 다시 생명을 얻은 것처럼 빠르고 정확하게 노바디에게로 날아왔다. 노바디는 그 도끼를 들었다가 불사조의 정수리를 내리쳤다.

불사조가 차가운 모랫바닥에 고꾸라져 움직임을 멈추자, 벨란데르는 안도의 한숨을 내쉬었다.

그때였다. 벨란데르는 시꺼먼 커튼에 휘감긴 것처럼 앞을 볼 수가 없었다. 버둥거리며 소리를 지르려 했지만 보이지 않는 헝겊이 입까지 막아 버려 소리를 낼 수가 없었다.

'슈뢰딩거! 내게 불을 뿜어!'

그 명령에 슈뢰딩거는 벨란데르를 향해 불꽃을 뿜었다. 그 어마어마한 열기에 닿자, 비단처럼 매끄럽고 낚싯줄보다 질긴 그 커튼은 자취를 감추었다.

"뭐 하는 거야?"

노바디가 달려왔다.

벨란데르는 화상을 입었다. 피부에 물집이 잡혔고, 이미 고름이 흐르는 곳도 있었다. 바마퉁이 재빨리 약병을 꺼냈다. 물리적 상처여서 회복 속도는 빨라야 하지만, 슈뢰딩거의 불꽃이 가진 독특한 성질 때문에 며칠은 고통을 겪어야 했다.

"……실수였어."

"지친 거지?"

"조금."

벨란데르의 상태를 확인한 노바디는 레나세르와 함께 모래언덕 너머 불사조의 둥지로 향했다. 거기에는 화정이 세 개 놓여 있었다. 슈뢰딩거의 성장을 위해 화정이 필요하다는 사실을 잘 아는 레나세르는 활짝 웃으며 좋아했다.

레나세르가 화정을 벨란데르에게 건넸다.

벨란데르는 신이 난 슈뢰딩거에게 화정 세 개를 먹여 주었다. 귀여운 고양이였던 슈뢰딩거는 빠르게 자라나 스라소니처럼 커졌다. 쫑긋 선 귀, 두툼한 앞발, 매서운 눈매는 호랑이를 닮았으나 체구만 작을 뿐이었다.

슈뢰딩거가 사납게 포효하자 모래 알갱이가 사방으로 날릴 만큼 뜨거운 돌풍이 불었다.

-고마워요, 오빠.

슈뢰딩거가 속삭였다.

벨란데르는 마법으로 주위를 살피고 있었다. 지하수가 흐르는 땅속까지 샅샅이 훑었지만 어둠의 시종, 티파 칼리고의 흔적조차 찾을 수 없었다.

조금 전 그를 덮친 그 어두운 장막 같은 놈은 분명히 티파 칼리고였다. 벨란데르는 노바디와 함께 론투엘을 구하려다 놈에게 한번 당한 적이 있었다.

반경 100미터 이내에 티파 칼리고는 없다.

어떻게 된 일일까?

그 순간, 지혜의 돌이 남긴 수수께끼가 떠올랐다.

깨달음의 탄성을 억누르기 위해 벨란데르는 무진장 애를 썼다. 수수께끼가 무엇을 의미하는지 알 것 같았다.

수수께끼는 사전적 의미로 어떤 사물을 모호하고 복잡한 방식으로 말하여 알아맞히는 놀이였다. 수수께끼라는 단어

자체가 강력한 힌트였다.

벨란데르는 티파 칼리고가 어떤 몬스터인지 잘 알았다. 한 번 당했을 때, 놈에 대해 조사를 했던 것이다.

티파 칼리고의 무서움은 물리적 전투력에서 나오지 않는다. 티파 칼리고는 이방인, 즉 게이머의 몸을 취한다. 놈에 의해 일정 시간 동안 몸이 움직이는 것이다.

티파 칼리고는 이방인의 몸 깊숙이 파고들어 숨어 있다가 틈을 엿보고 밖으로 나와 태연하게 그 이방인의 동료를 죽인다. 신뢰하는 동료에게 죽는 것이다.

벨란데르는 노바디, 레나세르, 바마퉁을 쳐다봤다. 대체 누가 티파 칼리고에게 당했을까?

아무리 살펴도 저들에게서 어둠의 기운은 느껴지지 않았다. 아주 깊숙이 파고든 듯했다.

누구일까?

도시 구석구석 안 가 본 곳이 없을 만큼 돌아다니며 하루도 빠짐없이 숱한 몬스터와 싸우는 노바디일까? 아니면 몸은 비록 호텔 밖으로 나가지 않지만 그 정신은 자유롭게 도시를 배회하는 레나세르일까? 다른 사람들 못지않게 혼자 있는 시간이 많으면서 가장 약한 바마퉁이 티파 칼리고에게 당했을까?

벨란데르는 결론을 내릴 수 없었다.

벨란데르는 시간을 두고 기다렸다. 티파 칼리고가 게이머의 몸을 차지할 수 있는 시간은 길어야 하루였다. 보통은 한두 시간만 지나도 저절로 떨어져 나간다.

'제발 그래야 할 텐데.'

갑자기 몸으로 파고들었다가 사라지기 때문에 티파 칼리고는 교활한 게이머의 핑계로 자주 사용되었다.

레이드가 끝날 때까지 기다리다가 틈을 봐서 동료를 다 죽이고 값비싼 아이템을 독차지한 후에 티파 칼리고에게 당했다느니, 자신은 그럴 마음이 전혀 없었다느니 따위의 변명을 늘어놓는 게이머가 꽤 많았던 탓에, 배신을 밥 먹듯 하는 게이머를 티파 칼리고라고 부르기도 했다. 정상적인 게이머라면 그 이름을 듣기만 해도 화를 냈다.

그러나 이틀이 지나도 누구 하나 나서서 자기 몸에 어둠의 몬스터가 들러붙었다고 말하지 않았다. 마치 그런 사건은 처음부터 일어나지 않았던 것처럼.

벨란데르는 자기가 착각했을지도 모른다는 가능성을 고려했지만, 슈뢰딩거의 존재가 그 생각을 막았다.

-티파 칼리고가 분명해요, 오빠.

'넌 누구에게 칼리고가 숨어들었는지 알지?'

-전 말할 수 없어요. 티파 칼리고는 자유를 얻기 위해 혹독

한 대가를 치른 죽음의 정령이니까요.

슈뢰딩거에게서 안타까움과 슬픔이 느껴졌다.

몇 번을 물어봐도, 심지어 두 번 다시 소환하지 않겠다는 협박으로도 슈뢰딩거에게서 답을 끌어낼 수 없었다. 다만, 왜 사흘이 지났는데도 티파 칼리고가 떠나지 않는지 그 이유는 알 수 있었다.

바로 이곳이 디월드 뎁스 파이브이기 때문이었다.

현실에서의 한 시간이 이곳에서는 무려 4년이 넘는다. 따라서 현실에서 한두 시간 게이머의 몸에 머무는 티파 칼리고는 이곳에서 줄잡아 8년 이상 몸속에 파고들어 그 사람으로 위장할 수 있다는 게 슈뢰딩거의 설명이었다.

세 사람을 의심하는 것은 어렵고, 짜증 나며, 무엇보다 하기 싫은 일이었다. 벨란데르는 결정을 미루었다. 좀 더 면밀하게 생각한 후에 행동을 개시하고 싶었다.

다음 날, 노트북이 부서졌다. 산산조각이 나는 바람에 기분이 가라앉을 때마다 보던 영화, 드라마, 예능 프로그램 모두가 사라졌다.

그날 저녁, 노바디가 죽었다.

사흘 후에는 되살아난다는 사실을 알고 있지만 벨란데르는 화가 났다. 티파 칼리고 따위에게 휘둘리고 있다는 사실 자체가 못마땅했다. 자신이 좀 더 똑똑하게 행동하고 결단을 내렸다면 그런 일 자체가 벌어지지 않았을 것이다.

무엇보다 사흘 후에 만나게 될 노바디에게 설명해야 한다는 사실 때문에 언짢았다. 누구보다도 노바디에게만은 멋있는 사람으로 보이고 싶었건만.

다음 날 새벽, 벨란데르는 누구에게 티파 칼리고가 숨어들었는지 알아냈다.

“칼 버려.”

벨란데르는 불덩이로 만든 소형 미사일을 공중에 띄운 채 레나세르에게 말했다.

“내가 왜?”

레나세르가 쥔 단검이 바마퉁의 목에 닿아 있었다.

바마퉁은 덜덜 떨었다.

“티파 칼리고.”

“호호, 알아냈구나. 하지만 정확하진 않아. 난 티파 칼리고 레기나니까.”

레나세르의 미간에서 사방으로 검붉은 실핏줄이 퍼졌다. 하얀 편이던 피부는 짙은 황혼처럼 어두워졌다. 반면에 눈은 은빛으로 반짝거렸다.

“여왕? 하는 짓은 전혀 여왕 같지 않은데.”

벨란데르는 마법서 연구를 하느라 라틴어에 익숙해졌다. 덕분에 레기나의 뜻을 알고 있었다.

“넌 마음에 들어. 그래서 널 마지막에 죽일 생각이었어.”

티파 칼리고 레기나가 징그럽게 웃었다.

"들키지 않았다면 그럴 수도 있었겠지."
"자살해. 이 녀석 죽는 꼴을 보고 싶지 않으면."
티파 칼리고 레기나가 말했다.
"죽여. 그래 봐야 사흘 후에는 되살아나니까."
"되살아나긴 하겠지. 문제는 어디에서 살아나느냐가 아닐까?"
"뭐?"
"네놈들 같은 이방인들이 이곳으로 내려오는 바람에 세상의 중심이 흔들리고 말았지. 그래서인지 많은 것이 달라졌어. 내 말을 믿기 어렵겠지. 그러면 기다려 봐. 내가 죽인 그 재수 없는 자식이 살아나는지."
티파 칼리고 레기나는 혀로 단검의 날을 핥았다.

나흘이 지났다. 노바디는 나타나지 않았다.
벨란데르는 저 사악한 어둠의 여왕 티파 칼리고 레기나의 말을 인정하지 않을 수 없었다. 사흘 넘게 티파 칼리고 레기나에게 붙잡혀 있던 바마퉁은 실신 직전이었지만 침착하게 버티고 있었다. 겁을 먹은 그는 추영을 움직일 힘조차 없었다.
"뭘 원하는 거지?"
벨란데르가 물었다.

"포기."

"뭐?"

어둠의 여왕은 손가락으로 벽을 가리켰다. 구석진 곳을 덮은 어둠이 점점 짙어졌다.

거기서 흘러나온 티파 칼리고는 벽을 타고 내려와 벨란데르 앞으로 다가왔다. 그 티파 칼리고에게서 분리된 녀석은 바마퉁을 향해 가더니 다리를 휘감았다. 바마퉁은 몸을 타고 올라오는 티파 칼리고를 보더니 정신을 놓고 말았다.

"내 동족을 받아들인다면 그대도 이 녀석도, 죽이진 않겠다."

벨란데르는 내면의 경고 등이 켜진 느낌을 받았다.

티파 칼리고를 자발적으로 받아들이는 게이머는 없다. 죽음의 마법을 익히는 네크로맨서도 자기 자신을 잃어버리고 싶어 하진 않는다.

왜 저 여자는 자발적인 포기를 요구할까?

그래야 하는 이유가 따로 있을까?

"싫다면?"

"둘 다 죽겠지."

"마음대로 되지는 않을 것……."

"그대가 이방인이며, 그대의 몸은 내가 이해할 수 없는 기술로 창조된 커넥터 안에 있음을 알고 있다. 그대는 나를 과소평가하지 마라. 나는 그대가 생각하는 것보다 훨씬 많은 것을 알고 있으니. 그대가 내 뜻을 거스른다면, 이 녀석과 내가 차지한 몸의 주인은 이 광활한 세계에서 동료를 잃고 헤매다가 결국에는 자기 자신을 잃겠지. 인간은 혼자서 오래 버티지 못하니까. 내가 죽인 노바디는 예외겠지만. 내가 왜 그를 먼저 죽였는지 넌 몰라. 노바디는 홀로 설 수 있는 자야. 무려 13년을, 그중 9년은 혼자서 살았지. 그대가 떠나 버려 앞날에 대한 희망도 없는데도 말이야. 그런 자는 드물어. 나로선 상대하기 역부족이지. 그래서 먼저 해치웠지. 자, 상상해 봐. 바마퉁과 레나세르가 노바디처럼 혼자서 살아남을 수 있을까? 제정신을 유지할 수 있을까?"

티파 칼리고 레기나의 말에 벨란데르는 입을 천천히 벌렸다. 이곳의 몬스터 입에서 '커넥터'라는 단어가 나올 줄이야.

게다가 저 여자는 노바디의 과거까지 알고 있었다. 평범한 몬스터가 아니라는 뜻이다.

벨란데르는 레나세르와 바마퉁을 번갈아 쳐다보았다.

확실히 두 사람은 옆에 누군가 있어야 하는 타입이었다. 노바디와는 달랐다. 노바디는 어디에서 살아나든 던전을 찾아내어 현실로 돌아올 수 있지만, 레나세르와 바마퉁은 아닐 가능성이 높았다.

갑자기 〈어벤저스〉 영화가 생각났다. 자격도 없이 주인공이 된 기분이었다. 호크 아이가 헐크나 아이언맨 대신 끔찍한 적을 상대하면 이런 기분이 들지도 모른다.

그토록 원했던 순간임은 틀림이 없다. 주인공인 노바디의 도움은 전혀 바랄 수 없는 상황이었다. 그는 죽었으니까.

"포기한다면,.어떻게 되는 거지?"

"그대의 몸을 안전하게 사용할 거라는 보장은 할 수 있어. 왜냐하면 우리의 몸이니까."

"그 후에는?"

"지나치게 많은 것을 알기 원하는군."

티파 칼리고 레기나는 싸늘하게 웃었다.

벨란데르는 한 번 더 두 사람을 쳐다봤다. 바마퉁과 레나세르. 그리고 지혜의 돌이 했던 말을 떠올렸다.

-그 수수께끼를 푼다면 그대는 두 사람을 죽여야 할 거야. 그래야 셋을 살릴 수 있으니까. 풀지 못한다면 그대는 둘을 살리고 대신 세 사람을 죽이게 되겠지.

눈이 커졌다.

입을 벌리고 최대한의 공기를 들이마셨다.

그 순간, 벨란데르는 수수께끼를 풀었다.

수수께끼는…… 수수께끼가 아니었다. 지혜의 돌이 알려 준 수수께끼는 선택의 순간에 도움이 되는 충고였다.

수수께끼에 나오는 두 사람과 세 사람은 생존과 죽음을 가르는 선택의 기준이었다.

지혜의 돌이 남긴 뜻은 분명했다.

두 사람을 죽여야 세 사람을 살릴 수 있다.

벨란데르는 지혜의 돌, 그 태양처럼 빛나는 에너지 덩어리를 신뢰해도 되는지 확신할 수 없었다. 오히려 그 말대로 했다가 더 깊은 함정에 빠질 수도 있다.

그렇다고 수수께끼의 내용을 무시할 수도 없었다.

이러지도 못하고 저러지도 못할 상황에 처한 것이다.

"결정의 시간이야."

티파 칼리고 레기나가 속삭였다.

벨란데르는 결정을 내렸다.

'슈뢰딩거, 태워.'

-누구를요?

'저것들 모두.'

-네, 오빠.

슈뢰딩거가 화염을 뿜는 순간, 벨란데르가 만들어 낸 파이어 미사일이 티파 칼리고 레기나가 차지한 레나세르의 가슴을 뚫고 안쪽부터 태웠다. 슈뢰딩거의 불꽃은 바마퉁과 바닥에 있던 티파 칼리고를 덮어 버렸다.

"아아악! 이 지독한 인간!"

티파 칼리고 레기나가 화염 속에서 타들어 가며 외쳤다.

벨란데르는 밖으로 나와 호텔을 올려다봤다.

유리창을 깨고 밖으로 나온 불꽃은 악마의 혓바닥 같았다. 수백 개의 대가리를 가진 불의 악마는 호텔 내부에서 외부로 나오려고 애를 쓰고 있었다. 검은 연기가 호텔을 휘감고 하늘로 올라간다.

지혜의 돌이 남긴 수수께끼 때문에 두 사람을 죽인 게 아니었다. 티파 칼리고 레기나의 요구가 싫어서였다. 어둠의 시종 주제에 여왕이라는 이름을 가진 것도 마음에 들지 않았고, 무엇보다 몬스터 주제에 사람의 몸을 차지하려는 의도 자체를 받아들일 수 없었다.

그 결정으로 혼자가 되었다.

벨란데르는 앞으로 사흘 후 어디에선가 부활할 두 사람을 생각했다. 레나세르와 바마퉁이 '혼자' 보내는 시간을 버텨낼 수 있을까?

매일 살아남기 위해서 치러야 할 몬스터와의 전투, 밀려드는 외로움과의 싸움, 언제 이곳에서 벗어날지 알 수 없다는 두려움과의 투쟁에서 자신을 잃어버린다면, 그들은 몸까지도 잃을 것이다. 정신이 무너지면 몸까지 무너지고 말 테니까.

"나도 자신할 수 없어."

갑자기 이 도시가 무서워졌다. 언제 어디서 좀비 떼가 몰려올지 모른다. 혼자서는 놈들을 상대할 수 없다.

정신을 차린 벨란데르는 낮의 빛이 사라지기 전에 견고한 거주지를 찾아야 한다는 마음으로 움직이기 시작했다.

드래고니아는 얼마나 죽었는지 잊어버렸다. 어디에서 되살아나든 관심도 끊었다. 아무리 애를 써 봐도 하에이나, 곰, 이름도 모르는 공룡 같은 몬스터에게 잡혀서 죽게 될 테니까.

그냥 가만히 죽음을 기다렸다.

하늘 위로 독수리들이 날개를 활짝 펼친 채 날아다니고 있었다. 죽음의 냄새를 기가 막히게 맡고 찾아온 것이다.

얼마나 시간이 흘렀는지도 알 수 없었다. 시간 감각 자체가 사라졌다. 낮에 되살아났다가 밤에 죽고, 밤에 죽었다가 낮에 살아나는 것이 반복되었다. 점점 존재한다는 사실조차 희미해졌다. 아니, 스스로 그 사실을 거부했다.

그래야 버틸 수 있다.

교육 중이라는 사실은 오래전에 잊어버려 더 이상 교관을 찾지 않았다. 이곳이 페플과 같은 가상현실 세계라는 것도 망각했다. 알고 있는 건, 삶과 죽음이 영원히 반복된다는 막연한 인식이었다.

무언가가 다가왔다. 이번에는 암사자였다.

드래고니아는 웃으려고 애를 썼지만 실패했다.

눈을 뜬 드래고니아는 하늘을 찌를 듯 솟아 있는 빌딩을 보았다. 전혀 놀라지 않았다.

달이 다섯 개인 이 세계에는 초원과 밀림은 물론 이곳처럼 도시도 있었다. 도시에는 좀비를 비롯해 이곳에 어울리는 몬스터가 출몰한다. 곧 놈들이 냄새를 맡고 여기로 몰려올 것이다.

눈물을 흘리고 싶지만, 이미 말라 버린 지 오래였다. 무언가 의미 있는 것을 생각하고 싶지만 아무것도 떠오르지 않았다. 누군가 단단한 끌로 머릿속에서 기억을 다 긁어낸 것만 같았다.

쿵, 쿵, 쿵.

다가오는 소리가 들린다. 이번에는 꽤 큰 놈 같았다.

드래고니아는 어떤 식으로 죽을지 상상했다. 한 번에 삼켜질까? 아니면 씹힐까? 그런 생각을 하는 자신이 한없이 비참했다.

탑처럼 솟아난 빌딩 사이로 거인의 얼굴이 보였다. 거인은 그를 내려다보고 있었다. 드래고니아는 웃음 지었지만, 마음은 공포로 울고 있었다. 이 죽음의 순간을 벗어날 수만 있다면 무엇이든 할 수 있을 것이다.

거인이 입을 벌렸다. 예리한 이빨이 보였다. 드래고니아는 저놈이 자신을 오도독오도독 씹어 먹으리라 확신했다.

거인은 손을 뻗어 들어 올린 드래고니아의 냄새를 맡았다. 입이 좌우로 길게 찢어졌고 곧 동굴에 달린 종유석과 석순 같은 이빨이 드러났다.

드래고니아를 입에 넣으려는 순간, 거인은 충격을 받고 균형을 잃어 뒤로 넘어갔다. 거인은 드래고니아를 놓치고 말았다.

거의 20미터에서 추락한 드래고니아는 고함을 질렀다. 이렇게 죽는구나 싶었는데, 부드러운 힘이 몸을 감싸자 추락 속도가 줄어들었다. 딱딱한 아스팔트 도로 위에 떨어졌지만 조금도 다치지 않았다. 고개를 든 그는 쓰러진 거인의 이마에 서 있는 사람을 발견했다. 눈이 휘둥그레졌다.

'사, 사람이다.'

이 빌어먹을 세상에 와서 처음 본 사람이었다!

그가 거인의 이마에서 발을 구르자 거인의 눈이 터지고 귀에서 샛노란 액체가 흘러나왔다.

드래고니아는 오래전에 잊어버린 감정을 느꼈다. 그건 바로 희망이었다. 이곳에서 벗어날 수 있다는 확신이었다.

그가 다가왔다.

드래고니아는 그의 얼굴을 보고 놀랐다. 분명히 몸은 사람인데…… 얼굴은 인형의 탈을 쓴 것 같았다. 굳이 말을 한다면 곰 인형을 뒤집어쓰고 있는 느낌이었다.

어디서 본 것 같은데, 도무지 기억이 나지 않았다.

겨우 몸을 일으킨 드래고니아는 비틀거리며 그를 향해 걸었다. 손을 앞으로 뻗었다.

그에게 저 사람은 구명줄이었다. 저 사람을 잡아야 이곳에

서 벗어날 수 있을 것이다. 저 사람이라면 이곳에 대해 알려줄 것이다. 지쳐서 쓰러질 뻔했지만, 퀭한 얼굴로 그를 향해 다가갔다.

드래고니아는 자신을 바라보는 그 사람의 시선을 느꼈다. 고개를 흔든 그는 갑자기 사라졌다.

드래고니아는 공간 이동 마법을 떠올렸다. 마법사였던 것이다!

흥분은 금세 사라졌다. 뒤에서 풍기는 악취에 고개를 돌린 드래고니아는 다가오는 좀비 무리를 발견했다.

그제야 왜 그 사람이 그냥 사라졌는지 깨달았다. 비틀거리는 걸음걸이, 불안한 눈빛, 못 먹어서 퀭한 얼굴, 앞으로 뻗은 손까지. 좀비로 오해하기에 충분했다.

달려오는 좀비를 보며 드래고니아는 투지를 느꼈다. 거인을 단숨에 쓰러뜨리는 그 사람의 존재가 드래고니아에게 자극을 준 것이다.

그 순간, 드래고니아는 무너진 상가 바닥에 놓인 칼을 느꼈다. 그가 부르자 칼이 날아왔다. 드래고니아는 그 칼을 쥐고 좀비를 향해 돌진했다.

벨란데르는 빌딩 옥상에 서서 난간 아래를 내려다보았다.

웃음이 터질 뻔했다.

"참 이 몸이 인기도 많구나."

빌딩을 에워싼 좀비의 수는 수천 마리에 달했다. 어디서 기어 나왔는지 몰라도 지난 2년 가까이 노바디와 레나세르에게 당해서 독이 오를 대로 오른 놈들이 작정하고 몰려든 것이다.

한 달 동안 놈들의 공격을 피해 달아난 것도 기적이었다. 좀비들 중에는 냄새로 추적할 수 있는 놈이 있는지, 거주지를 바꾸어도 매번 놈들이 몰려왔다.

밤은 화염이 썩은 시체를 태우는 시간이었다. 새벽이 밝아 빛의 세상이 오면 놈들은 물러섰다. 밤처럼 맹렬하게 달려들었다면 벨란데르는 이틀도 버티지 못했을 것이다.

마지막이 다가와 있다고 벨란데르는 생각했다.

여기서 죽는다면 레나세르나 바마퉁이 부활한 곳에서 되살아나기를 빌었다. 그러면 둘 중 하나라도 현실로 데려갈 수 있을 것이다.

쿵쿵 진동이 느껴졌다. 소리는 나중에 들렸다.

저 멀리 사거리에 우뚝 선 빌딩이 무너졌다. 키가 30미터나 되는 타이탄 하나가 주먹을 휘두르고 발로 차서 빌딩을 박살 내고 있었다.

휘어진 철골이 박힌 콘크리트 덩어리를 입에 넣고 오물거리던 놈이 좀비들에게 포위된 빌딩을 쳐다보았다. 놈은 달리기 시작했다. 조그만 상가나 주택 따위를 밟으면서.

"저놈을 죽인 후에 나도 죽게 되겠구나."

벨란데르는 기운을 끌어모았다. 이제까지 만든 파이어 미사일 중 가장 큰 놈이 생성되었다. 길이만 3미터에 달했다.

파이어 미사일의 내부 구조는 고성능 폭약이 탑재된 미 해군의 순항미사일 토마호크와 비슷했다. 벨란데르는 공학적 지식과 마법적 재능을 한데 엮어서 파이어 미사일이라는 새로운 스타일의 마법을 창안한 것이다.

파이어 미사일은 발사되면 불꽃으로 이루어진 날개를 펼치며 스스로 목표를 향해 날아간다. 토마호크 미사일이 GPS 같은 항법 장치에 의해 유도되는 것처럼, 파이어 미사일은 벨란데르의 의지에 따라서 목표물을 찾아간다.

할 수 있다면 한꺼번에 대형 파이어 미사일 열 발을 만들어 쏘고 싶지만, 그럴 능력이 없어서 아쉬웠다. 30미터나 되는 타이탄을 한 발로 죽이지 못할 가능성도 있어서였다.

그 때문에 벨란데르는 난간 위로 올라서서 다가오는 타이탄을 노려보았다. 그의 시선이 곧 날아가는 파이어 미사일의 유도장치였다.

'어디가 좋을까? 가슴? 목? 음, 관자놀이가 좋겠어. 내부로 파고들어 가 터진다면 단번에 죽일 수 있겠지.'

벨란데르는 파이어 미사일의 항로를 수정했다. 직진하던 파이어 미사일은 부드럽게 호를 그리며 타이탄의 왼쪽으로 크게 돌았다.

타이탄의 등장에 좀비들이 둘로 갈라졌다.

타이탄이 우뚝 솟은 빌딩을 어깨로 무너뜨리기 직전, 파이어 미사일은 정확히 타이탄의 관자놀이로 파고들어 가 내부에서 폭발했다. 견고한 두개골 덕분에 폭발의 충격력은 고스란히 뇌에 전달되었다. 눈이 안쪽에서 터졌으며, 뭉개진 뇌가 코로 흘러내렸다.

그러나 죽은 타이탄의 몸이 가진 돌진력은 줄어들지 않고 빌딩을 강타했다. 빌딩이 뒤로 기울었다.

난간에 서 있던 벨란데르는 뒤로 넘어졌다가 일어섰지만, 곧 미끄러지며 반대쪽으로 굴렀다. 죽음에 대한 두려움 대신 성공했다는 쾌감이 마음을 가득 채웠다.

되살아나면 언제 끝날지 모르는 퀘스트를 수행하게 될 것이다. 레나세르와 바마퉁을 찾고 가능하면 노바디를 만나서 함께 현실로 돌아가는, 반드시 완수해야 할 퀘스트였다.

벨란데르는 부서진 빌딩과 함께 추락했다. 아래에 있던 좀비들이 달아나고 있지만, 딱 봐도 늦었다. 놈들은 빌딩의 잔해에 묻혀 죽고 말 터였다. 벨란데르는 더 기분이 좋아졌다.

그때, 바로 옆 허공에 노바디가 나타났다. 노바디 옆에는 원시인처럼 가죽으로 대충 몸을 가린 레나세르가 있었고, 맞은편에서는 깜짝 놀란 바마퉁이 허겁지겁 새하얀 날개를 펴고 있었다.

"……너?"

"많이 기다렸지?"

얼굴이 창백한 노바디가 벨란데르의 손을 잡았다.

"나, 나는……."

"알아."

그렇게 말한 노바디는 현섬을 펼쳤다.

다음 순간, 벨란데르는 무너지는 빌딩이 잘 보이는 건너편 건물 옥상에 서 있었다. 노바디가 그를 데리고 이동한 것이다. 바마퉁은 버둥거리는 레나세르를 힘겹게 안고 날개를 퍼덕이며 두 사람이 서 있는 건물 쪽으로 날아오고 있었다.

긴장이 풀린 벨란데르는 주저앉았다.

그 순간, 메시지 창이 떴다.

-피데스 퀘스트를 완수하셨습니다.

-마법사의 돌을 얻으셨습니다.

벨란데르는 할 말을 잃고 멍한 눈으로 그 메시지 창을 바라보았다.

피데스 퀘스트? 피데스는 라틴어로 신뢰를 뜻하는 단어였다. 언제 저런 퀘스트를 받았지? 기억이 나지 않는다. 그리고 디월드 뎁스 파이브의 세계에서 퀘스트를 수행한다? 말도 안 되는 소리였다.

벨란데르는 메시지 창 내용을 노바디에게 알렸다.

초장거리 현섬을 발동한 터라 지쳐 버린 노바디는 벨란데르 옆에 앉아 숨을 거칠게 쉬면서 그 설명을 들었다.

"잃어버린 사제 되찾기 퀘스트도 그랬잖아."

노바디가 한 말이었다.

"아!"

벨란데르는 허탈한 표정을 지었다. 이제 기억난다.

론투엘을 구한 후에야 퀘스트라는 사실을 알 수 있었다. 이번 퀘스트 역시 히든 퀘스트였던 것이다.

또 메시지 창이 하나 더 떴다.

—피데스 퀘스트는 동료를 얼마나 잘 아는지, 얼마나 깊이 신뢰할 수 있는지를 확인하는 퀘스트입니다. 벨란데르 님은 노바디 님의 스킬 현섬을 잊지 않으셨습니다. 또한 노바디 님을 신뢰하셨습니다. 그 판단으로 퀘스트가 완수되었습니다.

벨란데르는 웃음을 터트릴 뻔했다.

신뢰해? 전혀 아니었다. 현섬도 까맣게 잊고 있었다. 그저 자존심을 구기기 싫었을 뿐이다.

곧 웃음기는 사라졌다. 퀘스트는 소 뒷걸음치다 쥐 잡는 격으로 성공했지만, 노바디가 무엇을 할 수 있는지를 망각했음은 부정할 수 없었다. 현섬을 고려했다면 고민할 필요도 없었을 것이다.

바마퉁과 레나세르가 도착했다.

"……나 때문이야."

충혈된 눈이 촉촉했다. 레나세르는 고개를 들지 못했다.

벨란데르가 다가가서 부드럽게 안았다.

“누나, 고생했어.”

벨란데르는 퀘스트였다고, 누구의 잘못도 아니라고 설명했다. 레나세르는 반신반의하는 눈치였으나 벨란데르가 그 퀘스트로 받은 마법사의 돌을 보여 주자 조금씩 믿기 시작했다. 그러나 어떤 말로도 레나세르의 눈동자 깊이 서려 있는 죄책감과 공포를 씻어 낼 수는 없었다.

백정현은 눈이 부셔서 껌벅거렸다.

“운이 좋았군. 기록을 깼으니 말이야.”

어디선가 조웅 교관의 목소리가 들렸다.

두 팔을 잡고 위로 끌어당기는 힘이 느껴졌다. 몸이 축 늘어진 채 콕핏형 커넥터 밖으로 끌려 나오는 것만 같았다.

서서히 눈이 그 방에 적응하자 사람들을 볼 수 있었다. 시계를 들고 서류에 기록하는 조웅 교관이 바로 옆에 있고, 저 뒤쪽에는 놀란 기색이 역력한 정문석과 엄명욱이 서 있었다. 고승조와 이유정은 보이지 않았다.

백정현은 잠시 후, 왜 두 사람을 볼 수 없는지 기억해 냈다.

달이 다섯 개인 세계에서의 기억이 몰려왔다. 처음에는 그 냉혹한 세계에 짓눌려 아무것도 못 하고 포기할 뻔했다. 극적 계기는 거인을 단신으로 죽인 그 남자였다. 그로 인해 살아야겠다, 강해지고 싶다는 의지가 되살아난 셈이었다.

“7분 11초. 나쁘지 않군.”

조웅 교관이 말했다.

백정현은 뛸 듯이 기뻤다. 처음으로 교관에게 인정을 받았을 뿐 아니라 잘난 동기들의 콧대를 눌렀다. 쥐구멍에도 볕 들 날이 있다더니. 참고 견디기를 잘했다는 생각이 들었다.

그 사람이 누군지 궁금했다. 아카데미 교관 중 아직 못 본 사람들 중 하나일까? 누군지 몰라도 백정현은 그를 향한 증오심을 가슴에 품으며 그 기괴한 세계에서 살아남으려 애를 썼다. 달려드는 몬스터를 죽이면서도 그를 떠올렸다.

그를 생각하면 분노로 몸에 힘이 솟아났다. 그가 거인을 죽이는 장면을 떠올리면 설명할 수 없는 기운이 몸에서 흘러나왔다. 스스로도 이해할 수 없는 현상이었다.

더 놀라운 건, 그를 증오할수록 믿기 힘들 정도로 강해진다는 사실이었다. 미워하고 혐오하는 그 격렬한 감정은 백정현에게 어마어마한 힘을 주는 근원이었다.

백정현은 하루도 빠짐없이 그를 연료 삼아 생존했다. 그 사람 덕분에 살아남았다는 사실, 그 사람의 존재로 인해 기록을 세웠다는 사실은 안중에도 없었다.

‘그 새끼, 언젠가는 죽여 버리겠어.’

백정현은 콕핏 커넥터로 들어가는 정문석을 바라보며 의자에 앉았다. 피곤이 몰려왔다.

# 리크루트

윤태희는 본가에 도착했다. 딸이 시집도 못 가고 늙어서 죽는다고 걱정하는 엄마의 성화 때문만은 아니었다.

차에서 내려 대문을 통과한 그녀는 집 안으로 들어가는 대신 잔디밭 깔린 아담한 정원 한쪽에 놓인 그네에 앉았다. 그네는 오래되었지만 관리가 잘된 듯 깨끗했다.

따뜻한 햇살 사이로 나비 한 마리가 날아다녔다.

"지금쯤 투월령으로 갔겠지."

윤태희는 한숨을 내쉬었다.

안진후로부터 아침 9시에 보자는 내용의 문자가 7시도 되기 전에 왔다. 윤태희는 애써 그 문자를 무시했다. 한참을 고민하다가 부모님을 뵈러 가야 한다고, 그래서 저녁에나 접속할 수 있다고 답장을 보냈다.

—누나, 오늘 스트레스 좀 받겠다. 꾹 참아. 말 안 통하는 사람들에게 괜히 화낼 필요는 없으니까. 나중에 봐.

안진후에게서 온 답장이었다.

안진후는 디월드 뎁스 파이브의 세계에서 많이 달라졌다. 윤태희가 보기에 거기서 가장 알차게 시간을 보낸 사람이 바로 안진후, 벨란데르였다. 여전히 자존심 강하고, 말도 안 되는 문제로 고집을 부리지만 사람 자체가 성장한 느낌이었다.

바마퉁도 알껍질 밖으로 나온 병아리처럼 호기심 어린 눈으로 세상을 바라보기 시작했다. 조그만 자극에도 겁을 집어먹지만 그래도 고개를 숙이지는 않았다.

노바디는…… 딴 세상에나 어울리는 사람 같았다. 페플이 아닌 현실에서도 현섬을 펼치는 김현을 보면 가슴 안쪽이 차갑게 얼어붙는 느낌을 받았다. 노바디를 보고 있노라면 현실이 흐릿해지고 페플이 선명해지는 것만 같았다.

"왜 거기 그러고 있어?"

엄마가 창문을 열고 고개를 내밀며 말했다.

상체만 비튼 윤태희가 답했다.

"봄볕이 좋아서. 금방 들어갈게."

"얼른 들어와."

엄마의 목소리를 들으면 짜증이 난다.

"응."

윤태희는 가느다란 손가락으로 얼굴을 쓸어내렸다.

인정하기 싫지만, 윤태희는 자기가 페플 접속을 피해 그토록 싫어했던, 명절에도 오기 꺼리던 본가 정원에 와 있다는 사실을 잘 알았다. 커넥터만 봐도 소름이 돋을 만큼 무서웠다. 디월드 뎁스 파이브에서 겪은 그 일 때문이었다.

재앙은 텔레파시 능력을 좀 더 정교하게 컨트롤하려는 순수한 갈망에서 시작되었다.

초반은 순조로웠다. 디월드 뎁스 파이브의 세계에 도착한 지 불과 사흘 만에 '생각'을 느낄 수 있게 되었다. 또한 그 생각이 어떻게 내부로 흘러드는지 알게 되기까지 대략 보름이 걸렸다. 한 달 만에 스스로 보이지 않는 장벽을 세워서 타인의 생각을 막아 낼 수 있었다. 물론 요곤의 반지를 끼지 않고도 가능했다.

노바디의 무시무시한 집중력에 자극을 받자 텔레파시의 범위를 넓히고 싶어졌다. 그 시도도 그리 어렵지 않았다. 석 달도 되기 전, 호텔 밖을 배회하는 좀비의 생각을 들을 수 있었다. 좀비의 사고방식은 대단히 심플했다.

–먹어야 한다.

끔찍한 내용의 생각이지만, 당시 레나세르는 좀비의 깊은 내면에서 그 생각에 저항하는 희미한 감정을 느낄 수 있었다. 그제야 좀비가 '먹고 싶다.'가 아니라 '먹어야 한다.'고 생각한다는 사실을 알아차렸다. 그건 강력한 명령이었다.

레나세르는 대체 누가 그토록 끔찍한 명령을 내렸는지 알아내기 위해 텔레파시의 범위를 극단적으로 넓혔다.

벨란데르가 센티오라는 단계에 이르러 주변을 탐색하기 한참 전에, 레나세르는 이미 자신의 정신을 크게 부풀려 명령을 내린 존재를 찾았던 것이다.

원형으로 정신을 부풀리는 작업은 피곤하고 비효율적인 방식이었다. 레나세르는 어떻게 해야 좀 더 멀리 있는 것을 감지할 수 있을까 고민하던 중에 놀라운 발견에 이르렀다. 유체이탈을 경험한 것이다.

정신을 차리고 보니, 허공에 둥실 떠서 편안한 자세로 앉아 있는 레나세르 자신을 볼 수 있었다.

그로 인해 레나세르는 정신의 형태로 도시 곳곳을 돌아다닐 수 있었다. 때로는 노바디가 무엇을 하는지 알고 싶어서 하루 종일 따라다니기도 했다. 도시를 벗어나 울창한 숲에 들어선 노바디는 타이탄을 비롯해 도시에는 들어오지도 않는 몬스터들과 싸웠다.

유체이탈 상태에 익숙해지자 레나세르는 도시 전역에 흩어진 수만 마리의 좀비에게 명령을 내리는 어둠의 존재를 찾기 위해 빌딩, 아파트, 상가 등을 샅샅이 뒤졌다. 지루하고 재미없는 작업이어서 몇 번이나 그만두었지만, 그 명령에 저

항하는 희미한 목소리가 귀에 들리는 것 같아서 매번 그 일을 재개했다.

유체이탈 상태로도 그 명령을 내린 존재를 찾기 어렵다는 결론에 이른 레나세르는 접근 방식을 바꾸었다. 호텔 근처를 비틀거리며 걸어 다니는 좀비의 내면으로 파고든 것이다. '먹어야 한다.', '싫다.'는 감정 외에 또 다른 것이 있는지 알아낸다면, 그 존재가 어디 있는지 찾아낼 수도 있을 터였다.

레나세르는 처음으로 벽에 부딪혔다. 좀비의 내면은 태양처럼 뜨거운 식욕과 달처럼 작고 차가운 혐오감으로 채워져 있을 뿐이었다. 그 사이는 텅 빈 우주 공간 같았다.

아무리 애를 써도 돌파구를 찾을 수 없게 된 레나세르는 평소처럼 수련을 위해 호텔을 나서는 노바디를 불러서 물었다. 자세한 사정을 설명하진 않았다.

"아무리 노력해도 안 될 때, 넌 어떻게 하니?"

"적어도 석 달, 약 백 일 동안 죽기 살기로 노력한 다음, 그 전과 비교해서 아무 변화가 없으면 방법을 바꿔요."

"그런 적은 많았어?"

"페플을 시작한 후로는 없어요. 미세한 변화라도 느껴지거든요."

그렇게 대답한 노바디는 몬스터들이 득시글대는 도시의 거리로 사라졌다.

그 말에 자극을 받은 레나세르는 딱 백 일이라는 기한을 정해 두고 좀비의 내면으로 파고들었다. 태양과 달 외에는 아무것도 없는 그 내면에서 무엇을 더 발견할 수 있는지 의심스럽지만, 적어도 백 일은 최선을 다해야 미련이 남지 않을 것 같았다.

노바디뿐 아니라 본격적으로 마법 수련을 시작한 벨란데르, 바마퉁이 뿜는 진지한 분위기도 레나세르가 힘을 내도록 만들었다.

두 달이 조금 넘었을 무렵, 레나세르는 한 가지 사실을 발견하고 깜짝 놀랐다. 태양과 달 사이에 지구가 있었던 것이다.

그 지구는…… 바로 레나세르 자신이었다. 레나세르는 그 좀비가 지구, 즉 레나세르의 감정에 미세하나마 반응하고 있음을 알아차렸다.

뛸 듯이 기뻤다. 레나세르가 좀비를 들여다보듯, 좀비 역시 레나세르의 감정을 어렴풋이 느꼈던 것이다.

지구가 움직이면 달도 움직인다. 저 멀리 있는 태양보다 가까이 있는 지구의 영향력이 더 클 수도 있다. 레나세르는 학교 다닐 때 싫어했던 물리학을 떠올리며 좀비의 내면에 조금씩 변화를 가져왔다.

레나세르가 '월'이라고 이름을 붙인 그 좀비의 행동이 달라졌다. 서서히 식욕이 줄어들고, 그 자리를 과거엔 혐오감이었으나 이제는 호기심으로 바뀐 감정이 채웠다. 이전엔 호텔 근처를 배회하던 월은 이제 한자리에 서서 호텔을 올려다보았다.

원주민을 처음 만난 탐험가가 보디랭귀지로 뜻을 주고받는 것처럼 레나세르는 그 좀비와 감정으로 대화했다. 매우 어렵고 긴 시간이 필요했지만 불가능한 일은 아니었다.

윌에게 간단한 언어를 가르치는 데 몇 달이 걸렸다. 좀비에게 '먹어야 한다.'는 명령을 내리는 존재에 대해 묻는 데 또 몇 달이 소요되었다. 윌은 두려워했지만 레나세르가 용기라는 감정을 불어넣자 명령을 내린 존재에게로 레나세르를 안내했다.

그곳은 도시 변두리에 자리 잡은 공동묘지였다. 파헤쳐진 묘지 아래 지하로 윌이 내려갔고, 레나세르는 유체이탈 상태로 뒤따랐다.

깊이 내려갈수록 옥죄는 느낌이 강해졌지만 레나세르는 좀비는 물론 타이탄, 거대 박쥐 등 도시에 서식하는 몬스터들은 그녀를 보지 못한다는 그릇된 확신에 사로잡힌 상태였다.

그 오판이 재앙을 불러왔다.

갑자기 어둠이 그녀를 덮었다. 저항할 수조차 없었다.

몸을 소유하고 있었다면 어떻게든 했겠지만, 순수한 정신이었던 레나세르는 너무나 간단히 티파 칼리고 레기나에게 먹히고 말았다. 그 어둠의 여왕 내면 깊숙한 곳에서 살아 있었지만 밖으로 소리쳐서 알릴 길은 완전히 막혔다.

티파 칼리고 레기나가 자고 있는 노바디를 죽일 때 레나세르는 비명을 질러 댔지만, 아무런 소용이 없었다.

진실은 나중에 밝혀졌다.

벨란데르는 '피데스 퀘스트', 즉 동료애를 확인하는 퀘스트였다고 설명했다. 무언가 숨기는 듯했지만 벨란데르의 마음은 더 이상 읽을 수 없었다. 마법사로서의 능력이 성장하면서 저절로 정신 장벽이 들어서 버렸다.

다들 무사해서 다행이라고 서로를 반겼지만 레나세르는 웃는 시늉에 서서히 지쳐 갔다. 결국 좀 더 디월드 뎁스 파이브에 머물자는 벨란데르와 노바디 그리고 은연중 두 사람의 의견에 찬성하는 바마퉁을 무시하고 귀환을 밀어붙인 사람은 레나세르였다.

그 때문에 처음 계획인 10년보다 훨씬 일찍 현실로 돌아왔다.

그게 어젯밤에 벌어진 일이었다. 현실 기준으로는 한 시간도 안 되는 짧은 시간 동안 그 엄청난 사건이 벌어졌다.

꿈이 아무리 길고 생생해도 깨어나는 순간부터 그 기억은 흐려지고 급기야 소멸되어, 화창한 거리로 나오면 더 이상 생각나지 않는다. 디월드 뎁스 파이브에서의 기억도 마찬가지였지만, 티파 칼리고 레기나에게 몸을 완전히 빼앗긴 순간의 느낌, 감촉, 절망과 무력감은 조금도 줄어들지 않았다. 떠올리기만 해도 겨드랑이가 축축해졌다.

페플에 접속하면…… 어디엔가 숨어 있던 티파 칼리고 레기나가 나타나 몸을 완전히 차지할 것만 같았다. 그 두려움이 안진후의 문자를 무시하게 만들었다. 그 공포가 윤태희를 본가로 내몰았다.

"휴우."

한숨이 터져 나왔다.

"고민 있냐?"

"……아빠?"

윤태희는 깜짝 놀랐다.

"이번엔 어떤 놈이냐?"

아버지는 낡은 의자를 가져와 앞에 놓고 앉으며 장난스럽게 물었다. 안형준과 헤어질 때의 상태를 기억했던 것이다.

"그런 거 아니야."

"안다."

아버지는 씩 웃었다.

"……정말 알아?"

윤태희는 화가 나서 언성을 높였다.

"사랑하는 딸이 무언가에 겁을 먹고 여기로 도망친 것 정도는 알 만큼 아직 눈이 밝아."

"아빠."

"싸움닭인 네가 사람을 무서워할 리는 없고. 무슨 일이냐? 힌트라도 주면 안 되겠냐? 아버진 이른 나이에 은퇴를 했지만 그래도 여기저기 다니면서 주워들은 게 많은 사람이야.

그러니 혹시 네게 도움이 될 말 한 조각 내뱉을 수도 있지 않겠니?"

"그게, 설명하기 곤란해요."

"옛날 생각이 나는구나. 네가 중학교 다닐 때였지, 아마. 학교 가는 길에 셰퍼드 한 마리가 있었는데, 어찌나 침을 흘리며 짖어 대는지. 그때 넌 놀라서 오줌을 싸……."

"아빠, 옛날이야기로 꽃을 피우고 싶으면 저도 할 말 많아요."

"하하, 이래야 내 딸이지. 아무튼, 넌 그때 겁을 먹고 그 앞을 얼씬도 하지 않았다. 빙 둘러서 학교를 왔다 갔다 했지. 한 두어 달쯤 그러다가 갑자기 셰퍼드 앞을 편히 다니게 됐는데, 기억이 나니?"

"그건 생각이 안 나요. 무슨 일이 있었어요?"

윤태희는 어느새 페플도, 티파 칼리고 레기나도 잊어버렸다. 아버지와 함께 어린 시절로 돌아간 기분이었다.

"음, 공짜로 알려 줄 순 없지. 그리고 알려 주면 넌 다시 이 집엔 들어오지 않을 테고, 그러면 이 지옥의 고통을 나 혼자 고스란히 겪어야 하겠지? 자, 밥 먹으러 가자. 늦으면 엄마가 불을 뿜을 거야."

아버지는 껄껄 웃으며 몸을 일으켰다.

아버지 뒤를 따라서 집 안으로 들어가던 윤태희는 속으로 그때의 기억을 더듬었다. 중요한 대목만 떠오르지 않았다.

페플파크의 집으로 돌아가면 당장 어릴 때부터 차곡차곡 모았던 일기장부터 훑을 생각이었다.

"저녁에 시간 비워라."

엄마가 국을 떠 주며 말했다.

"……왜?"

"좋은 사람이니까 선입견 가지지 말고 만나 봐. 집안도 좋고, 하는 일도 좋은 편이야. 검사니까 말이야."

"또?"

"앞으로 매주 만나야 해."

"매주?"

"그게 싫으면 괜찮은 남자를 데려오든가."

엄마는 막무가내였다.

윤태희는 도움을 바랐지만, 아버지는 눈도 맞추지 않았다.

안진후는 신이 나서 떠들었다.

"누나가 직접 봤어야 했어. 투월령의 알현실에서 무슨 일이 벌어졌는지 말이야. 누나는 상상도 못 할 거야. 그 돼지 같은 드워프 국왕 새끼가 말라비틀어진 뱀파이어 여신관의 시체를 보더니 정신을 잃고 기절하는 거야. 당연히 난리가 났지. 난쟁이 의사들이 몰려오고, 근위기사단이 출동하고 말이야. 그래도 우리를 가두지는 않았어. 지들도 찔리는 게 있는 거지. 자존심도 엄청 상했을 거야. 그렇게나 떠받들면서 신탁 이야기만 해도 벌벌 떨며 따랐던 여신관의 정체가 뱀파이어였으니 말이야. 알고 보니, 드워프와 뱀파이어도 사이가 영 안 좋아. 엘프처럼 말이야. 하긴, 드워프가 사이좋게 지내는 종족은 거의 없긴 해."

"전생 퀘스트는 마무리한 거네."

윤태희는 소파에 널브러진 자세로 맥주를 홀짝거리며 말했다. 깊은 밤에 어울리는 자세였다. 거실 창밖의 야경은 매우 훌륭했지만 윤태희의 시선을 끌지는 못했다.

"야계중이라는 드워프는 아주 믿음직해. 우리가 푼돔형을 받았는데도 약속대로 겔란드의 양날도끼 중거추를 제대로 수리해 뒀더라고. 그걸 손에 쥔 노바디의 눈이 촉촉해졌는데, 난 그걸 내 눈으로 보고도 믿기 힘들었어. 그래서 이렇게 뽑아 뒀지. 누나도 보라고."

안진후는 감격에 젖은 노바디의 얼굴이 담긴 사진을 건넸다. 쥐구멍에서 직접 뽑은 것이었다.

"잘됐다."

"그 도끼를 겔란드 대사형에게 갖다 주기만 하면 전생 퀘스트는 끝이야. 그러면 사람들이 모두 노바디를 기억할 수 있겠지. 그건 그렇고, 누나, 얼굴이 영 안 좋아. 무슨 걱정 있어?"

안진후는 쾌활했다.

“선 봤어.”

“또?”

“엄마가 매주 보래.”

“뭐?”

안진후의 눈이 커졌다.

윤태희는 자기 일처럼 생각해 주는 안진후의 태도가 무척이나 고마웠지만 드러내 놓고 말하기엔 쑥스러웠다.

“……일도 갑자기 바빠졌어. 당분간 페플 접속은 힘들 것 같아. 김현에겐 네가 알아서 전해 줘.”

거짓말이 티가 나지 않을까 싶어서 윤태희는 조심스러웠다.

“알았어. 근데 아쉽다. 누나랑 같이 있으면 밸런스가 딱 맞는데.”

“원거리 딜러로는 나보다 네가 더 낫잖아.”

윤태희는 피데스 퀘스트 완수로 받은 그 조그만 돌이 마법사에게 얼마나 중요한 아이템인지 디월드 뎁스 파이브의 세계에서 이미 목격했다.

그 돌을 손에 쥔 벨란데르는 대형 파이어 미사일 세 발을 순식간에 만들어 발사했고, 벨란데르의 의지에 따라 곡선을 그리며 날아간 미사일은 각각 심장, 관자놀이 그리고 사타구니에서 폭발했다. 노바디가 직접 올라가서 결정타를 날릴 필요도 없었다.

“그런가?”

안진후는 씩 웃으며 손을 뻗어 닭 다리를 집었다. 기분이 좋아서 치킨을 두 마리나 시켰다. 한 마리는 프라이드, 한 마리는 매운 양념으로.

“경호원은?”

“돌아갔어. 복귀 명령이 떨어진 모양이야. 잘됐지 뭐.”

“그렇구나.”

“요즘 누나 이상해.”

“내일 뮬란도르의 숲으로 가겠네?”

윤태희는 얼른 화제를 옮겼다.

“노바디의 현섬이면 슝 금방 갈 수 있으니까.”

왼손에 맥주 캔, 오른손에 닭 다리를 든 안진후가 답했다.

윤태희는 갑자기 겔란드가 보고 싶었다. 그를 만나면 포근한 위로를 받을 수 있을 것 같았다. 그러나 커넥터는 여전히 공포의 대상이었다. 그 좁고 답답한 곳으로 들어가고 싶지 않았다.

본가에 붙잡혀 있다가 억지로 선을 본 후에야 집으로 돌아왔던 윤태희는 수십 권에 달하는 일기장을 다 꺼냈다. 중학교 1학년 때의 일기를 찾아서 훑는데, 중요한 날짜의 일기만 찢어지고 없었다. 윤태희는 황당해서 다시 찾았지만 변화의 이유가 담긴 그 종이는 어디에서도 발견되지 않았다.

답답한 나머지 주저앉아 갈라진 머리카락 끝을 뜯고 있는데 안진후에게서 전화가 왔다. 치킨에 맥주, 어떠냐는 말이었다. 윤태희는 일기장으로 엉망인 집에서 벗어나고 싶은 마음에 당장 안진후의 집으로 건너왔다.

"맞선남이 영 아니었나 봐."

"자기 잘난 맛에 사는 남자였어."

"나처럼?"

안진후는 엄지와 검지만 펴서 턱 아래에 척 대고 고개를 살짝 꺾어 얼짱 각도를 완성했다.

"넌 진짜 잘났잖아."

"와아, 어마어마한 칭찬인데."

"그래서 더 재수 없긴 해."

"하하하, 인정!"

안진후는 기분 좋게 웃었다.

윤태희는 그 웃음이 부러웠다. 구김살 없이 웃고 싶은데, 도저히 그런 웃음이 나오지 않았다.

한참을 떠들다가 꾸벅꾸벅 조는 안진후를 침대로 데려가서 눕힌 윤태희는 뒷정리를 말끔하게 한 뒤 복도로 나왔다. 집으로 들어가긴 싫었다. 그래서 오랜만에 칵테일이나 한잔하려고 건물 밖으로 나갔다.

옛날에 자주 다니던 곳으로 들어섰는데, 낯익은 얼굴이 보였다.

"안녕."

윤태희는 웃으며 공지우 옆에 앉았다.

붉은색 칵테일을 홀짝거리던 공지우는 윤태희를 보고는 활짝 웃었다.

"여기서 볼 줄은 몰랐어."

"나도."

윤태희는 바텐더를 불러 주문했다. 평소 마시는, 다소 약한 칵테일이었다.

공지우의 분위기가 영 우울해 보였다.

"무슨 일 있어?"

"보기 좋게 깨졌어. 내 실수라서 화를 낼 수도 없어. 그게 정말 짜증 나."

"그래?"

"넌 프리랜서지? 부럽다. 뭐, 프리랜서라고 해서 항상 좋은 건 아니겠지만."

"가끔은 기댈 수 있는 조직이 그립기도 해. 혼자라서 힘든 부분이 많거든. 특히 감……정적으로."

윤태희는 목이 메어 실수를 할 뻔했다.

"정말?"

"정말."

두 여자는 피식 웃으며 잔을 들어 올렸다.

또래의 사람, 그것도 동성인 사람과 술을 마신다는 느낌이

굉장히 신선했다. 김현, 안진후 등 아이들과 시간을 보낼 때와는 많이 달랐다. 굳이 말을 많이 하지 않아도 이해되는 느낌이랄까. 인생 경험의 양이 비슷하기 때문에 공감되는 부분이 많아서일지도 몰랐다.

"그 소문 들었니?"

공지우의 눈이 반짝거렸다.

"무슨 소문?"

"이상한 일이 벌어지고 있대. 넌 언론 쪽 사람들을 잘 알잖아. 거기서 뭐 들은 거 없어?"

"자세히 말해 봐. 그래야 나도 뭔 말을 할 수 있지."

윤태희는 살아 있다는 느낌을 받았다.

사람들의 입을 거치는 과정에서 조그만 진실이 거짓의 눈덩이로 불어나면, 그게 바로 소문이다. 소문에서 진실을 캐내는 작업이야말로 저널리스트의 본업이며, 그런 이야기를 들을 때 저널리스트의 마음에 불이 붙는다.

"황당해서 믿을 수는 없는 내용이야."

"뜸 들이지 말고 이야기나 해."

"페플에서 얻은 능력을 현실에서도 사용하는 사람들이 있나 봐. 목격자도 있는 것 같고."

"뭐?"

윤태희는 가슴이 덜컥 내려앉을 만큼 놀랐지만, 그녀의 얼굴 표정은 갑자기 날아든 파리를 손짓으로 날려 보내는 것처럼 변화가 없었다. 워낙 유체이탈에 익숙해지는 바람에 감정이 외부로 전달되지 않은 것이다.

그 덕분에 윤태희의 얼굴을 뜯어보던 공지우는 원하는 반응을 알아내지 못했다.

"안 믿기지?"

"너도 참, 그런 이야기를 다 믿니?"

"믿는다기보다는…… 재미있잖아. 실제로 그런 일이 벌어지면 얼마나 좋을까 싶기도 하고."

공지우는 고개를 살짝 숙여 손목시계를 봤다.

가망이 없는 사람들은 5초도 못 되어 들은 이야기를 잊어버린다. 평균은 15초 정도. 각성의 여지가 있는 사람들은 1분 이상도 기억하고, 각성 준비가 된 사람들은 그 이야기로 인해 변화를 겪는다.

20초가 지나자 공지우는 윤태희를 보며 물었다.

"아, 조금 전 내가 무슨 말을 했지?"

"응?"

"말하다가 까먹어서 그래. 무슨 말을 하고 있었지?"

"……어, 나도 잊었어. 왜 갑자기 기억이 나지 않지?"

윤태희는 눈동자를 위로 치켜올렸다. 기억을 더듬는 척하기 위해서였다.

"됐어. 중요하지 않은 얘긴가 보지 뭐."

공지우는 실망을 숨기지 않았다. 마네킹처럼 아무 생각이

없는 사람 앞에서 굳이 마음을 쓰고 싶지 않았다.

그 덕분에 윤태희는 공지우를 마음껏 살필 수 있었다.

그 질문을 했을 때, 윤태희는 이미 공지우가 세상의 의지 밖에 서 있음을 알아차렸다. 보통 사람은 그런 이야기를 할 수 없다. 김현, 안진후 그리고 박용준처럼 싱크 현상에 의해 특별해진 사람들만 할 수 있는 이야기가 공지우의 입에서 흘러나온 것이다.

윤태희는 흥분과 긴장으로 숨도 제대로 쉬기 어려웠다.

"잠깐만."

"응."

공지우는 심드렁했다.

화장실로 가서 손을 씻은 윤태희는 거울 속 여자를 쳐다봤다. 멀쩡해 보였다. 놀란 얼굴이라기보다는 약간 따분해하는 표정이었다. 윤태희는 이렇게 겁이 나고 긴장했는데 왜 표정은 저럴까 생각했다.

"휴우."

한숨을 내쉬면서 윤태희는 공지우가 무엇을 알고 있을지 상상해 봤다.

공지우도 김현, 안진후처럼 특별한 능력을 가지고 있을까? 그렇다면 어떤 능력을 소유하고 있을까?

그때, 거울 속에 또 다른 사람이 나타났다. 김현이 현섬으로 공간 이동을 할 때와 같았다.

윤태희는 화들짝 놀랐지만, 몸으로 드러나는 반응은 느리고 약했다.

공지우는 윤태희를 힐끔 쳐다보더니 화장실 안으로 들어갔다. 윤태희는 그 태연한 행동의 이유를 곧 깨달았다.

안진후가 경호원이 보고 있는데도 이제는 제법 덩치가 있는 불의 정령 슈뢰딩거를 소환하는 심리와 비슷했다. 경호원은 스라소니 같은 슈뢰딩거를 눈앞에 두고도 보지 못했다. 그의 머리가 진실을 지워 버렸던 것이다.

윤태희는 아무것도 보지 못한 사람처럼 바로 가서 앉았다. 얼굴에 티가 날까 봐 칵테일을 두 모금 마셨다.

공지우는 화장실로 갈 때처럼 공간 이동으로 나타났다. 이번에도 윤태희는 놀랐지만 그 지루한 표정을 지었다. 그래야 공지우를 속일 수 있다고 생각한 것이다.

"오늘 즐거웠어. 다음엔 시간을 정해서 한잔하자."

공지우가 가방을 챙기며 말했다.

"응, 그러자."

윤태희는 웃는 척했다.

그 순간, 공지우는 사라졌다. 바텐더가 그 광경을 목격했지만, 잠시 얼었다가 아무 일도 없었던 것처럼 이제 막 바로 다가와 앉은 손님 앞으로 다가가서 인사를 건넸다.

긴장이 풀려 높은 의자에서 굴러떨어질 뻔한 윤태희는 바텐더를 불렀다.

“여기 한 잔 더 주세요.”

“대사형이 누나를 무척 보고 싶어 하는 모양이야.”

김현은 안진후의 거실 소파에 앉아서 오렌지 주스를 마시면서 눈치를 보다가 말했다.

윤태희는 김현의 얼굴을 자세히 살폈다. 피부에서 윤이 나는 것 같았다. 그토록 보고 싶었던 겔란드와 사형들을 만나게 되어 마음이 한결 가벼워진 모양이었다.

그런 김현이 부러웠다. 마음껏 이 순간을 즐길 수 있는 젊음이 탐날 정도였다.

“바쁜 일 어느 정도 마무리하면 들어갈 수 있을 거야. 그보다, 할 말이 있어.”

윤태희는 겔란드 이야기를 오래 하고 싶지 않았다.

“무슨 말?”

보쌈을 먹던 안진후가 끼어들었다.

디월드 뎁스 파이브의 세계에서 즐기지 못한 야식에 한이 맺혔는지 안진후는 밤마다 치킨, 보쌈 등을 시켰다.

잠시 머릿속 생각을 정리한 윤태희는 공지우의 이름을 밝히지 않고 칵테일 바에서 있었던 일을 두 사람에게 알렸다. 시원한 동치미 국물을 마시던 안진후도, 오렌지 주스를 홀짝거리던 김현도 할 말을 잃고 심각한 표정으로 윤태희를 쳐다봤다.

두 사람의 얼굴에서 명랑함과 만족감이 사라지자 윤태희는 왠지 모르게 기분이 좋았다. 그런 감정의 정체를 알아차리고는 스스로를 욕했다. 자기가 현재 불행하다고 주위 사람들의 불행을 원하다니.

"어떻게 생각해?"

윤태희는 안진후를 응시했다.

"리크루트야."

안진후가 가라앉은 목소리로 말했다.

윤태희는 깜짝 놀랐다. 자신이 같은 결론에 도달하는 데 하루가 걸렸다. 그런데 안진후는 이야기를 마치고 3분도 지나지 않아서 그 결론에 이르렀다.

"맞지?"

안진후가 확인하듯 물었다.

"나도 그렇게 생각해."

"음, 흥미로운걸. 칵테일 바 같은 곳에서 아무나 붙잡고 그런 이야기를 하다니. 하긴, 진실을 들려줘도 바보 같은 사람들은 금세 잊어버리니 굳이 조심할 필요는 없긴 해."

안진후는 젓가락으로 두툼한 고기를 한 점 집어 입에 넣고 오물거렸다.

"아는 사람이지?"

김현이 물었다.

"……전혀. 처음 보는 사람이었어."

윤태희는 유체이탈 덕분에 감정 전달에 문제가 생긴 게 다행이라고 생각했다.

"그렇다면 곳곳에서 그런 헤드헌팅 작업이 진행되고 있다는 뜻인데, 문제는 목적이야. 그런 이야기를 들려줘서 잊어버리지 않는 사람을 찾아낸 다음에는 무엇을 할까? 회사라면 일정 시간 교육을 한 후에 인턴 과정을 거쳐 정직원으로 올릴지, 아니면 내쫓을지 결정하겠지. 그 사람도 회사 같은 곳에 소속되어 있을지도 모르겠다."

안진후는 반쯤 남은 맥주를 마시면서 생각나는 대로 떠들었다.

윤태희는 비록 어리지만 생각이 민첩하고 자유분방한 두 사람의 의견을 받아들였다. 일리가 있는 지적이었다. 이런 대화를 할 때는 김현과 안진후가 아직 열여덟 살이라는 사실이 믿기지 않는다.

캔을 내려놓은 안진후가 눈을 반짝이며 몸을 앞으로 내밀었다. 좋은 생각이 난 모양이었다.

"그 칵테일 바를 감시하는 게 어때? 거기 자주 나타날 테니까 말이야. 그러면 그 사람 뒤에 뭐가 있는지 알아낼 수 있지 않을까? 아, 그렇지. 그게 문제가 될 수도 있겠다. 김현, 그 사람이 현섬으로 가 버리면 쫓아가지 못할까?"

"만들어진 길을 따라가는 건 쉬워. 진기만 충분하면."

김현은 차분했다. 흥분을 억누른 후에야 생기는 평정심이었다. 현섬을, 그것도 현실에서 펼칠 수 있는 사람이 또 있다니. 상상도 못 한 일이어서 입안이 바싹 말랐다.

"그럼, 감시하자."

"안 돼."

김현은 여전히 낮고 흔들림 없는 목소리로 말했다.

"왜?"

"사자의 귀환 퀘스트."

그 대답에 안진후는 고개를 끄덕였다.

이제 전생 퀘스트가 마무리됐으니 김현은 죽은 사람들을 살리기 위해 전력을 다할 것이다. 칵테일 바에서 있었던 그 일은 무척 구미가 당기지만, 김현으로 하여금 사자의 귀환 퀘스트를 미루도록 할 만큼 중요한 일은 아니었다.

윤태희는 속으로 안도했다. 직접 나서서 감시했다가는 거짓말이 탄로 날지도 모른다.

'내가 왜 거짓말을 했지? 옛날에 알았던 사람이라고, 페플 전략기획부에서 근무하는 공지우라고 알리면 그만인데.'

곧 그 이유를 깨달았다. 해야 할 일이 두려워서 다른 사람에게 미루고 싶지 않았다.

칵테일 바에서 현심을 펼쳐 갑자기 나타나고 갑자기 사라지는 공지우는 그녀에게…… 티파 칼리고 레기나처럼 공포

의 대상이었다. 호기심에 이끌려 가까이 다가갔다가는 자신도 모르게 재앙을 일으키게 될지도 모른다는 면에서 공지우와 그 어둠의 여왕은 비슷한 존재였다.

한번 미루면 계속 미루게 된다.

윤태희는 그 사실을 잘 알기 때문에 가끔 꼬맹이라 부르는 두 아이에게 공지우라는 이름을 숨겼다.

그 일은 어른이 감당할 몫이었다. 특히 김현의 어깨 위에는 사자의 귀환 퀘스트라는 무거운 짐이 놓여 있다. 김현을 더 힘들게 만들 수는 없다.

한 가지 생각이 떠올랐다.

“혹시 어릴 때 살던 동네에 무서운 개 없었어?”

“개? 갑자기 무슨 소리야?”

안진후가 퉁퉁거렸다.

“어디에나 있잖아, 무서운 개는.”

김현의 반응은 달랐다.

“무서워서 그 앞을 지나지 못하고 빙 둘러서 다닌 적은 없었어?”

“난 없었는데. 학교 갈 때마다 차를 타고 갔으니까.”

안진후였다.

윤태희는 김현만 바라보고 있었다.

“있었어. 거의 반년 동안 그 개를 피해서 등교했어.”

“반년 후에는?”

윤태희는 조급해져서 텔레파시의 능력을 펼쳤다. 그러나 김현의 마음은 난공불락의 요새 같았다. 조금도 보이지 않았다.

대신, 술기운에 장벽이 허물어진 안진후의 생각이 흘러들었다. 안진후는 무서운 개에 대해 진지하게 묻는 윤태희의 정신 건강을 걱정하고 있었다. 그러다가 이유를 찾아냈다.

바로 맞선으로 인한 과중한 스트레스가 원인으로 작용한 정신착란, 혹은 정신분열의 전조라고 멋대로 결론을 내린 것이다. 심지어 안진후는 페플에 접속하면 바마퉁에게 그 증상에 대해 물어볼 생각도 하고 있었다.

안진후를 죽일 듯 노려본 윤태희는 다시 초롱초롱한 눈으로 김현을 응시했다.

"돌멩이를 모아다가 그 개 앞으로 갔어. 쇠사슬에 묶여 있어서 그저 짖기만 하는 개를 향해 돌멩이를 던졌는데, 몇 대 맞은 개는 뒤도 돌아보지 않고 집으로 달아났어. 그 후로는 기분 좋게 그 앞을 다닐 수 있었고. 개는 내가 지나가면 꼬리를 말고 집으로 숨어 버렸어."

"돌멩이를 모아? 반년이나 피해서 잘 다녔잖아. 갑자기 왜 돌멩이를 모았던 거야?"

"확실히 기억나진 않아. 아마도 화가 났던 것 같아. 어렸지만 개를 무서워하는 자기 자신이 못마땅했던 것 같아."

'못마땅했던 것 같아.'라는 말을 듣는 순간, 기억의 문이

열렸다. 윤태희는 자기가 어떻게 두려움을 이겨 냈는지 떠올릴 수 있었다.

누군가 윤태희에게 겁쟁이라고 부르며 놀렸다. 그 말이 듣기 싫어 용기를 냈고, 진땀을 흘리며 가까이 다가갈 수 있었다. 멀리서는 볼 수 없었던 것, 직접 다가가야 볼 수 있는 것을 본 순간, 두려움은 사라졌다.

녹슨 쇠사슬이 보였다.

그리고 아이들이 던져 바닥을 굴러다니는 돌멩이도 보였다.

그 돌멩이에 맞아서 난 셰퍼드의 상처도 눈에 들어왔다.

어린 윤태희는 셰퍼드가 짖는 이유를 깨닫고 그 자리에서 펑펑 울었다.

셰퍼드는 오가는 사람들이 무서워서 짖었다. 또 돌멩이를 던질까 봐 목청이 터져라 짖어 댄 것이다.

신기한 일이 벌어졌다. 셰퍼드가 주둥이를 다물고 깊고 맑은 눈으로 윤태희를 바라본 것이다.

고개를 든 윤태희는 눈물이 그렁그렁한 눈으로 셰퍼드를 쳐다봤다. 눈물로 인해 셰퍼드는 더 이상 무서운 개가 아니었다. 보살핌이 필요한 강아지 같았다.

윤태희는 가방에 있던 빵을 꺼내어 셰퍼드에게 내밀었다. 물릴 거라는 생각은 아예 하지 않았다.

셰퍼드는 겁을 먹었지만 그래도 앞으로 다가와 빵을 받아

먹었다. 그리고 어린 윤태희의 손을 핥았다.

윤태희는 왜 일기장에서 그 부분만 찢어졌는지도 기억해냈다.

그날은 겉보기와 다른 진실이 숨겨져 있다는 사실을 최초로 어렴풋하게나마 알게 된 날이었다. 그 깨달음은, 비록 구체적인 계획을 세우기 어려운 어린 나이에도 불구하고 진실을 알아내어 사람들에게 알리고 싶다는 마음으로 이어졌다.

윤태희는 저널리스트로서 제대로 살기 위해 지갑 안 깊숙한 곳에 그 페이지를 찢어서 넣고 다녔다. 항상 그 순간, 무서운 대상이었던 셰퍼드가 사실은 보살핌이 필요한 존재라는 사실을 알게 된 깨달음의 찰나를 잊지 않기 위해서였다.

지갑을 꺼냈다.

그 안에서 꾸깃꾸깃 접힌 종이를 꺼내어 펼쳤다. 아이다운 글씨가 보였다.

당시의 상황이 고스란히 떠올랐다. 공포와 용기, 도와주고 싶은 순수한 마음과 기적이 어우러진, 어설프지만 멋진 글이었다. 어쩌면 다시 한 번 이런 글을 쓰기 위해 기자가 되고, 지금은 프리랜서로 블로그 일을 하는지도 모른다.

안진후도 무언가 이상한 낌새를 느낀 듯 잠자코 윤태희를 쳐다보고 있었다.

윤태희는 김현을 바라보았다. 그리고 말했다.

"넌 확실히 리더야."

놀라는 김현.

안진후는 씁쓸한 표정을 지었지만, 그 말을 부정할 수는 없었다. 오히려 깔끔하게 인정할 수 없는 자신이 좀스럽게 느껴졌다.

"사람들을 앞으로 이끄는 힘이 네게 있어. 하지만 이것만은 알아줘. 멀리서 돌멩이를 던지는 것보다 한 걸음 더 가까이 다가가는 게 필요할 때도 있다는 걸 말이야."

김현은 말없이 고개를 끄덕였다.

어떤 말로도 지금 윤태희가 몸으로 쏟아 내는 진지한 분위기에 적합한 표현을 할 수가 없을 것 같았다. 무언의 긍정만이, 부족해도 거기에 합당한 대답 같았다.

윤태희는 기지개를 켰다.

"아, 너무 진지했다. 진후야, 맥주 캔 좀 가져와 봐. 혼자만 마시니까 좋아? 좋니?"

"……알았어."

안진후는 속으로 확실히 미친 거라고 생각하며 냉장고로 향했다.

박용준에게 연락해서 입원실을 잡아야 할지도 모르겠다는 생각을 하는데 빈 캔이 날아와 뒤통수를 쳤다. 윤태희가 던진 맥주 캔이었다.

윤태희는 오랜만에 진실 사냥꾼으로서의 긴장감을 느끼고 있었다. 공지우의 일거수일투족을 쫓기 시작한 후, 왜 그동안 무기력했는지 그 이유를 알 수 있었다. 바로 하고 싶은 일, 해야 하는 일을 등한시했기 때문이다.

가까이 가면 무엇이 보일까?

어떤 것이 튀어나올까?

생각만 해도 손끝이 저릿저릿했다.

티파 칼리고 레기나에게 몸을 빼앗겼던 그 경험 때문에 여전히 페플 접속은 어렵지만 하나씩 차근차근 풀어 나갈 생각이었다. 현실에서 두려움을 극복한다면 아무리 거창해도 전자 기기에 불과한 커넥터 따위는 일도 아닐 테니까.

윤태희는 길 건너편에 차를 대고 살짝 내린 창문으로 망원 렌즈가 부착된 카메라를 내밀었다. 초점이 맞아 선명해지는 순간, 찰칵찰칵 사진을 찍었다. 커피숍에서 공지우와 만나는 사람의 얼굴을 확대하여 몇 장 더 찍었다.

의심을 살 수도 있기 때문에 얼른 차를 옮겼다. 그리고 카메라에 저장된 사진을 확인했다. 예상대로 사진은 그대로 살아 있었다.

"역시."

공지우가 현섬으로 공간 이동을 하는 순간을 찍었다면, 그

래서 사진에 공지우의 몸이 흐릿해지는 장면이 포착되었다면 그 사진은 세계의 의지에 짓눌려 삭제되거나 공지우는 아예 나오지 않았을 것이다. 그러나 평범하게 커피를 마시는 장면은 그 냉혹한 검열도 통과할 수 있는 듯했다.

가방에 넣어 둔 핸드폰이 진동했다.

윤태희는 핸드폰을 꺼냈다.

—지금 노바디는 뮬란도르의 숲 녹색의 날개 엘프 일족의 족장과 독대하는 중이야. 아마도 내일은 겔란드 대사형과 함께 영웅회에 참석하기 위해 출발할 것 같아. 오늘도 겔란드 대사형이 누나를 찾았어. 얼굴이 핼쑥한 게 아무래도 상사병에 걸린 것 같아. 그러니까 누나가 잠시라도 와서 대사형의 기운을 북돋아 주는 게 어때? 아까는 콜마 육사형이 날 찾아왔다니까. 대놓고 말은 하지 않았지만 내가 누나에게 연락을 해 주었으면 하는 눈치였어. 난 오랜만에 만난 사제를 귀여워해 주느라 바쁘니까, 짬을 내서 들어와.

—그리고 혼자 움직이지 마. 무슨 말인지는 누나도 잘 알지? 술집에서 만났던 사람 꽁무니를 쫓는 일은 하지 말란 뜻이야. 위험하니까. 그럼, 나중에 봐.

벨란데르가 보낸 메시지였다.

페플 시스템에 핸드폰 번호를 등록했기 때문에 특정 게이머가 보낸 메시지는 핸드폰으로 전송되었다.

윤태희는 그 문자를 세 번 연거푸 읽었다.

가슴이 답답해졌다.

그 무서운 기억 따위 훌훌 털어 버리고 겔란드를 만나러 그 울창한 숲으로 가고 싶었다. 엘프 일족인 녹색의 날개 엘프들과도 친분을 쌓고 싶었다.

공지우를 미행하는 일이 얼마나 위험한지도 잘 알았다.

문제는 아무렇지 않은 척 행동할 수 없다는 점이었다.

누군가에게 맡겨서 해결될 문제가 아니었다.

사실, 무엇이 문제인지조차 윤태희는 알 수가 없었다.

어릴 때는 사나운 셰퍼드라는 확실한 대상이 있었다.

지금은? 티파 칼리고 레기나? 티파 칼리고조차 한 번도 본 적이 없는데, 어둠의 여왕이라는 티파 칼리고 레기나를 페플에서 만날 가능성은 매우 희박했다.

윤태희는 그 사악한 몬스터 자체를 두려워하는 게 아님을 이미 느끼고 있었다. 인정하기 싫지만, 티파 칼리고 레기나가 존재하는 페플 자체가 무서웠다.

디월드 뎁스 파이브, 이곳의 한 시간이 4년이 넘는 시간이 되는 세상의 존재 자체가 윤태희를 패닉으로 몰아갔다.

윤태희는 공포의 근원에 이르렀다.

"내가…… 두려워하는 건, 싱크 현상이야."

말로 내뱉자 등골이 서늘해졌다. 팔에 좁쌀 같은 소름이 돋았다.

공원에 콤포 막스, 콤포 마구스가 나타난 것처럼 그 끔찍한 몬스터 티파 칼리고 레기나가 현실에, 바로 이곳에 출몰할 수 있는 이유는 바로 싱크 현상 때문이었다.

페플에는 티파 칼리고 레기나가 장난처럼 보일 만큼 압도적이고 포악한 몬스터가 많다. 때로는 지혜라고 불리지만 때로는 재앙이라 여겨지며 공포의 대상이 되는 드래곤이 경계를 뚫고 현실로 나온다면, 도시 하나가 잿더미가 되는 건 일도 아닐 것이다.

운전석에 앉아 차창 밖을 바라보았다.

부드러운 봄 햇살을 즐기는 사람들의 얼굴에는 평온한 미소가 감돌았다. 아이들은 까르르 웃으며 엄마 주위를 맴돌았고, 엄마는 그런 아이를 보며 활짝 웃고 있었다. 겨우내 앙상했던 가지에는 연초록 잎들이 올라와 봄이 왔음을 사람들에게 자랑하고 있었다.

디월드 뎁스 파이브의 세계를 떠올렸다.

호텔에서 내려다본 거리에는 수천 마리의 좀비들이 어슬렁거렸다. 타이탄은 무리를 짓지는 않지만, 작정하고 달려들면 어마어마한 피해를 입힐 만큼 강했다. 주먹으로 빌딩을 무너뜨리는 타이탄 한 마리만 여기 나타나도 눈앞에 펼쳐진 평화로운 광경은 산산조각 날 것이다.

디월드 뎁스 파이브의 그 도시는 서울의 복사판이었다. 다만 사람들이 살지 않는다는 점만 달랐다. 그 때문에 윤태희는 온갖 몬스터들이 출몰하는 서울을, 이 거리를 너무나 쉽게 상상할 수 있었다.

"막아야 해."

자신도 모르게 튀어나온 말에 윤태희는 충격을 받았다. 무슨 힘이 있어서 싱크 현상이라는 거대한 흐름을 막을 수 있단 말인가.

"그래도 막아야 해, 이 세계를 지키려면."

윤태희는 그 순간 왜 노바디가 곁에서 지켜보기 힘들 만큼 처절하게 강해지려고 노력했는지 알 것 같았다.

노바디가 강해지려는 이유는 바로 그 공원에서의 사건 때문이었다. 사건 재발을 막기 위해 매일같이, 변함없이, 존경심이 일어날 만큼 애를 쓴 것이다.

부끄러웠다. 김현 앞에서 고개를 들 수 없을 것만 같았다. 어른이랍시고 오만을 떨기만 했을 뿐, 진실은 보지 못했던 것이다.

공지우가 커피숍 밖으로 나왔다. 시계를 쳐다본 그녀는 수십 명이 오가는 길 한복판에서 사라졌다. 현섬을 펼친 것이다.

사람들은 약속이라도 한 것처럼 멍한 시선으로 공지우가 사라진 곳을 바라보았다. 잠시 후, 그들은 진실을 망각하고 하던 일을 계속했다.

그때, 창문 두드리는 소리가 들렸다.

깜짝 놀란 윤태희는 조수석 창문 밖에 서 있는 노인을 발견했다.

허연 수염이 덥수룩한 노인은 키가 작지만 눈빛은 상당히 예리했다. 옷차림으로 보면 노숙자 같지만 왠지 모르게 대학의 노교수 분위기를 풍기고 있었다.

윤태희는 버튼을 눌러 창문을 조금 내렸다.

"무슨 일이세요?"

"배고파."

노인이 말했다. 부탁이 아니라 요구에 가까운 말투였다.

"네?"

눈살을 찌푸린 윤태희.

"햄버거."

노인은 손가락을 들어 가까이 있는 맥도날드를 가리켰다.

창문을 닫고 얼른 떠나야겠다고 생각했지만 윤태희는 노인의 깊은 눈에서 시선을 떼기 힘들었다.

곧 그 이유를 알 수 있었다. 왠지 모르게 노인을 보면 어릴 때 봤던 그 셰퍼드가 떠올랐던 것이다. 무서워서 짖었던 그 셰퍼드와 닮은 점이 하나도 없는데 왜 이런 생각이 나는지 윤태희 자신도 혼란스러웠다.

결국 윤태희는 차에서 내렸다. 가까이 간 후에야 셰퍼드의 진실을 알아낸 것처럼, 노인에게 햄버거를 사 주면 왜 그 셰퍼드가 떠올랐는지 알 것만 같아서였다.

노인을 창가에 앉힌 윤태희는 햄버거 세트를 주문했다. 햄버거와 감자튀김, 콜라까지 있는 세트 메뉴가 든 쟁반을 노인 앞에 내려놓은 윤태희는 맞은편에 앉았다.

노인은 허겁지겁 햄버거 세트를 해치웠다. 그리고 말했다.

"하나 더."

"……배 많이 고프셨나 봐요."

"빨리."

짜증을 내는 노인.

그 당당함에 윤태희는 웃음이 나왔다. 노인이 먹어 봐야 얼마나 먹겠냐고 생각한 그녀는 세트 하나를 더 가져왔지만 노인이 처음보다 더 빨리, 더 맛있게 먹는 모습을 보고 깜짝 놀랐다.

"하나 더."

노인이 말했다.

"알았어요."

윤태희는 카운터로 가서 세트 메뉴 다섯 개를 한꺼번에 주문했다. 저 오만한 노인이 도저히 못 먹겠다고 해도 다 먹을 때까지 놓아주지 않을 생각이었다.

그러나 윤태희의 의도와 달리 노인은 햄버거 다섯 개, 감자튀김 다섯 개, 콜라 다섯 잔을 먹어 치우고도 모자라는 모양이었다.

"다섯 개 더."

"……할아버지, 그러다가 체해요."

"다섯 개 더."

노인의 눈에 힘이 들어갔다.

윤태희는 어이가 없어서 다섯 개를 더 주문했다.

다행히 노인은 더 달라고 요구하지는 않았다. 세트 메뉴만 열두 개를 해치웠으니 속이 더부룩할 만도 한데 노인은 오히려 만족스러운지 주름진 얼굴로 흐뭇하게 웃고 있었다.

"부탁 하나 들어줘."

"……네?"

윤태희는 짜증이 났다. 이번에는 도저히 참을 수 없어서 벌떡 일어서려는데, 메시지 창이 떴다.

–늙은 현자의 심부름 퀘스트를 수행하시겠습니까?

안진후가 골동품 가게에서 붉은 보석을 구입할 때 불사조의 알 퀘스트가 시작되었다는 이야기는 들어서 알고 있었다. 디월드 뎁스 파이브의 세계에서 그 퀘스트를 함께 깼기 때문에 거짓말이라 생각하진 않았지만, 윤태희 자신과는 관련이 없다고 은연중 믿고 있었다.

그런데 퀘스트 창이 나타나다니!

윤태희는 깜짝 놀라 메시지 창과 노인을 번갈아 바라보았다.

"뭘 봐? 얼른 갔다 와. 창림문고에 내가 맡겨 놓은 책을 가져와. 섹션 3-10에 있으니까 직원에게 물어보면 챙겨 줄 거야.”

노인이 말했다.

윤태희는 손을 뻗어 퀘스트를 수락했다. 곧 자세한 내용이 또 다른 창으로 떴다.

–창림문고 3-10 섹션에 늙은 현자가 맡겨 둔 책《렉티오 디비나》를 찾아오시면 됩니다. 섹션을 찾지 못할 경우에는 직원에게 물어보세요.

“뭐 해, 얼른 안 가고?”

노인이 재촉했다.

얼떨결에 고개를 끄덕이며 맥도날드 밖으로 나왔다. 하도 기가 막혀서 노인을 봤는데, 창가 자리에 앉은 노인은 꾸벅꾸벅 졸고 있었다. 저 노숙자가 정말 현자일까?

윤태희는 퀘스트 창을 다시 열고 싶었지만 방법을 알 수 없었다. 페플과 달리 목소리로도, 생각으로도 창은 열리지 않았고, 심지어 손을 뻗어 누르는 버튼조차 없었다.

지극히 당연한 일이었다. 이곳은 현실이니까.

“……대체 어떻게 된 거지?”

스스로 질문을 던지면서도 윤태희는 근처에 있는 창림문고로 걸어가고 있었다.

교보문고, 영풍문고만큼이나 규모가 큰 창림문고로 들어서자 운동장처럼 펼쳐진 책의 세상이 눈에 들어왔다. 곳곳에 섹션 번호가 있어서 헤맬 필요는 없었다.

그러나 섹션 3-9까지만 있었다. 3-10은 아예 없었던 것이

다.

윤태희는 손을 들어 직원을 불렀다.

"무엇을 도와 드릴까요?"

직원은 친절한 30대 초반 남성이었다.

"섹션 3-10을 찾으러 왔는데요."

"죄송합니다, 고객님. 저희 창림문고에는 섹션 3-10은 없습니다."

그 말에 윤태희는 뒤통수를 맞은 기분이었다.

맥도날드로 가면 햄버거 세트를 열두 개나 처묵처묵한 노인은 사라지고 없을 것만 같았다. 퀘스트 창을 직접 보지 않았다면 아무 말도 하지 않고 돌아섰을 것이다.

"……섹션 3-10이 있었던 적도 없나요?"

"이곳에서 근무한 지 5년째인데요. 지난 5년 동안은 없었습니다."

직원의 눈이 가늘어졌다. 여전히 사근사근한 태도였지만 시선은 다른 이야기를 하고 있었다.

윤태희는 마음에 둘러 세운 문을 잠시 열어젖혔다. 노인 때문에 받은 스트레스를 이 운 나쁜 직원에게 풀기 위해서였다.

직원의 생각이 윤태희의 머리로 스며들었다.

'그냥 진심을 얘기해요, 관심 있다고. 당신 같은 여자들, 많이 봤어요. 책을 찾기 위해 부르지만 실은 괜찮은 남자와 어떻게 해 보려는 거잖아요. 이렇게 기다리고 있으니 어서 커피 한잔하자는 말을 해요. 난 바쁘다고 거절하겠지만, 당신은 예쁜 편이니까 나중에 시간을 내겠다고 대답해 줄게요. 당신 정도면 데리고 다녀도 될 것 같으니까.'

직원은 착각하고 있었다.

어떻게 해야 이 남자 직원의 자신감을 깡그리 무너뜨릴 수 있을까 생각하던 윤태희는 그 커다란 감정 아래에 또 다른 감정이 숨어 있음을 뒤늦게 발견했다.

디월드 뎁스 파이브의 세계에서 좀비 월의 내면으로 파고들지 않았다면, 그래서 타인의 내면에 예민해지지 않았다면 절대 알아차리지 못했을 만큼 미묘한 감정이었다.

'3-10 섹션? 어디서 들어 본 것 같은데. 기억은 나지 않지만.'

윤태희는 남자 직원을 보며 씩 웃었다.

"아주 잘생기셨네요."

"하하, 그런 이야기 가끔 듣긴 합니다."

"3-10 섹션."

윤태희가 기습적으로 말하자, 묻혀 있던 그 조그만 감정이 위로 뛰어올랐다.

윤태희는 손을 뻗어 남자 직원의 어깨에 올렸다. 더 깊이 감정을 살피기 위해서였다.

교감은 형성되었다. 윤태희는 자신의 감정으로 '3-10 섹션'의 비밀을 품은 남자의 감정을 자극했다. 내면이 사막처

럼 말라 버린 좀비에 비하면 눈앞의 남자 직원의 마음은 아마존 강처럼 수량이 풍부한 밀림이었다.

점점 그 감정이 커졌다.

윤태희는 주위 사람들의 시선을 무시하고 사내의 내면에 집중했다. 드디어 그 감정이 자신감을 이겼다.

"……이쪽으로 오세요."

직원이 말했다.

윤태희는 그 직원을 따라갔다. 섹션 3-9와 4-1의 경계에 선 직원은 떨리는 손으로 벽의 한 지점을 눌렀다.

그 순간, 섬광이 터졌다.

페플에 접속할 때와 비슷했다.

빛이 사방으로 퍼져 나가며 책이 꽂힌 서가를 지웠다. LED 조명이 박힌 천장도 사라졌다. 책이 진열된 테이블 사이를 오가던 사람들도 흐릿해졌다.

대신, 낡고 오래된 서가가 그 자리를 차지했다.

중세에나 어울릴 법한 두툼한 책들이 견고한 책장에 꽂혀 있었고, 곳곳에는 거미줄이 쳐져 오랫동안 사람의 손이 닿지 않았음을 보여 주었다. 그 직원은 손을 뻗은 자세 그대로 얼어붙었다.

"휴우."

심호흡으로 마음을 가라앉힌 윤태희는 그 노인이 가져오라고 한 책이 무엇인지 찾기 시작했다.

서가에는 없었다.

벽감을 훑었다. 이곳에 없을지도 모른다는, 이 모든 게 고약한 장난일 수도 있다는 생각을 하면서 모퉁이를 도는데, 저 앞에 짙은 어둠이 서 있었다.

윤태희는 몸이 마비되었다. 움직일 수가 없었다. 그 어둠은…… 분명히 티파 칼리고 레기나였다.

호흡이 거칠어졌다. 가슴이 오르락내리락했지만 손가락 하나 까딱할 수 없었다. 공기가 입 밖으로 나오면서 만드는 헐떡거리는 소리에 낡은 서고가 울렸다.

달아나고 싶었다.

도망치고 싶었다.

몸이 딱딱하게 굳었다면 그 몸을 버려서라도.

그 순간, 윤태희는 몸에서 벗어났다. 투명한 유령처럼 공중으로 떠오른 그녀는 인형처럼 얼어붙은 자신의 몸을 내려다볼 수 있었다.

현실에서도 유체이탈이 가능하다는 사실에 놀랄 여유는 없었다. 반사적으로 고개를 돌려 티파 칼리고 레기나를 쳐다봤다.

그러나 거기엔 어둠의 여왕이 없었다. 거기 놓인 것은…… 오래된 거울이었다.

거울 가까이 다가가자, 청동 재질의 테두리가 얼마나 아름다운지 알 수 있었다. 쌀알처럼 작은 사람들 수백 명의 양각

조각이 테두리를 채우고 있었다.

춤을 추는 귀족들, 검과 방패를 든 병사들, 지팡이를 앞으로 내밀고 마법을 펼치는 마법사들, 다양한 종류의 몬스터들이 거울을 둘러싸고 있었다.

긴장이 풀리자 정신은 자연스럽게 몸으로 돌아갔다.

윤태희는 움직일 수 있었다. 화가 난 나머지 두툼하고 무거운 책을 서가에서 빼내어 거울을 향해 던졌다.

티파 칼리고 레기나 같은 어둠을 품고 있던 거울은 간단히 깨졌다. 그리고 안에 있던 책 한 권이 드러났다. 바로 《렉티오 디비나》였다.

윤태희는 그 책을 움켜쥐고 돌아서서 창림문고 직원이 있는 곳으로 향했다.

직원은 여전히 손을 뻗은 채 서 있었다. 윤태희가 그 직원의 어깨에 손을 올린 순간, 다시 섬광이 터졌다. 그 섬광은 낡은 서고를 지우고 환한 빛과 봄옷 차림의 손님들로 붐비는 창림문고를 살려 냈다.

직원은 혼란스러워하며 자리를 떴다.

윤태희는 그 책을 들고 밖으로 나왔다. 맡겨 놓은 책이라서 그런지 구입할 필요는 없는 듯했다.

맥도날드엔 그 노인이 없었다. 윤태희가 노인 맞은편 자리에 앉자, 메시지 창이 떴다.

–늙은 현자의 심부름 퀘스트를 완수하셨습니다.

-그 대가로 《렉티오 디비나》를 얻으셨습니다.

어처구니가 없어서 고개를 흔들던 윤태희는 그 책을 살폈다.

오래된 책답게 표지가 두툼했다. 책을 넘겼지만 무슨 말인지 도대체 알아볼 수가 없었다. 그러나 왠지 디월드 뎁스 파이브에서 벨란데르가 항상 지니고 다니던 마법서와 느낌이 비슷했다.

윤태희는 핸드폰을 꺼내어 페플에 있을 안진후에게 문자를 보냈다. 그 마법서의 번역서를 멋들어지게 만든 안진후라면, 이 책의 번역서 역시 쉽게 만들 것이다.

윤태희는 안진후가 번역해서 제본까지 마친 책을 받으려고 손을 내밀었다. 책을 잡았지만 안진후가 놓지 않았다. 고개를 든 윤태희는 안진후를 바라보았다.

"무슨 일 있는 거지?"

안진후의 목소리에는 염려가 담겨 있었다.

"아마도."

"김현도 걱정하고 있어. 요즘 누나가 이상하다면서. 왜 페플엔 안 들어오는 거야?"

"……바쁘다고 했잖아."

"아무리 바빠도 한두 시간 내는 건 할 수 있잖아."

"나중에."

윤태희는 안진후와 입씨름을 하고 싶지 않았다. 설명할 수 없는 부분이 많았다.

게다가 안진후는 몇 가지 단서로 전체 그림을 추측해 낼 만큼 똑똑했다. 조심하지 않으면 머릿속에 담아 놓은 위험천만한 계획을 안진후에게 들킬 테고, 그러면 끝판왕인 김현이 나타날 것이다.

"이 책, 퀘스트로 받은 거지?"

"맞아."

"누나의 텔레파시 능력은 안 그래도 무서운데, 어마어마하게 강해지겠다."

"내용을 봤어?"

"누나에게 딱 맞는 책이라는 건 분명해."

안진후는 책에서 손을 뗐다.

"고맙다, 꼬맹이."

"항상 조심해."

무엇을 조심하라는지 윤태희는 잘 알았다.

디월드 뎁스 파이브에서 티파 칼리고 레기나에게 몸을 빼앗긴 그 일이 떠올랐다. 안진후를 탓할 수는 없다. 그 재앙으로 안진후는 어마어마하게 고생을 했었다.

"……알았어."

집으로 돌아온 윤태희는 소파에 앉아 그 책을 넘겼다.

소프트웨어를 활용한 라틴어 번역이라 매끄럽지는 않지만 읽을 만했다. 안진후가 왜 '딱 맞는 책'이라고 했는지 알 것 같았다. 책 제목 자체가 '신성한 읽기'였고, 내용은 마음을 읽는 방법의 연장이었다. 그 노인은 목적을 가지고 윤태희에게 접근하여 그 심부름 퀘스트를 준 셈이었다.

누굴까 생각했지만 곧 머릿속에서 지웠다. 생각해 봐야 답이 나오지 않을 것 같았다.

처음부터 끝까지 책을 다 읽은 윤태희는 핸드폰을 가방에서 꺼내어 전화를 걸었다.

"어, 나야, 윤태희. 바쁘니?"

– 아니. 지금은 괜찮아. 30분 후에는 회의 들어가야 하지만. 근데 무슨 일이야?

"지난번에 네가 했던 이야기 있잖아."

– 이야기?

공지우의 목소리에서 긴장이 느껴졌다.

"그 황당한 소문 말이야. 밤에 잠을 자려고 누웠는데, 그 생각 때문에 잠을 설쳤어."

– 그랬어?

반가워하는 듯한 느낌이 공지우의 말투에서 흘러나왔다.

"그냥 한번 전화해 봤어. 네 생각이 나서."

– 내일 술 한잔할래?

"그래."

– 거기서?

"거기서."

전화를 끊은 윤태희는 가슴에 손을 올리고 흥분을 가라앉혔다.

호랑이를 잡으려면 호랑이 굴로 들어가야 한다. 진실을 움켜쥐려면 진실이 있는 곳으로 가야 한다.

안진후, 김현 그리고 박용준까지 모두 괜찮은 아이들이었다. 능력이 갑자기 생겼는데도 거기에 취해 현실에서 법을 어기거나 문제를 일으킨 적이 한 번도 없었다.

그 아이들은 현실보다 페플에 더 관심이 많았다. 어쩌면 그래서 윤태희와 달리 즐겁게 하루하루 살아갈 수 있는지도 모른다. 윤태희도 아이들과 어울리면 염려, 걱정 따위 잊고 명랑하게 시간을 보낼 수 있다는 사실을 잘 알았다.

그러나 윤태희는 그런 삶에 만족할 수 없었다. 왜 싱크 현상이 벌어지는지, 어떻게 해야 막을 수 있는지 알아내고 싶었다.

그 아이들과 함께 있으면 싱크 현장을 중력이나 태풍 같은 자연현상으로 받아들일 것 같았다. 이런 문제의식을 망각할 것만 같았다.

그래서 결심했다.

공지우의 의도에 반응하기로.

그 리크루트를 모르는 척 받아들이기로.

공지우를 통해 어떤 세계를 알게 될지 윤태희는 예상조차 할 수 없었다. 공지우 역시 혼자 능력을 지니게 됐는지, 아니면 주변에 그런 사람들이 많은지도 아직은 알 수 없었다. 윤태희가 바라는 것은 한 조각의 진실이라도 찾아내어 비밀을 밝히는 일이었다.

"그래야 난 살 수 있어."

윤태희는 책 첫 부분을 펼쳤다. 본격적으로 내용을 익히기 위해서였다.

여전히 두렵고 무서웠지만, 이전처럼 판단조차 어려운 정도는 아니었다. 오히려 번지점프대 위에 서서 아래를 내려다볼 때처럼 어지러우면서도 조금은 어서 뛰어내리고 싶은 기분에 가까웠다.

'난 이미 뛰어내린 거야.'

윤태희는 주먹을 꼭 쥐었다.

# 황철호

가면을 쓴 교관이 말했다.

"저 아래 마을이 보이나?"

"네, 보입니다."

드래고니아가 답했다.

모래와 흙으로 이루어진 거대한 산 중턱에 어마어마한 크기의 바위가 놓여 있고, 그 위에 백여 채의 가옥이 들어선 마을이 자리를 잡고 있었다. 반듯한 황갈색의 건물들이 바위 절벽 끝자락에 세워져 창가에서 아래를 내려다보면 오줌을 지릴지도 몰랐다.

어둠이 덮인 마을 곳곳에서 빛이 흘러나왔고, 굴뚝으로는 연기가 올라와 하늘에서 서서히 흩어졌다.

"네 임무는 이걸 가져오는 것이다."

교관이 손을 뻗자 3차원 홀로그램 형태로 타원형의 돌이 공중에 나타났다. 손바닥보다 조금 더 큰 새까만 돌에는 얼굴이 그려져 있었다.

"돌만 가져오면 되는 겁니까?"

"한 가지 더. 저 마을에 있는 생명은 다 죽여라. 가축까지도."

드래고니아는 깜짝 놀랐다.

아카데미의 교육과정은 예외 없이 상식을 깨뜨린다. 지난번에는 티메후르라는 구슬을 만졌다가 반년 가까이 만계라 불리는 곳에서 정신 붕괴 직전에 이르렀다.

"못하겠냐?"

"그럴 리가요. 귀찮은 일이 생기는 게 싫을 뿐이죠. 근위기사단은 물론 현상금 사냥꾼까지 따라붙을 겁니다."

게이머가 NPC를 이유도 없이 죽일 경우, 갖가지 방법을 통해 추적이 시작된다.

한 마을이나 도시의 거주자를 통째로 학살하는 악행을 저지르면 국왕의 명령을 받아서 움직이는 근위기사단이 직접 조사하여 관련자들을 뒤쫓는다. 또한 어마어마한 현상금이 붙기 때문에 NPC는 물론 게이머들도 그 현상금을 노리고 살인마를 잡으려고 눈에 불을 켠다.

순전히 재미로 사람을 죽이는 게이머들이 가끔 있지만, 죽은 자를 살려 내어 대화까지 가능한 네크로맨서의 존재로 인해 대부분 잡혀서 대가를 치른다. 네크로맨서로 인해 완전범죄는 처음부터 불가능했다.

물론 방패가 강력하면 창도 발전하기 마련이다. 특별한 마법이나 무기를 이용하면 네크로맨서도 그 영혼을 소환할 수 없는데, 그런 경우에는 또 다른 방식으로 조사하고 범인을 찾아내지만 체포 가능성은 현저히 줄어든다.

드래고니아는 그 사정을 잘 알고 있었다.

"게임 매니저가 와도 널 찾아내지 못한다. 아카데미가 사용하는 커넥터는 매우 특별한 놈이니까."

"아, 그렇습니까?"

드래고니아는 허리 양쪽에서 단검을 하나씩 뽑았다. 오른쪽 단검의 이름은 라파, 왼쪽은 젤루였다.

"시작."

교관이 말하자, 드래고니아는 아래로 몸을 날렸다.

바닥은 보이지 않을 만큼 깊은 협곡이었다. 드래고니아는 자유낙하의 짜릿함을 마음껏 즐겼다.

"시작해 볼까."

드래고니아의 명령을 받은 용갑 쿠레가의 날개가 활짝 펼쳐졌다. 드래고니아는 크게 선회하여 그 기적 같은 마을로 향했다. 그는 바위 절벽 끝에 위태롭게 서 있는 건물 옥상에 내렸다. 난간으로 가서 아래를 보며 휘파람을 불었다.

“떨어지면 뼈도 못 추리겠다.”

날개는 관절이 세 단계로 접히며 갑옷의 일부가 되었다.

드래고니아는 바위 절벽 반대편 옥상 난간에 서서 마을을 살피며 어떻게 해야 한 놈도 빼놓지 않고 다 죽일 수 있을까 생각했다. 그러다가 고개를 흔들었다.

“그냥 죽이자.”

건물 벽을 타고 내려온 드래고니아는 열린 창문으로 들어섰다. 스튜가 든 냄비에 숟가락을 넣고 맛을 보던 중년 여자와 눈이 마주쳤다. 드래고니아는 그 여자를 향해 활짝 웃어주었다. 여자는 비명을 질러야 할지, 아니면 마주 보고 인사를 건네야 할지 몰라서 망설였다.

그 순간, 드래고니아의 단검 라파가 여자의 목을 잘랐다. 여자에겐 소리를 지를 기회조차 없었다.

“하나.”

옆방으로 간 드래고니아는 의자에 앉아 아들의 재롱을 보는 아버지의 목덜미에 젤루를 꽂았다. 그리고 놀라서 얼어붙은 아들을 잡아다가 창밖으로, 바위 절벽으로 던졌다. 아이의 비명이 멀어졌다.

“셋.”

복도에서 요란한 발소리가 들렸다.

복도로 나간 드래고니아는 두 팔을 앞으로 뻗었다. 용갑쿠레가가 수십 개의 조각으로 분리되며 몸에서 떨어졌고, 각

각의 조각은 드래고니아의 뜻에 따라 복도를 가득 채운 사람들의 급소로 날아가 박혔다. 남은 놈들은 라파와 젤루가 놓치지 않았다.

"음, 많아서 셀 수가 없네. 서른이라고 하자."

드래고니아는 죽은 사람들을 밟고 아래층으로 내려갔다.

이번엔 무기를 든 놈들도 있었다. 화살이 날아왔다. 고개를 비틀어 화살을 피한 그는 라파에게 임무를 부여한 후, 계단을 통해 1층으로 내려갔다. 그가 1층 복도에 내려서기도 전에 라파는 2층 사람들을 모두 죽이고 드래고니아의 손으로 날아왔다.

"누, 누구요?"

노인이 말했다.

"돌을 찾고 있어, 얼굴이 그려진."

"……그, 그건 마을의 보물이오."

"보물이니까 찾으러 왔지. 그냥 굴러다니는 돌이면 내가 왜 시간을 들여 여기로 왔겠어?"

"진면석을 주면 그냥 돌아갈 것이오?"

"물론."

드래고니아는 거짓말을 이토록 태연하게, 진짜처럼 할 수 있는 자신의 능력에 감탄했다.

"촌장님, 안 됩니다. 진면석은……."

퍽.

반대하면서 앞으로 나선 남자의 목덜미에 젤루가 박혔다.

"쯧쯧, 이럴 때는 나서는 게 아니야."

드래고니아는 낡은 창과 곡괭이 따위를 든 분노한 얼굴들을 볼 수 있었다. 한심하고 지루한 낯짝이었다. 하나같이 자기가 누구이며 왜 존재하는지 모르는 쓰레기들이었다.

이곳은 가상현실이며, 아무리 발버둥을 쳐도 너희는 프로그램에 불과하다는 진실을 알려 주면 저들은 받아들일 수 있을까?

'아니야. 그게 가능하다면 쓰레기가 아니니까.'

드래고니아는 팔짱을 끼고 기다렸다. 태양을 도는 행성처럼 라파와 젤루가 드래고니아 주위를 돌며 마치 사람들을 감시하고 있는 듯했다.

늘어지게 하품을 한 드래고니아가 위험이 담긴 눈으로 촌장을 노려보았다.

"언제까지 기다려야 해?"

"곧 가져올 겁니다."

"에이, 귀찮아. 다 죽여."

드래고니아의 명령에 라파와 젤루가 기다렸다는 듯 사람들 사이를 날아다녔다.

들어 올린 창은 부서졌다. 곡괭이는 날아다니는 단검의 힘에 튕겨 벽으로 날아가 박혔다. 라파와 젤루는 도망치는 사람들을 쫓아가 심장을 꿰뚫고 목을 잘랐다.

여자들과 아이들도 예외는 아니었다.

돌을 가지러 지하로 내려갔다가 이제 올라온 촌장의 아들은 그 모습을 보고 할 말을 잃었다.

"서둘렀어야지."

드래고니아가 말했다.

그때, 촌장의 아들이 들고 있던 진면석을 땅바닥으로 던졌다. 놀란 드래고니아가 라파, 젤루를 던졌지만 늦었다. 진면석이 산산조각이 난 후에야 두 자루 단검이 아들의 몸에 박혔다.

"젠장."

드래고니아는 인상을 찌푸렸다.

임무 중 하나를 실패했으니 나머지 하나라도 제대로 수행해야 한다. 장난기를 벗어던진 그는 한 놈도 남기지 않기 위해 마을을 돌아다녔다.

멀리서 그 마을을 내려다보던 교관은 가면을 벗었다. 입가에는 미소가 걸려 있었다.

"제법이야. 모네타보다는 우리 블랙에 잘 어울리겠어."

아무리 상대가 NPC라고 해도 갓난아이까지 스스럼없이 죽일 수 있는 사람은 드물다. 마음 깊은 곳으로부터 악한 기운이 올라와 몸을 흠뻑 적시지 않고는 불가능한 일이었다.

주용석은 드래고니아 백정현의 이름을 머릿속에 새겼다.

임무의 절반을 마친 드래고니아가 용갑 쿠레가의 날개를

펼쳐 올라오자, 주용석은 다시 가면을 썼다.

드래고니아는 고개를 숙였다.

"진면석은 깨지고 말았습니다."

"아쉽군."

주용석은 무뚝뚝하게 말했다.

"만회하고 싶습니다."

드래고니아는 교육과정 중에 성적이 부진해도 바로잡을 수 있는 기회가 주어진다는 사실을 알고 있었다.

"후후, 까다로운 임무가 있긴 한데."

"무엇이든 맡겨만 주십시오. 다시는 방심하지 않겠습니다."

"암살 임무다."

"좋습니다."

"엘루마로 가라."

"알겠습니다."

드래고니아는 웃음을 억눌렀다. 암살 임무를 이토록 좋아한다는 사실을 교관에게 드러내고 싶지 않았다.

그러나 돌아서서 빛의 도시 엘루마 쪽으로 방향을 잡고 달리기 시작한 그의 얼굴은 환하게 웃고 있었다.

김현은 마트로 들어가서 선반 사이를 걸었다. 사발면 중

어느 것을 고를까 생각했지만, 선택에는 오랜 시간이 필요치 않았다. 뚜껑이 있는 사발면 한 박스를 꺼내어 계산대로 간 그는 지갑을 꺼냈다.

돈을 건네려고 내민 손을 본 마트 주인아주머니가 눈을 반짝이며 물었다.

"어머, 예쁜 반지네."

김현은 손가락에 낀 기령환을 내려다보았다. 대자연의 기운으로 가득 차 있어 그 어떤 보석도 낼 수 없는 밝고, 선명하며, 기분 좋은 광택으로 빛나고 있었다.

아주머니가 자신도 모르게 그 반지를 만지려고 손을 뻗었다. 김현은 상대가 당황하지 않도록 부드럽게, 마치 그 손짓을 보지 못한 것처럼 한 걸음 뒤로 물러섰다.

마트 주인은 거스름돈을 내주면서도 반지를 힐끔 쳐다보았다.

박스를 옆구리에 끼고 마트 밖으로 나온 김현은 하늘을 올려다보았다. 파란 하늘에 구름이 솜털처럼 떠다니고 있었다. 그 하늘에 뜬 봄의 태양은 부드러운 햇살을 뿌렸고, 사람들은 한껏 웃으며 거리를 걷는 중이었다.

디월드 뎁스 파이브의 텅 빈 세계에서는 결코 볼 수 없는 장면에 김현은 자신도 모르게 활짝 웃었다.

운동화 안을 굴러다니는 모래 알갱이처럼 불편한 생각 하나가 솟아올랐다.

김현은 아파트로 가면서 윤태희가 했던 말을 떠올렸다.

―넌 확실히 리더야.

왜 그 말이 계속 머릿속을 맴도는지, 왜 잊을 수 없는지, 심지어 꿈에서까지 왜 그 말이 들리는지 김현은 알 수가 없었다. 윤태희는 사람들을 앞으로 이끄는 힘이라는 말도 했다.

소심하고 겁이 많은 박용준의 경우, 김현은 몇 번 도와준 적이 있었다. 도움이 필요했기 때문이다.

그러나 윤태희처럼 똑똑하고 자신만만한 사람에게 리더라는 말을 들으니 어쩐지 놀림을 받은 느낌이었다. 윤태희가 장난기를 담아서 말했다면 오히려 쉽게 잊었을지도 모른다.

아파트 현관으로 들어선 김현은 엘리베이터를 타는 대신 계단을 올랐다. 6층 계단참에서 주위를 살핀 그는 사발면 박스를 페플의 인벤토리 창으로 옮겼다.

그런 다음, 한숨을 내쉬며 계단에 앉았다.

공원에서 벌어진 사건이 생각났다. 거기서 희생된 사람들의 얼굴도 흐릿하게 보였다.

디월드 뎁스 파이브의 세계로 내려갔을 때, 의도적으로 수면제를 복용하면서까지 그들을 잊으려 애를 썼다. 그래야 강해질 수 있고, 그래야 두 번 다시 몬스터의 침입을 허용하지 않을 수 있다고 스스로를 설득한 것이다.

그 노력 덕분에 화결, 중결의 묘리를 어느 정도 몸에 익혔다. 이제 페플 세계가 당기는 느낌이 들면 중결로 중심을 잡고 화결로 그 힘의 방향을 돌려서 끌려가는 경우를 완전히 막을 수 있게 되었다. 원하는 목표를 이룬 셈이었다.

그러나 잃은 것도 많았다.

디월드 뎁스 파이브의 세계에서 3년을 보냈다. 더 오랫동안 머무르고 싶었지만 현실로 돌아오고 나서야 조기 귀환이 옳은 결정이었음을 알 수 있었다.

3년이라는 시간은 아주 길어서, 뜨겁고 격렬한 감정마저도 닳게 하고 희석시켰다. 김현은 그 공원 사건에 더 이상 슬픔을 느낄 수 없었다. 그저 반드시 완수해야 하는 의무감만 가슴에 남아 있었다.

사자의 귀환 퀘스트는 반드시 끝낼 생각이었다. 중도 포기는 고려의 대상조차 되지 않는다.

그럼에도 김현은 미안함, 슬픔, 좌절, 낙심 등 그 사건 직후에 느꼈던 감정을 잃어버렸다는 이유로 죽은 사람들, 그 일로 다친 사람들에게 씻을 수 없는 잘못을 저지른 느낌을 받았다. 마치 가슴이 고장 나 버려 더 이상 공감하지 못하는 장애인이 된 것 같았다.

"……퀘스트를 끝내면 괜찮아질 거야. 그 사람들이 모두 되살아날 테니까."

김현은 둔중한 고통을 느끼며 몸을 일으켰다.

노바디는 즉석 사발면의 포장을 뜯었다.

얇고 투명한 비닐을 받아서 만지작거리는 콜마의 눈이 빛났다. 동그란 안경을 콧마루로 밀어 올린 그는 재질을 좀 더 자세히 알아보기 위해 슬그머니 조끼 안으로 비닐을 밀어 넣었다.

두 종류의 수프를 면 위에 쏟아부은 노바디가 고개를 끄덕이자, 벨란데르가 펄펄 끓는 주전자를 가져와 사발면에 물을 부었다. 표시된 라인까지 물이 채워지자 노바디는 뚜껑을 덮고 그 위에 돌멩이를 올려 뜨거운 기운이 나가지 못하도록 막았다.

"그게 대체 뭐냐?"

겔란드가 물었다.

"라면이라는 음식이에요."

"이방인들이 사는 곳의 음식?"

"네."

노바디는 고개를 끄덕이며 놀라움과 호기심이 겔란드, 가쿨라, 콜마 사형들 사이로 퍼져 나가는 광경을 지켜보았다. 이 순간의 행복은 그 무엇과도 바꿀 수 없을 것이다.

전생 퀘스트를 완수하자 거짓말처럼 과거의 기억이 돌아왔다. 기억뿐 아니라 잃었던 아이템도 인벤토리 창에 나타났다.

레나세르가 선물로 준 푸르스름한 룬덴 세트, 요곤의 단검, 페노메노스의 잎으로 만든 영웅관 그리고 당장은 쓸모가 없어서 처박아 놓았던 광현칠검보까지 기적처럼 되살아났다.

노바디는 사형들이 자신을 쳐다보고 옛날처럼 친근하게 말을 한다는 사실 자체가 좋았다. 잃었기에 소중함을 더 잘 알게 된 셈이었다.

마트에서 박스로 구입해서 이곳 페플로 가져온 사발면도 바로 사형들을 위한 마음의 표현이었다.

그 순간, 빛을 따라다니는 그림자처럼 공원 사건이 생각났다. 그들을 잊었을 뿐 아니라 이토록 이기적으로 혼자 즐거워하고 있다는 사실이 죄책감으로 가슴 한구석을 어둠으로 물들였다.

그 파괴적인 감정에 빠지면 앞으로 나아갈 수 없음을 잘 알기에 노바디는 뎁스 파이브의 세계에서처럼 일부러 모른 척했다.

"이제 뚜껑을 열고 젓가락으로 드시면 됩니다."

노바디는 자기 것을 들어 시범을 보였다.

겔란드가 먼저 용기를 냈다. 뜨거운 데다 젓가락질이 어색해서 불편했지만 잃었다가 되찾은 막내의 마음을 잘 알기에 천천히 조심스럽게 면발 몇 가닥을 입에 넣고 오물거렸다.

매콤하면서도 고소한 맛이 면발에서 느껴졌고, 국물을 조금 마시니 속이 시원해지는 그 절묘한 맛에 탄성이 저절로 나왔다. 겔란드는 엄지를 들어 보였다.

가쿨라, 콜마도 사발면을 먹으며 연신 맛있다고 칭찬을 했다. 룬트란 왕국의 세자이자 노바디의 사제인 론투엘 역시 처음 먹어 보지만 감칠맛에 중독될 것 같다고 말했다. 론투엘 옆에 항상 붙어 있는 라마간 시장의 손녀 엘루스도 반응은 비슷했다.

노바디는 활짝 웃으며 내일은 뭘 가져올까 고민했다.

페플에서는 절대 맛볼 수 없는 하겐다즈 아이스크림을 앞에 내려놓으면 어떤 반응을 보일지 매우 궁금해졌다. 특히 뜨거운 사발면 국물로 속을 푼 다음에 스트로베리 아이스크림을 한 숟가락 떠먹으면 기가 막힐 것이다.

옆에 앉은 벨란데르가 팔꿈치로 슬쩍 노바디를 건드렸다. 노바디가 고개를 돌리자 벨란데르는 눈짓으로 멀찌감치 떨어져 있는 엘프를 가리켰다.

팔짱을 끼고 떨떠름한 표정으로 이쪽을 노려보는 그 엘프는 녹색의 날개 족장의 아들 아로간타르였다.

"널 노려보는 것 같은데."

벨란데르가 속삭였다.

"아마도."

노바디는 아로간타르가 왜 적의를 보이는지 잘 알고 있었다.

"내가 가져가 볼까?"

바마퉁이 조심스럽게 물었다.

"아니."

몸을 일으킨 노바디는 뚜껑 덮인 사발면을 들고 아로간타르를 향해 걸어갔다.

아로간타르는 노바디가 내민 사발면을 힐끔 쳐다볼 뿐 아무런 말이 없었다. 아버지의 명령을 따라 원정대에 합류해야 한다는 사실 자체가 불만이어서, 누가 와도 웃는 법이 없었다.

"제법 맛있는 요리입니다. 한번 드셔 보세요."

노바디가 말했다.

"거짓말이지?"

아로간타르의 눈이 이글거렸다.

노바디는 그 의미를 알고 있었다. 아로간타르가 유독 자신을 쏘아보는 이유도 잘 알았다. 바로 셀레스카르 때문이었다.

셀레스카르가 인간, 그것도 이방인인 노바디를 제자로 삼은 일을 자존심 센 녹색의 날개 엘프들은 인정하지 않으려 했다. 전생 퀘스트를 완료한 노바디가 뮬란도르의 숲으로 직접 와서 플란바도르 족장과 녹색의 날개 장로들이 보는 가운데 무극심법의 타각을 펼치지 않았다면 누구도 그 사실을 받아들이지 않았을 터였다.

"뭐가 말입니까?"

"무극심법을 배우려고 그분을 속였겠지. 인간답게 교활한 방식으로 말이야. 내 그럴 줄 알았어."

아로간타르는 이미 결론을 내린 상태였다. 노바디가 뭐라고 설명을 해도 그 확신은 바뀌지 않을 만큼 견고했다.

노바디는 아로간타르를 바라보았다.

아주 잘생긴 엘프였다. 녹색의 날개 엘프 일족 중에서도 눈에 띄는 미남이었다.

어깨 아래에서 부드럽게 물결치는 녹색의 머리카락, 건장한 체구, 다람쥐처럼 날렵한 몸놀림 그리고 엘프치고는 비교적 젊은 나이에 벌써 녹색의 날개 일족을 대표할 만한 검객이 되었다는 성취까지 고려한다면 다른 사람에게 질투심이나 열등감을 느낄 필요가 없는 존재였다.

노바디는 고개를 돌려 겔란드, 바마퉁 사이에 앉아서 편안하게 수다를 떠는 벨란데르를 쳐다봤다. 왠지 모르게 아로간타르는 라마간에서 처음 만난 벨란데르를 떠오르게 하는 무언가를 뿜고 있었다.

"어딜 쳐다봐?"

화가 난 아로간타르가 손을 뻗었다. 노바디의 어깨를 밀쳐 뒤로 넘어뜨리려 한 것이다.

노바디는 천천히 몸을 비틀었다.

아로간타르의 손에 깃든 힘의 성질과 크기, 방향까지 금세 파악했다. 디월드 뎁스 파이브의 세계에서 죽을힘을 다해 수련해서 얻은 화결 덕분이었다.

노바디는 왼손으로 사발면을 든 채 오른쪽 소매를 떨쳐서 그 힘의 방향을 바꿔 놓았다.

아로간타르는 뻗은 손 방향으로 빙그르르 돌았다. 잘 감아서 던진 팽이 같았다.

빙글 돌다가 겨우 정신을 차린 그는 어느새 모닥불을 둘러싼 사람들 근처로 가 버린 노바디의 뒷모습을 발견하고 속이 서늘해졌고, 얼굴은 빨갛게 달아올랐다.

가진 힘의 3할밖에 사용하지 않았지만 이토록 간단히 막힐 줄은 상상도 못 했다. 그보다 노바디가 어떻게 자신의 몸을 회전시켰는지 몰라서 답답했다. 이렇게 당하기는 처음이었다.

노바디가 앉자 벨란데르가 상체를 기울였다.

"왜 하다 말아? 한 방 제대로 먹이면 정신 차릴지도 모르는데."

"오기가 생겨 더 달려들 수도 있지."

"그건 그래."

"저 녀석은 네게 맡길게."

"나한테? 왜?"

"아무래도 안진후과 같아."

"……안진후과?"

"잘난 척해도 될 만큼 실제로 잘난 사람들. 저기도 하나 있네."

노바디는 맞은편에 앉아서 사발면 국물까지 후루룩 마시는 론투엘을 눈짓으로 가리켰다.

"아하, 오케이. 접수."

벨란데르는 씩 웃으며 야영지를 벗어나 숲으로 사라지는 아로간타르를 쳐다봤다. 어떻게 해야 저 싹수없는 엘프 자식의 버르장머리를 고쳐 놓을 수 있을지 고민했다.

벨란데르는 이 프로젝트에 능력 있는 조수가 필요하다고 생각했고, 즉시 적합한 사람을 찾아냈다. 바로 론투엘이었다. 론투엘이라면 쌍수를 들고 환영할 것이다.

노바디는 벨란데르의 얼굴에서 반짝이는 눈, 넓어진 콧구멍, 입가에 걸린 야릇한 미소를 확인했다.

예전처럼 괴롭힘 자체를 즐기진 않지만, 그럴 이유가 손톱의 때만큼이라도 생기면 엄청나게 기뻐하며 그 일에 집중하는 벨란데르의 스타일을 너무나 잘 알았다.

상대가 아로간타르다 보니 말릴 생각은 조금도 없지만, 한마디 하지 않을 수 없었다.

"살살 해."

"헤헤."

활짝 웃는 벨란데르.

고개를 흔들며 사발면을 먹던 노바디는 눈앞에 뜬 메시지창을 봤다. 이근상으로부터 온 메시지였다.

—노관장님께서 조금 전 공항에 도착하셨어.

노바디는 달력을 띄워서 확인했다.

노관장 현기명이 화결, 중결을 익히라고 말했던 사흘이 되는 날, 김현은 천무관으로 찾아갔다. 그러나 노관장은 일본 천무관 행사를 위해 출국한 상태였다. 김현은 실망을 감추기 어려웠지만, 며칠쯤 기다리는 일은 아무것도 아니라고 생각했다.

"나갔다 올게."

"어딜?"

"천무관."

노바디는 몸을 일으켜 겔란드 대사형 앞으로 가서 사정을 간략히 설명하고 페플을 빠져나왔다.

커넥터 밖으로 나온 김현은 잠시 붉은 소파에 앉았다.

여기보다 친숙한 곳은 없을 것 같았다. 벽을 채운 책꽂이에는 손때 묻은 각종 소설과 전문서적이 채워져 있고, 요즘엔 아예 켜지도 않는 컴퓨터는 꽤 오랫동안 김현이라는 아이의 가짜 삶에 큰 도움을 주었다. 그런 행세는 페플 접속과 더불어 끝나 버렸지만.

김현은 모니터 옆에 놓인 기다란 화분 앞으로 갔다. 따 먹어도 될 만큼 자란 상추는 싱싱했다. 잎 하나를 꺾어서 입에 넣고 오물거렸다. 맛이 좋았다.

옷을 갈아입고 거실로 나온 김현은 주변을 살핀 다음, 현관으로 가서 운동화를 신었다. 그리고 현섬을 펼쳤다.

천무관 계관 바로 뒤쪽 줄기가 굽은 소나무 아래에 김현이 나타났다. 공기가 흔들려 바닥에 쌓인 가벼운 흙이 위로 솟아올랐지만 곧 가라앉았다. 천천히 걸으면 20분은 족히 걸리는 거리를 불과 몇 초 만에 와 버렸다.

손가락에 낀 기령환의 밝기가 약간 어두워졌다.

현섬을 이곳에서도 펼칠 수 있다는 사실을 잘 알면서도, 막상 실제로 공간 이동을 하면 그 놀라움이 몸 곳곳으로 뻗어 나가 몸 전체가 짜릿했다.

현재 현섬의 레벨은 15였지만, 레벨에 의미를 두지는 않았다. 현섬 자체의 원리를 좀 더 깊이 파고들 생각이었다. 아직도 현섬이 이루어지는 과정을 제대로 이해할 수 없었던 것이다.

김현은 정원에서 빠져나와 계관 입구로 향했다. 수련실은 텅 비어 있었다. 핸드폰을 꺼내어 이근상에게 문자를 보냈다.

-계관 수련실

이근상은 당장 노관장에게 문자 내용을 알릴 테고, 노관장은 천무관에 도착하는 즉시 이곳 계관으로 올 것이다.

얼마나 걸릴까? 30분? 한 시간?

공기의 미세한 떨림이 느껴졌다.

김현은 한 걸음 옆으로 비켜섰다.

그 순간, 커다란 주먹이 어깨를 스치고 지나갔다. 날카로운 바람에 입고 있던 옷, 어깨 아랫부분이 찢어졌다.

뒤로 물러선 김현은 곰처럼 우람한 체구의 남자를 발견했다. 그는 바람처럼 움직였지만 마룻바닥은 신음조차 내지 않았다.

40대 중반, 혹은 후반으로 보이는 남자는 천무관의 도복을 입었지만, 가슴에는 아무 표시도 달려 있지 않았다.

"제법이군."

"누구시죠?"

계관은 아무나 들어올 수 있는 장소가 아니었다. 김현은 일단 예의를 차렸다.

"알아맞혀 봐라."

남자가 다가왔다.

노관장이 직접 시범을 보인 보법 운중이 덩치 큰 사내의 몸에서 펼쳐졌다. 구름처럼 가벼우면서도 굉장히 빠른 발놀림 덕분에 남자는 코앞까지 와 있었다.

주먹이 가슴을 노리고 날아왔다.

붕.

천무삼권의 중위경근이었다.

김현은 천무삼권의 불욕이정의 묘리로 피했다. 마치 깃털

이 맹렬한 바람에 실려 물러서는 것과 같았다. 불욕이정이 아니었다면 수십 갈래로 바뀌며 다가오는 변형된 형태를 피하지 못했을 것이다.

"좋다!"

흥에 취해 소리친 사내가 몸을 띄우며 무릎을 올렸다. 천무관이 자랑하는 무릎 기술 표슬이었다.

김현이 옆으로 몸을 날리자, 사내가 펼친 표슬의 압박을 견디지 못한 공기가 펑 터졌다.

김현은 더 이상 참지 않고 단번에 끝내기 위해 무극심법 제2문 쌍각 중 타각을 펼쳤다. 중결의 묘리를 더했기 때문에 타각의 위력은 이전보다 훨씬 강했다.

마룻바닥이 위아래로 흔들리며 따각따각 요란한 소리를 냈고, 타각의 기운은 앞으로 퍼지며 사내를 삼킬 기세였다.

사내가 앞으로 나오며 발을 굴렀다. 타각이었다. 거기서 흘러나온 기운은 방파제처럼 몰려드는 기운을 막아 냈다.

김현은 깜짝 놀라 사내를 쳐다봤다.

"어떻게?"

"나는 황철호다."

"……."

어디서 들은 이름이라 김현은 고개를 갸웃거렸다.

"네 녀석의 둘째 사형 이름도 잊은 거냐? 아니면 아예 들어 본 적도 없는 거냐?"

황철호가 버럭 소리를 질렀다.

그제야 눈앞의 곰이 누군지 깨달았다. 바로 현기명의 둘째 제자이자 오정목의 사부 황철호였다.

"허허, 먼저 와 있었구나."

현기명이 뒷짐을 지고 계관 수련실로 들어섰다. 황철호는 재빨리 몸을 돌리며 허리를 숙였다.

"사부님을 뵙습니다."

김현도 그 행동을 따라 했다. 그래야 할 것 같았다.

"네가 보기엔 어떠냐?"

"나이에 비해 성취가 뛰어납니다. 놀랄 만큼요."

"그렇지?"

현기명은 아끼는 트로피를 자랑하는 사람처럼 김현을 바라보았다. 김현은 아무 말도 하지 않았다.

황철호가 말했다.

"대사형이 수문례를 준비한다는 이야기를 들었습니다."

"영준이가 먼저 그 이야기를 꺼내더구나. 솔직히 놀랐다. 자존심이 강해서 자격을 문제 삼을까 싶었는데 말이다. 셋째는?"

"……현재 맡은 일을 마무리하고 들어온다고 했으니, 대략 사흘 안에는 도착할 것 같습니다."

황철호의 눈에 그늘이 잠시 어렸다. 현기명도 보았고, 김현도 그 장면을 놓치지 않았다.

현기명은 고개를 돌려 김현을 응시했다.

"화결과 중결, 제대로 익혔느냐?"

"네."

자신만만한 김현.

그 태도에 현기명의 눈에 이채가 어렸다.

화결, 중결은 머리로는 이해할 수 있을 뿐이다. 몸으로 오랜 시간을 들여야 제대로 익힐 수 있는, 천무도의 핵심 중 일부였다.

사흘 만에 익히지 못하면 내쫓겠다고 말한 이유는 앞으로 걸어야 할 길이 얼마나 힘들고 고통스러운지 알려 주기 위해서였다. 그래야 중간에 포기하지 않을 터였다.

"말로는 산도 옮길 수 있지. 자, 잡거라."

현기명은 손을 내밀었다.

김현이 다가와 그 손목을 두 손으로 잡았다.

"해 봐라."

그 말이 끝나는 순간, 현기명은 앞으로 휘청거렸다. 뒷짐을 지고 있던 나머지 한 손을 뻗어 가까이 다가와 버린 마룻바닥을 짚지 않았다면 꼴사납게 넘어질 뻔했다.

멋들어지게 공중제비를 돌아 착지했지만 현기명의 얼굴은 경악으로 일그러져 있었다.

"다시."

현기명은 제대로 확인하기 위해 손을 뻗었다.

이번에는 힘이 뒤로 쏠렸다. 하마터면 뒤로 넘어갈 뻔했다. 화결로 그 힘의 방향을 돌리고 중결로 몸의 중심을 세우지 않았다면 사부로서의 체면이 땅에 떨어졌을지도 모른다.

"마지막이다."

현기명은 일주일도 못 되어 이 정도로 화결, 중결을 익혀버린 막내 제자를 향해 말했다.

이번에는 조금도 봐주지 않을 생각이었다. 어린 제자의 역량을 평가하기 위해서는 최선을 다해야 한다는 사실을 뒤늦게 깨달은 것이다.

기질이 다른 힘이 맞잡은 손을 통해서 오갔다.

김현이 화결로 힘을 왼쪽 방향으로 비틀면, 그 힘은 현기명의 화결에 의해 오른쪽으로 꺾였다. 김현은 또 다른 힘으로 밀어붙였고, 현기명은 중결로 굳건히 버티면서 화결로 힘을 돌려보냈다.

두 사람이 시간을 두고 쏟아 낸 수십 개의 힘이 손을 중심으로 왔다 갔다 하고 있었다. 그건 흐름이 빨라서 눈으로 좇기 힘든 장기나 체스 같았다. 장기, 체스의 경우 사소한 실수로 졸을 잃어도 뒤집을 수 있지만, 크고 작은 힘으로 벌어지는 이 기묘한 게임에서는 한 번의 실수가 승패를 좌우했다.

옆에서 지켜보던 황철호의 눈이 휘둥그레졌다. 가만히 서 있는 두 사람에게서 엄청나게 빠르고, 엄청나게 강력한 진기의 충돌을 느꼈던 것이다.

그가 정말로 놀란 것은 화결, 중결의 묘리에서만큼은 저 어린 녀석이 사부님에게 그리 밀리지 않는다는 사실이었다. 나이답지 않게 진기의 운용 스타일이 치밀하면서도 대담했다.

'특히 화결은 나보다 훨씬 낫구나.'

황철호는 감탄을 금치 못했다.

그때, 김현이 앞으로 고꾸라지며 공중에서 한 바퀴 돌았다. 마룻바닥의 널빤지가 휘어져 움푹 들어갈 만큼 충격이 컸다.

쓰러진 김현이 고개를 들어 현기명을 쳐다봤다.

"사부님?"

"흡결이다."

"……반칙이에요."

김현은 흡결에 대해 들어 본 적도 없었다. 갑자기 모든 힘이 사라져 버렸을 뿐 아니라, 어마어마하게 강력한 흡입력에 끌려 뒹굴고 말았던 것이다.

"후후, 규칙이 있어야 반칙도 있는 법이다. 수고했다. 그 정도면 부족하나마 천무도 계승자의 제자로 받을 만하구나. 철호야, 사문의 규칙이나 예절에 대해서는 네가 가르쳐라."

"네, 사부님."

"여독이 풀리지 않아 몹시 피곤하구나."

현기명은 하품을 늘어지게 하며 계관을 빠져나갔다.

그러나 일단 현관 밖으로 나온 그는 몸을 돌려 수련실 입

구를 노려보았다.

도저히 믿을 수 없는 일을 직접 목격했다. 화결, 중결을 이토록 빨리 익히다니.

그냥 외워서 익힌 게 아니었다. 실전에서 자유자재로 사용할 수 있을 만큼 응용 방식이 자유로웠다. 마치 수백 번 이상의 실전으로 화결, 중결을 몸속 깊이 새겨 넣은 느낌이었다.

"음, 어쩌면 저 녀석은 천부선공의 궁극에 이를지도 모르겠군. 내가 눈을 감기 전에 그 모습을 볼 수 있으면 좋으련만."

현기명은 웃으며 무재로 향했다.

김현은 황철호에게 흡결을 알려 달라고 조르는 중이었다. 황철호도 구닥다리 사문의 전통 따위를 읊고 싶지는 않았다. 이 놀라운 막내의 능력이 어느 정도인지 알아내고 싶었다.

"흡결의 기본은 몸을 거대한 그릇으로 만드는 거다. 임맥, 독맥에 대해서는 알고 있겠지?"

"모르는데요."

"그러면 기경팔맥에 대해서도 모르겠구나."

"네."

"혈에 대해서도 모르고?"

"무협 소설에서는 봤어요. 임맥은 땅의 기운을 받아들이고, 독맥은 하늘의 기운을 흡수한대요. 임맥과 독맥이 하나로 합쳐지면 천하를 호령할 수 있는 고수가 탄생한다는 이야기였어요."

그 말에 황철호는 당황했지만 애써 못 들은 척했다.

"화결과 중결을 익혔으니, 기가 몸속으로 흐르는 경로가 일정하다는 사실은 알고 있겠지?"

"네."

"그 길을 자세히 들여다보면 임맥과 독맥에 대해서도 알 수 있다. 십이경맥도 마찬가지고. 보통은 혈과 경락에 대해 먼저 배운 다음에 기를 느끼는데, 넌 완전히 반대구나."

황철호는 신기해서 웃고 말았다.

김현은 공부해야 할 부분이 엄청나게 많다는 사실을 깨닫고, 속으로 티메후르를 찾아야겠다 마음먹었다. 흡결을 제대로 익히려면 시간이 필요할 테고, 그러면 디월드 뎁스 파이브의 세계보다 나은 선택은 없다.

문제는 티메후르는 돈을 주고도 살 수 없는 희귀한 아이템이라는 사실이었다.

"일단 간단하게나마 흡결을 배워 보자. 자, 내 손을 잡아봐라."

황철호가 내민 손을 김현이 잡았다.

"시범을 보여 주마."

황철호는 씩 웃었다.

그 순간, 황철호의 손에서 흡입력이 느껴졌다. 김현은 그 힘을 이기지 못하고 앞으로 끌려갔다.

화결로는 그 힘의 방향을 바꿀 수가 없었다. 중결로는 버

틸 수 있을 것 같은데, 워낙 순식간에 일어나서 중결을 펼칠 타이밍을 놓쳤다.

"어떠냐?"

"……화결이 통하지 않아요."

"왜 안 통할까?"

"모르겠어요."

"난 모르겠다는 말을 무지 싫어한다. 사부님도 마찬가지고. 앞으로는 그런 말 하지 말도록."

"알겠습니다, 사형."

"자, 다시. 왜 화결은 이 힘의 방향을 바꾸지 못할까? 화결은 세상에 존재하는 모든 종류의 힘을 다룰 수 있는데 말이다."

황철호는 어린 사제가 고민하는 모습을 살폈다.

자신은 이 깨달음을 몸으로 깊이 얻기 위해 무려 2년 동안 고생을 했었다. 사부님은 아이가 운다고 해서 먹을 걸 주는 타입이 아니었다. 지쳐서 쓰러질 때까지, 온몸의 힘을 다 써버려 한계에 이를 때까지 기다렸다. 그런 후에야 다가와서 한두 마디 말로 사고의 지평을 넓혀 주었다.

김현은 골똘히 생각하고 또 생각했다.

디월드 뎁스 파이브에서 만난 몬스터와의 싸움에서 화결은 그 위력을 십분 발휘했다. 심지어 벨란데르가 쏜 파이어 미사일의 방향까지 바꿀 수 있었다. 레나세르가 레드폭스로 쏜 화살도 마찬가지였다.

왜 저 흡입력은 화결로도 방향을 전환할 수 없을까?

김현은 현기명에게 흡결로 당한 순간을 떠올렸다. 또 조금 전 황철호에게 끌려간 과정도 머릿속으로 살폈다.

둘 다 말로 설명하기 어렵지만 굳이 표현해야 한다면 함정에 빠지는 느낌이었다. 푼둠형이 떠올랐다. 아무리 버둥거려도 아래로 추락하는 그런 함정.

왜 추락할까?

그 아래가 텅 비어 있기 때문이다.

텅 비어 있다?

김현은 머릿속으로 섬광이 터지는 느낌을 받았다.

손바닥 치기는 두 사람이 마주 보고 서서 손바닥을 내밀거나 옆으로 비켜서 상대의 균형을 무너뜨리는 게임이다. 힘이 세다고 그 게임에서 무조건 이길 수는 없다. 한 사람이 내밀 때 다른 사람이 힘을 주지 않으면 오히려 세게 손바닥을 뻗은 사람이 균형을 잃고 앞으로 넘어져 게임에서 지고 만다.

흡결은 갑자기 힘을 극단적으로 줄여 상대가 끌려오도록 만드는 무술의 묘리였다!

"감을 잡았구나."

"조금요."

김현은 좀 더 확실한 설명을 듣고 싶었다.

"흡결의 기본 원리는 간단하다. 이런 장난 친 적 있을 거

다. 수업 중에 잘난 척하는 안경잡이가 손을 들어 선생님께 질문을 하면, 정의롭고 불의를 못 참는 학생은 그 녀석의 의자를 뒤로 빼 버린다. 안경잡이가 평소대로 앉다가 뒤로 나뒹굴면 교실의 정의가 회복되는 거지."

"……교실의 정의요?"

김현은 웃음을 참았다. 근엄한 이 남자 앞에서 입을 벌려 깔깔 웃을 수는 없었다.

"핵심은 의자를 빼되 재빨리 치워야 한다는 거다. 그래야 제대로 넘어질 수 있으니까."

"기를 없애야 하는군요."

"맞다. 바로 그거다."

황철호는 흥분했다.

"어떻게 기를 없앨 수 있어요?"

이제까지 해 온 수련은 모두 기를 축적하거나 단번에 끌어 모아 터트리는 동작과 관련이 깊었다. 한 번도 그 반대, 즉 기를 없애는 수련은 해 본 적이 없었다.

"완전한 제거는 불가능하다. 그럴 필요도 없고. 하지만 상대의 손을 잡고 있다면 그 접촉면 정도는 충분히 기의 진공 상태로 만들 수 있다. 기를 몸속 다른 곳으로 빠르게 옮기는 거지. 요령은 간단해. 기가 빠르게 이동할 수 있도록 만들면 된다. 몸 안에 기의 고속도로를 만드는 거지. 그게 가능해지면 흡결은 매우 간단하다."

"사형은 그 고속도로를 얼마 만에 만드셨어요?"

황철호는 손가락 두 개를 들어 올렸다.

"이틀요?"

김현이 반색하며 물었다.

"2년. 만족할 수 있을 만한 경지에 오르는 데는 20년으로도 부족하다."

"……."

김현은 한숨을 내쉬며 사자의 귀환 퀘스트를 수행하는 도중에 기회가 생기면 티메후르를 구해야겠다고 생각했다. 황철호가 2년 걸렸으니, 자신은 적어도 4년 동안 디월드 뎁스 파이브의 세계에 틀어박혀야 할 것이다.

"그건 그렇고, 아까 중단된 일을 계속해야지."

황철호는 손가락을 활짝 폈다가 구부리며 말했다. 손가락 관절에서 뚝뚝 소리가 났다.

"……뭘 계속해요?"

"이거."

황철호가 허깨비처럼 사라진 느낌을 주며 다가왔다.

김현이 옆으로 피하자 황철호는 손을 뻗었다. 투라가 펼쳐졌다. 김현은 기의 그물에 옥죄였지만, 금세 화결로 그물을 풀어 버렸다. 김현 뒤로 돌아간 황철호는 왼발로 타각을 펼치며 왼 주먹을 뻗었다.

퍽.

타각의 위력 탓에 느려진 김현의 옆구리에 주먹이 박혔다.

"윽."

김현은 신음을 흘리며 날아가 수련실 벽에 처박혔다가 겨우 몸을 일으켰다.

"처음 보지? 중타추라고 한다."

황철호는 신이 나서 껄껄 웃었다.

김현은 천무삼권의 중위경근을 펼쳤다. 황철호가 가볍게 피하는 순간, 수라부월공의 비어초목으로 동작을 바꾸었다.

자세를 낮추고 다리를 뻗어 빗자루로 낙엽을 쓸듯 상대의 발목을 노리는 비어초목에 황철호는 얻어맞아 어이쿠 소리를 내며 넘어졌다.

김현은 맹부단월, 박비위중 그리고 동령고송으로 초식을 이어 갔다. 그 큰 동작 중간을 천무삼권으로 채워 끊김이 없도록 만들자, 황철호는 구석으로 몰리고 말았다.

황철호가 수세에서 벗어나기 위해 김현이 처음 보는 몸통 공격을 펼쳤다. 비스듬히 접근하다가 몸을 꺾으며 어깨와 등으로 김현을 밀어 버린 것이다.

타격이 이루어지는 순간, 흡결과 화결 그리고 중결이 동시에 이루어져 김현은 그 충격을 고스란히 받을 수밖에 없었다.

마룻바닥을 데굴데굴 구른 김현은 비틀거리며 일어섰지만, 얼굴은 활짝 웃고 있었다. 격렬하면서도 순간순간 배울 만한 고급 기술로 가득한 전투 특유의 쾌감 때문이었다.

황철호는 김현에게 살아서 움직이는 매혹적인 교과서였다. 그 동작, 힘의 배분, 공격할 때의 변형 등 하나도 놓치기 싫었다.

"즐겁냐?"

"네."

"나도 즐겁다. 와라."

김현은 씩 웃으며 무극심법 제3문을 펼쳤다. 순식간에 김현의 몸이 둘로 늘어났다.

황철호는 눈을 의심했다.

'저, 저건…… 파워잖아.'

둘은 다시 넷으로 증가했다. 네 명의 김현이 서로 다른 초식을 펼치며 황철호에게 달려들었다.

황철호는 정면과 오른쪽의 김현 공격은 막았지만, 왼쪽과 후면은 신경 쓰지 못했다. 뼛속까지 파고드는 고통을 느끼며 앞으로 뒹군 그는 네 명이었던 김현이 둘로, 그리고 하나로 줄어드는 광경을 볼 수 있었다. 입가로 피가 흘렀지만, 고통보다는 경악이 더 컸다.

김현은 주저앉아 헐떡거렸다. 파워를 실전에 사용한 것은 오늘이 처음이었다.

황철호는 일어서지 못하고 엉금엉금 기어서 김현 옆으로 갔다.

"너, 뭐냐?"

"……말 시키지 마세요. 죽을 것 같아요."

김현은 괜히 파워를 펼쳤다고 후회했다.

페플에서처럼 1갑자의 내공을 사용했다면 여덟 명의 분신을 만들어도 이처럼 힘들지는 않을 것이다. 이곳 현실에서도 내공을 끌어낼 수는 있지만, 황철호처럼 정직하게 실력을 쌓아 온 사람에게 공짜로 얻은 내공을 사용할 수는 없었다.

"파워 맞지?"

"네."

"하하하하!"

황철호는 누워 버렸다.

이런 녀석이 세상에 있다는 게 놀라웠다. 또 이 녀석으로 인해 사형이 계승자 자리를 차지할 수 없다는 사실 때문에 마음이 흐뭇했다. 이런 녀석을 막내 사제로 들였으니 앞으로 얼마든지 대련할 수 있다는 사실이 기뻤다.

김현도 함께 웃었다.

수도 마르세르에서 북쪽으로 뻗어 올라가는 길이 라운다바우트라면 남쪽으로 내려가는 길은 라운다람토였다. 영웅회가 열리는 빛의 도시 엘루마로 향한 원정대는 시간을 줄이기 위해 가도를 벗어나 산악 지대로 접어들었다.

"거의 10년 만이야."

무거운 짐을 지고 가파른 산길을 올라가는데도 콜마는 유달리 즐거워했다. 함께 약초학을 배운 친구를 만날 생각 때문이었다.

친구가 사는 몬즈 마을은 강수량도 적고 토질도 안 좋아 농사가 불가능한 궁벽한 오지지만, 독특한 효능을 자랑하기 때문에 약초의 왕이라 불리는 기베렌이 자라는 곳이었다. 거의 모든 질병에 효과적인 기베렌은 이 악조건의 환경에서만 자라는 약초였다.

"기베렌은 참 신기한 약초 같아요."

바마퉁이 말했다.

"이유를 듣고 싶은데."

콜마는 키가 작고 몸이 굵은 드워프를 쳐다봤다.

노바디가 세와타트 산맥 지하 불꽃망치 드워프 일족을 만나러 갔다가 데려온 드워프 바마퉁은 신중하고 인내심이 강해서 약초학 공부에 제격이었다. 바마퉁 자신도 약초학에 관심이 많았다.

"기베렌보다 더 척박한 땅에서 자라는 약초는 없는 것 같아요. 뿌리를 수십 미터까지 뚫고 내려가야 겨우 마르기 직전의 지하수에 닿을 수 있는데 어떻게 치료에 필요한 성분을 만들 수 있을까요? 기베렌을 보면 무언가 부족해야 귀한 것을 얻을 수 있는 것 같아요."

싱크

바마퉁은 조심스럽게 자신의 의견을 설명했다.
"사람도 마찬가지야. 부자로 태어나 수준 높은 교육을 받는다고 해서 세상에 필요한 사람이 되진 않거든. 오히려 저 민둥산처럼 악조건에서 영웅이 나타날 가능성이 높지."
콜마의 말에 바마퉁은 천천히 고개를 끄덕였다.
콜마는 비록 드워프지만 외모와 상관없이 진득한 바마퉁의 태도가 마음에 들었다.
노바디가 다가왔다. 콜마는 막내의 얼굴에 드리운 그늘을 놓치지 않았다.
"무슨 일이 있구나."
"대사형이 육사형을 찾습니다."
"……알았다."
"짐은 제게 주세요."
콜마는 각종 약초가 든 커다란 가방을 노바디에게 맡기고 반쯤은 정신을 잃고서 앞쪽에서 자신을 기다릴 겔란드를 향해 허겁지겁 달렸다. 노바디는 그 모습을 말없이 지켜보았다.
"무슨 일이야?"
바마퉁이 물었다.
"몬즈 마을 사람들이 죽었어, 모두. 생존자가 하나도 없는 모양이야."
노바디는 선발대로 앞서간 벨란데르와 아로간타르의 소식을 듣지 않고서도 그 불길한 사실을 추측하고 있었다. 저 멀리 위쪽으로 까마귀 떼가 몰려들었던 것이다. 그중에는 제법 덩치가 큰 독수리도 섞여 있었다.

전염병으로 죽은 게 아니었다. 몬즈 마을 사람들은 누군가에게 살해당했다.

그 이야기를 들은 왕세자 론투엘은 흥분으로 말까지 더듬었다.

노바디는 론투엘 덕분에 그와 같은 학살 사건이 외진 마을을 대상으로 자주 일어난다는 사실을 알게 되었다. 오죽하면 룬트란의 국왕이 근위기사단을 파견하여 살인마를 찾아내라고 명령을 내렸을 정도였다.

뱀파이어의 소행일 가능성을 고려했지만, 죽은 사람들의 몸에서 피가 빨린 흔적은 찾지 못했다. 소문을 접한 사람들은 이방인, 즉 게이머가 살인마라고 수군거렸다.

소문이 널리 퍼진 지역에서는 이방인을 향한 분노와 혐오의 분위기가 서서히 강해지고 있었다.

다음 권으로 이어집니다

ROK MEDIA

# AMERICAN DREAM

금선 장편소설

# 아메리칸 드림

**아메리칸드림과 독립을 한꺼번에!**
**더 이상 대한민국에 흑역사는 없다!**

대한민국 특전사 강대찬
1903년 하와이의 어린아이가 되다!

하와이 이민자들의 힘든 삶
인종차별, 망국의 설움을 극복하고자
어린 나이지만 사업을 시작한 대찬
종이컵, 냉장고, 라디오부터 관광호텔, 유통, 군수 사업까지
돈 되는 특허와 사업은 싹쓸이해
미국의 돈이란 돈은 다 쓸어 담는데……

**아메리카가 별거냐!**
**한번 돈지랄 좀 해 볼까?**